# 함께여서 꽃길

## 함께여서 꽃길

**펴낸날** 2023년 5월 15일

**지은이** 김덕용
**펴낸이** 주계수 | **편집책임** 이슬기 | **꾸민이** 이승훈

**펴낸곳** 밥북 | **출판등록** 제 2014-000085 호
**주소** 서울시 마포구 양화로7길 47 상훈빌딩 2층
**전화** 02-6925-0370 | **팩스** 02-6925-0380
**홈페이지** www.bobbook.co.kr | **이메일** bobbook@hanmail.net

© 김덕용, 2023.
ISBN 979-11-5858-999-8 (03810)

# 함께여서 꽃길

──────── 김덕용 산문집

우리누리
사랑과 정을 함께 나누며
더불어 살아가는 아름다운 우리 세상 만들기

이제 교직을 마무리할 시점에 성큼 다가와 있음이다. 그간의 수고로움을 뒤로하고 정년이라는 명함을 갖고 지내야 할 때가 되었다. 아직도 열정은 젊은 날과 다르지 않은 듯한데 연식은 어쩔 수 없나 보다. 경험치로 보아 오히려 더 숙련되게 잘할 수 있으련만 어느 순간부터는 부담스러워서인지 예우라는 명분을 부추겨 아예 거리를 두려고도 한다. 소홀히 대할 수 없는 조심스러움에 원만한 선을 유지하려는 낌새도 보인다. 직간접으로 배려하려는 마음이 감지되어 오히려 미안스럽다. 그래서 선배 교사들이 명퇴라는 녀석과의 면담을 통해 함구로 물러나곤 하였나 싶다. 나마저 그리하고 싶지 않은데 자꾸 내몰리는 듯해 불편스럽고 서운한 느낌마저 든다.

그 누구도 섣불리 간여하지 못할 행보에 대해 자주 되새겨보곤 한다. 어떠한 시선이라도 외면하지 않으리라. 주어진 현실대로 자연스럽게 받아들여 익혀온 경륜으로 녹여 내리라. 그렇게 강물 흐르듯이 태연히 가보리라. 그러다 문득 생각이 나면 회고록에 담길 글자의 수를 얼마쯤은 보태리라. 그리하여 조금은 더 무던히 추억할 시간을 가지리라.

한때는 오로지 담임만을 하고자 한 적이 있었다. 아이들과 이런저런 놀이에 흠뻑 빠져서 지낸 날들이 그립다. 함께 어우러졌던 그 정다웠던 얼굴이 인식의 정도에 따라 선명한 듯 흐릿한 형상으로 다가왔다가 멀어지곤 한다. '우리누리' 1기로부터 2기, 3기 … 미소가 스치듯 지나간다. 25기에 이르기까지 모두가 보고 싶다. 지금은 어떤 모습일지 상상으로 떠올려 본다. 국어 선생이어서 참 행복했다. 논술이 점차로 중요해져 가던 시기였다. 기껏해야 고작 한두 줄에 머무는 정도라서 더 좀 써보라

하면 몇 자 적다 지우곤 했다. 생각에 머물 뿐 더는 진전이 없다. 뜻하는 바를 글로 온전히 펼치지 못하는 우리 교육의 현실을 보는 듯했다. 어떻게 하면 표현력을 길러낼 수 있을까 고심하다 눈길을 교실 밖으로 돌렸다. 글쓰기 지도를 앞세워 체험활동으로 산과 하천 그리고 마을 길을 정화하는 삶터 가꾸기를 실시하고 이를 소재로 쓰게 하였다.

주기적으로 활동하다 보니 어느 때부터는 봉사단 발대식에 지킴이가 되었고, 글감을 찾아 공공기관 일손 돕기도 하였다. 환경을 보전하자는 캠페인에 향토 문화유적답사로 순례하며 청결 활동을 펼치다 보니 지역사회에 알려지고 단체와 연계하여 체험과 봉사 등으로 공로가 인정되어 표창장을 받기도 했다. 이러한 일련의 활동을 토대로 시를 짓고 첨삭·교정하여 완성한 시에 삽화를 그려 해마다 시화전을 갖고 시집도 발간하였다. 또한, 체험을 바탕으로 글을 쓰고 고치기로 수정하여 문집을 내기도 하였다.

이 과정에서 계기마다 잔말을 해댔다. 사람다운 사람이 되라, 의견을 내세우기보단 듣고 신중히 판단하여 옳음을 실천하라. 요행을 바라지 말고 부단히 노력하라 등 도움이 될 법한 말을 훈화 지도라는 명분으로 주절거렸다. 아마도 아이들에게는 듣기 싫은 잔소리였을 것이다. 그렇다. 여기에 수록한 글은 교직 생활하는 동안 삶의 교훈으로 도움이 되었으면 해서 문집 『우리누리』에 담은 내용이다. 클로버 이야기도 그러하다. 네 잎을 좇느냐 세 잎을 가까이하느냐는 전적으로 추구하는 이의 몫이다. 행복을 향해 매진해 나가다 보면 행운도 따르지 않을까 싶은데 어디에 초점을 두고 살아가느냐가 관건이다. 나의 잔소리를 듣고 성장한 아이들은 어떤 토끼풀과 마주하고 있을까?

- 2023년 3월 어느 날에

차
———
례

# 2부 - 서로 더불어 하다 보니

# 3부 - 오감으로 마음 담아내기

1부

/

/

그 잔소리,

이 말이었어

# 나는 소우주다

1996

작은 개체, 즉 무수한 세포들의 결합은 살과 뼈가 되어 제각기 역할에 맞는 팔다리를 이루며 한 생명체로서의 구조를 형성한다. 이 생명체의 육체적 중심은 심장이라 할 수 있다. 그런데 개개의 세포들은 한 생명을 탄생시킴에 없어서는 안 될 귀중한 요소이기는 하나 생명체에 결정적인 영향을 주진 못한다. 극단으로 심장이 멎지 않는 한 손발이 잘리는 고통에도 생명 유지에는 별다른 지장이 없기 때문이다.

또한 두뇌는 정신적 측면에서의 중심이다. 한 생명체로서 살아가기 위해 자신을 주관한다는 점에서 역시 심장과 같다. 따라서 심장과 두뇌는 나를 관장하는 핵심이다. 그런데 육체적 심장은 정신적 두뇌의 작용에 따라 움직인다는 점에서 하위에 있다고 하겠다. 우리는 한 생명의 죽음을 두고 그 근거를 심장이 멎었느냐, 뇌의 활동이 정지되었느냐에 따라 가름하기도 하는데 심장의 멎음은 뇌 활동의 멎음과 연결하여 죽음의 근거로 삼기에 별 무리가 없다. 그러나 뇌의 멎음은 심장과 별개다. 그래서 뇌사를 죽었다고 보느냐 살았다고 보느냐 하는 문제가 논쟁거리가 되기도 하지만, 두말할 것도 없이 죽음 그 자체이다. 정신이 없는 육체는 삶의 존재 가치가 없기 때문이다.

그럼 대체 정신이란 무엇인가. 우리의 신체와 함께 있는 마음과 목숨을 주재하는 것으로써 넋이라면 그 해답이 될까. 물체적인 대상을 초월한 실재로서 참된 목적이나 사물의 근본은 아닐는지. 어쨌든 우리는 정신작용에 따라 몸을 움직여 무언가를 실행하고 실천해 나간다.

화제를 바꾸어 이제 우주의 개체 원리 측면에서 생각해 보자. 수많은 별 중의 하나인 지구는 여러 층으로 이루어졌고 가장 중심에 핵이 자리 잡고 있다. 지구가 죽음에 이르는 조건은 두 가지로 볼 수 있다. 첫째는 외부적 요인인 환경오염의 심화다. 모든 만물이 지구의 자연적 여건에 순응하여 살아가는 반면 인간은 자신들의 안녕을 위하여 이로운 대로 추구해 가다 보니 급기야 자연 훼손이라는 불미스러운 흔적을 누적시켜 왔다. 산업화로 인한 오염 물질의 대량 방출로 지표가 죽어가고 있고 대기권의 오존층 파괴 또한 가속화되고 있어 지구의 앞날이 희망적이지만은 않다. 둘째는 내부적 요인으로 지구 중심인 핵의 분열에 의한 파괴이다. 지층의 움직임이나 마그마와 같은 물질의 분출로 인한 용암의 형성 등 지구 자체의 지각 변동이 중심핵에 영향을 주어 자멸할 수도 있을 것이다. 이러한 지구는 또 다른 환경 즉 태양계의 영향권에 있어서 태양의 범주에서 그 생명력을 유지하기 위해 일정 거리를 두고 공전한다. 공전하는 이유는 간단하다. 우리가 줄다리기할 때 한편이 힘에 부치고 달리면 좌우로 움직여 균형을 유지하려는 이치와 같다. 어쨌든 지구는 자전과 공전을 통하여 살아 움직이고 있으며 태양계의 일원으로서 일정 영역을 확보하고 역할을 충실히 수행하고 있다. 그런데 태양계의 중심인 태양 활동의 변수에 따라 지구의 운명은 역시 달라질 수 있다. 태양의 자멸은 곧 수성, 금성 등의 위성에 막대한 영향을 주어 존폐 위기에 놓이게 할 것이다. 더 나아가 태양계들의 집합체인 은하계도 역시 태양과 같은 중심이 있을 것이고 이 중심핵도 다른 태양계에 직·간접적인 영향을 줄 것이다. 또한 은하계들이 모여 우주를 이루고, 우주는 소우주를, 소우주는 대우주를, 대우주는 거시우주를 이룰 것이고. 이들은 제각기 중심이 되는 핵이 있어 이것의 작용에 따라 신생, 성장, 사멸의 과정을 거치며 존폐의 상태라는 역학적인 관계에 놓여 있을 것이다. 이러한 현상의 최종 단계랄 수 있는 중심점은 존재하지 않을 것이다. 이는 무한으로 펼쳐지는 거시적인 우주 공간 일부분일 것이다.

그러나 분명한 것은 무한대로 펼쳐지는 우주의 끝 지점엔 분명히 이 우주의 중심이 되는 핵이 있을 것으로 수학에서 계산하여 떨어지지 않는 수를 무한수라 하듯이 이를 무한대라 하기도 한다. 그런데 이 무한 우주의 중심인 핵이 자멸하였다고 해보자. 그 결과는 짐작하고도 남음이 있다. 우주는 중심을 잃고 연쇄 폭발을 일으켜 장관일 것이고 결국 우리가 사는 지구도 안전을 보장받기란 미미한 희망 사항에 머무르는지도 모른다. 이렇듯 막강한 위력을 발휘하는 무한 우주의 중심핵은 우주에 있어서 절대적인 존재로써의 의의가 있다.

끝없는 우주의 중심은 분명 존재한다. 그래서 인간은 그들이 믿는 종교를 통해 정신세계의 중심점을 신이라고 부른다. 그 신은 절대적인 권한을 가지고 있으며 무한 가능성의 소유자다. 그래서 무한자, 절대자, 전지전능하신 하나님이라 부르기도 한다. 어쨌든 이러한 관계의 축소판이 나다. 따라서 나는 소우주라 하겠다. 나는 정신을 통해 나를 주관한다. 정신의 상태에 따라 행동하는 나는 마음먹기에 따라 옳고 그른 일을 실천해 나간다. 남이 아무리 이래라저래라하여도 내 마음이 움직이지 않으면 그만이다. 즉 신체에 있어서 절대적 권한을 행사하는 것은 마음 곧 정신이다. 그 마음을 어떻게 쓰느냐에 따라서 좋고 나쁨의 분별이 있을 것이다. 그렇다면 소우주의 하나인 나는 어떻게 행동하며 살아가야 할 것인가. 아무렇게나 내키는 대로 행동하면 만사가 형통할까.

그렇지 않다. 인간의 궁극적인 목표는 행복의 추구다. 이를 이루기 위해 이상을 갖게 되고 그것을 실현하려고 부단히 노력한다. 그 노력은 체계적이고 조직적이어야지 무모하게 덤비는 식의 비생산적이어서는 안 된다. 그래서 알아야 한다. 안다는 것은 어렵고 힘든 일 중의 하나다. 알기 위해서는 각고의 노력이 절실히 요구된다. 노력하지 않으면 후일을 기약할 수 없음은 자명하다.

새내기들이여, 노력 이상 가까이할 것은 없다. 우주에 음양의 기가 있듯이 우리의 몸에도 음양의 기가 있다. 열심히 공부하고자 하는 것은 나의 몸에 양의 기가 있음이오. 이를 방해하는 것은 음의 기다. 마음 한 구석에 불덩이가 가슴을 답답하게 누르며 진득이 공부를 못하게 자꾸 자리에서 일어서라고 재촉하는 게 음의 기다. 결국 후유 후유 하다가 급기야 책을 덮을 때 음의 기는 미소를 짓는다. 따라서 이 음의 기를 어떻게 다스리느냐에 따라서 공부의 성패가 가름 지어진다 해도 과언이 아니다. 그러면 어떻게 다스려야 할까. 그것은 오로지 자신의 노력 여하에 달려 있을 뿐이다. 음과 양은 양분되어있는 것이 아니다. 항상 교차로 얽히고설키어 조화를 이루고 있는데 이것의 균형이 깨졌을 때 일반적으로 음이 강해져 나쁜 쪽으로 일탈하려는 경향이 있다. 따라서 음양의 조화로운 균형이 이루어졌을 때 가장 바람직한 방향으로 나가는 것이다. 음양이 조화를 이루어 나가듯이 우리의 마음 또한 조화로운 균형을 이루어 나간다면 한숨 지으며 공부를 못 하는 일은 없으리라고 본다.

나를 책임질 자는 부모도, 선생님도, 친구도 아닌 자신이라는 사실을 인식하고 나는 소우주로서 무엇이든지 이룰 수 있는 무한 가능성의 소유자임을 깨달아 제 할 일에 노력을 기울여 주기 바란다.

# 가치 있는 삶

1996

　우리는 가끔 산다는 것에 의문을 품는다. 왜 사느냐는 물음에 대해 태어났으니까 마지못해 어쩔 수 없이 살아가는 거라고 말하기도 한다. 그러나 시원스러운 답변으로 간주하기엔 미흡함이 너무나도 많다. 그렇다면 이에 대한 해결의 실마리는 어디서부터 어떤 방식으로 풀어나가야 할까. 세상에 태어나 산다는 건 엄숙하고도 위대한 일임에 틀림이 없다. 이러한 생명의 탄생을 두고 단순히 사랑놀이의 산물로 치부하려는 생각은 잘못이다. 살아 숨 쉬는 생명체의 가장 원초적인 본능은 종족을 번성시키는 것이며 인간 또한 그러하다. 따라서 부모가 나를 낳은 것은 당연한 이치이며 나 역시 자식을 낳아 대를 이어 가야 할 의무와 책임이 있는 것이다. 만약에 자식을 낳지 않게 된다면 인간 문명의 장래는 그리 밝지 않으리라고 본다. 희망이 없는 앞날은 삶에 의욕을 저하할 뿐 아니라 혼란만을 가중할 따름이다. 자식은 미래의 희망이요, 사는 즐거움을 안겨 주기에 넉넉한 존재이며 태어났다는 그 자체만으로도 가치가 있다고 하겠다. 이렇듯 막중한 사명을 가지고 태어난 나에게 있어 살아야 할 목적은 분명하며 자신을 함부로 대할 수 없는 이유가 여기에 있는 것이다. 어쨌든 나는 현재, 자의든 타의든 세상에 태어났고 어떻게든 살아가야 한다. 그런데 내 인생은 나의 것이라며 간섭받지 않고 아무렇게나 마음 내키는 대로 살아간다면 우선은 쾌락적 측면에서 달콤한

솜사탕과 같을는지 모르지만 그러한 세계는 오래가지 않는다. 조만간 사라지고 허탈감에 사로잡혀 폐인의 길을 걷게 될는지도 모른다.

그럼 어떻게 사는 것이 진정한 가치가 있는 삶일까. 우리는 어쩌다 부모로부터 꾸지람을 들을라치면 반대급부적으로 왜 낳았느냐며 태어나고 싶지 않았다고 부모 가슴에 못을 박는 소리를 하는 경우가 있다. 이러한 말을 듣는 마음이 어떠할지는 짐작이 가고도 남음이 있으리라. 긴 한숨으로 낙심하며 자책하는 모습이 너무도 애처롭고 가련하지 않은가. 이것은 사는 게 아니다. 짐승도 외면할 일이다. 사람답게 사는 길을 좇아 살아가야 할 것이다. 그러기 위해선 배워야 한다. 배움이란 그리 어려운 일이 아니다. 부모의 살아가는 모습을 바람직하게 전수하여 가면 되는 것이다. 어떤 부모가 자식을 나쁜 쪽으로 이끌어 가려 하겠는가. 좋은 길로 가기를 간절히 바라며 노심초사하는 게 부모 아니겠는가. 그 부모가 자식에게 베푸는 사랑은 그 어떠한 대가도 바라지 않는 조건 없는 헌신이다. 주위의 절친한 친구나 이웃들이 아무리 좋은 말과 친절로써 관심을 끈다고 하여도 부모와 같이 정성을 다하는 자비로움은 아닐 것이다. 이러한 정성과 사랑의 충만함 속에 자란 나의 인격은 건전하게 형성될 것이라 믿는다. 인격은 바람직한 삶을 살아감에 없어서는 안 될 필수적인 요소 중에 하나다. 이것이 있기에 왜 사는지에 대한 해답을 구할 수 있을 것이다.

부모가 자식을 대하듯 정성과 사랑으로 살아가는 것. 그 이상 무엇이 필요하겠는가? 이것을 바탕으로 하여 살아갈 때 가정은 물론 사회 또한 화기애애함이 있으리라 본다. 이를 위해 일을 하며 살아야 한다. 일에도 여러 가지가 있겠으나 우선으로 근본적이고 본능적인 일은 결혼하여 자식을 낳는 것이다. 결혼까지 마다하고 사회에 봉사하는 사람들의 사랑 운동이 아무리 심혈을 기울여 최선을 다했다 하더라도 부모가 자식에게 베푸는 정성과 사랑에는 미치지 못하는 법이다. 자식을 낳아 기르는 부모의 마음으로 매사에 임했을 때 진정으로 사는 즐거움이 있을 것이다. 둘째로 생산적이며 가치 있는 일이어야 한다. 순간을 쾌락만을 좇는 소모적인 일은 건전한 정신을 병들게 한다. 내가 할 수 있는 일을 찾아 무언가 창출하려는 자세를 갖고 생활에 임해야 할 것이다. 나에게 도움이 되고 가정과 사회에 이로움을 줄 수 있는 일이야말로 가치가 있지 않겠는가.

이러한 가치 있는 일을 이루기 위해선 자기 능력을 기르는데 소홀히 해서는 안 된다. 능력이 부족하면 하고자 하는 일을 쉽사리 성사할 수가 없게 된다. 능력이 많고 적음에 따라 삶의 질도 달라질 것이다. 물질적 윤택함은 그만두고라도 정신적 측면에서 하고자 하는 일에 만족을 느끼고 보람을 얻을 수 있는 것은 오로지 능력이 길러졌을 때만이 가능하다. 어떠한 일을 아무리 하고 싶고 또한 이웃을 도와주고 싶어도 능력이 없으면 어찌할 수 없는 노릇이다. 그저 안타까운 마음으로 손쓸 길 없이 지켜보며 능력 없음을 자탄하고 후회할 뿐이다. 이러한 일이 일어나지 않는 바람직하고도 가치 있는 삶을 위해서 자기 능력을 길러야 할 것이다. 이것이 곧 가족과 이웃, 더 나아가 지역사회, 국가 모두에게 이바지할 수 있는 일이라고 본다. 우리누리 동아리여. 가치 있는 삶을 위해 능력을 기르라.

# 더불어 살자

1997

어떻게 사는 게 진정 사람답게 사는 것이냐고 이루 다 헤아릴 수 없이 많은 물음을 던져보곤 한다. 그러나 그 해답은 별로 신통치 않다. 그저 단순히 그때그때의 처한 상황에 따라 변화를 모색하며 대처해 나가면 되지 않겠느냐고, 어찌 보면 너무도 당연하고 현실적인 생각과 태도를 보임으로써 자신만만하게 열심히 살았노라고 목소리 높여 결론을 유도하려 하는 게 고작이다. 정말로 이것이 그토록 고민하며 갈구한 답이요, 부끄럽지 않은 삶의 나아가야 할 길인가에 대해선 역시 또 다른 의문을 제기해 볼 뿐이다.

우리는 살아가는 동안 희비가 엇갈리는 우여곡절을 수없이 겪고 지내게 되는데 그런 때마다 나름대로 기지와 재치를 발휘하여 현명하게 극복해 나갈 줄 아는 타고난 능력을 드러낸다. 때로는 좌절 속에서 눈물짓고 어금니 깨물며 각오와 다짐을 한 적도 있을 것이고, 의외의 수월함에 기쁨을 가눌 길 없어 마냥 좋아하던 때도 분명 있을 것이다. 그런가 하면 풀릴 듯하면서도 풀리지 않는 어려움에 직면하여 진땀 흘린 적도 있을 것이고, 억울함을 하소연조차 못 하고 속앓이하는 사연도 부지기수이었을 것이다. 당면한 일들을 순리에 맞게 처리해 나간다고 하더라도 의도와는 달리 부득이하게 가해가 되거나 선의의 피해를 보는 경우가 일어나 어려움에 부닥치기도 하였으리라. 그러나 문제는 그저 나만 살겠다고 자기 위주의 생각과 행동으로 타인에게 고의적인 피해를 주고도 양심상 아무런 가책을 느끼지 않을 뿐 아니라 오히려 재미로 즐기며 고소하다는 듯이 사기 행각을 일삼는 비인간적인 모습들이다. 어쨌든 이러한 일들은 우리 주변에 흔히 있는 바로 내가 아니면 주위의 누군가가 겪었을 수 있는 현실적인 문제이기도 하다. 가능하면 발생하지 않았으면 하는 게 우리 모두의 바람이지만 인간의 뜻과 노력으로는 어쩌지 못할 운명처럼 미리 정해진 자연의 섭리일 런지도 모르겠다.

현대 사회는 하루가 다르게 급속도로 변화되어 가고 있다. 이런 세상에서 적응하며 살아가려니 힘들고 벅차기만 하다. 잠시라도 허리를 펴볼라치면 나의 위치가 어디인지도 분간이 안 될 정도다. 고개를 들어 하늘이 무슨 색인지조차 모를 정도로 너나 할 것 없이 모두가 분주하게 움직여야만 한다. 한마디로 여유가 메마르다 못해 건조한 것이 바로 우리 사회의 단면을 보여 주는 듯도 하다. 가뭄 뒤의 단비와 같은 촉촉한 인정이 없으니 그저 자신의 안위를 위해 현실에 급급할 뿐이다. 이쁘게 말하면 처지에 맞추어 적절히 대응해 나가는 거라 할 수도 있겠으나 정말 그러할까? 역시 물음을 던져 본다. 여유가 없는 사회, 왠지 삭막해지며 고독감이 밀려온다. 무엇을 하나 하더라도 이익이 없으면 그만인 계산적이고 이기가 만연해 있는 그런 각박하기만 한 곳에서 살아가는 우리. 과연 행복이 무엇인지는 알고 사는지. 그저 물질적인 풍요와 경제적 우위에 기반을 둔 허세와 기만이 최고인 양 평가되고 추종하고 있는 사람들이 이 사회를 주도하는 듯한 인상을 가늘 길 없는 현실 앞에서 사는 방식을 논한다는 것이 걸맞기나 한 것인지.

세간의 입에 오르내리는 목소리가 한결같이 부도덕한 정경 유착을 나무라고 있다. 국민의 신망을 저버리고 탐욕으로 밀실 정치와 경영을 일삼는 작태야말로 가장 슬프고 허탈한 사례라 아니할 수가 없다. 나라 경제의 어려움에도 불구하고 외유를 일삼는 지도급 인사의 추태나 지방 자치 단체 간에 밀고 당기는 이권 경쟁에서도 그 못된 행각을 여실히 보여 주고 있어 분개의 눈빛을 풀 겨를이 없다. 우리 소시민의 복지를 위한 배려는 없고 오직 행정적인 조치에 따르는 권위만이 생활고에 부담을 가중할 뿐이다. 우리의 교통 문화에 있어서도 원활하게 소통이 될 수 있도록 시설을 성실히 갖춘다면은 구태여 온갖 규제 사항을 만들지 않아도 되련만 제 할 일은 미루고 하지 않으면서 벌금 물리기에 혈안이 된 듯한 인상 또한 행정 편의주의적인 행태라 아니 할 수 없다. 그리고 거두어들인 벌금은 또 어디에다가 쓰는 것인지. 과연 국민의 편익을 위한 도로 확장이나 주차장 설치를 위한 곳에 순수하게 쓰이고는 있는 것일까? 혹여 이를 다른 곳에 편법으로 유용하고는 있지 않은지. 사정이야 있겠으나 어찌하였든 이들에 대한 믿음이 가지 않는다.

우리 국민 자신도 너무 타산적이다. 공공질서를 무너뜨리기에 부족함이 없는 비양심적인 성향이 다분히 있다. 말로는 환경 문제를 운운하며 청결하게 가꾸어 나가자고 강조하지만 오·폐수의 방류를 버젓이 자행하기도 하고, 남이 보지 않는다고 하여 나 하나쯤 일탈해도 괜찮으리라는 판단에 해서는 안 될 것들을 서슴없이 행동으로 드러내고 혹여 들통이 났다 하더라도 되레 큰소리치는 경우를 종종 겪으며 보아 왔다. 우리 사회엔 나 아니면 안 되고, 나 이외에는 인정하지 않으려는 경향이 습관처럼 만연되어 간판급 문화로 자리 잡아가고 있는 듯하다. 개성을 강조하는 특별함이 인정되는 것은 좋다. 그러나 동료와 이웃에게 피해를 주고 악영향을 미치는 일이라면 개인적으로 조금은 이득이 없다손 치더라도 양보하고 물러서서 그만두어야 하지 않을까? 이 사회는 혼자

서만 잘 났다고 살아가는 그런 데가 아니라 우리 모두 함께 더불어 살아가야 할 곳이다. 그러기 위해선 나와 관련이 있건 없건 간에 모든 이에게 직접이든 간접이든 도움을 주고 혜택이 돌아갈 수 있는 그런 인정이 넘치는 사회로의 진출을 꾀할 때 거기엔 진정 우리가 추구하는 사람답게 사는 방식과 해답이 있으리라고 굳게 믿어 의심치 않는다. 무엇보다 중요한 건 믿고 따르며 정 나눔으로 더불어 사는 것이야말로 가장 이상적인 사람답게 사는 것이 아닐까 생각하면서 당부하는 바는 우리 모두 믿음의 정으로 더불어 살아가자는 것이다.

# 사람답게 살기 위해

1998

우리는 세상을 살아가면서 왜 사는지조차 모르고 지내는 경우가 많다. 주어진 목숨 어쩌지 못하고 그저 되는 대로 흘러가는 상황에 맞추어 임기응변적으로 대처해 놓고서 혹시 최선을 다해 열심히 살았노라고 자평을 아끼지 않는 것은 아닌지 모르겠다. 정말 후회 없는 생활을 했다고 자신 있게 나서서 말할 수 있을까?

세상일이란 만만하게 대할 정도로 단순하지만은 않다. 그렇다고 부담스럽고 복잡하냐면 그렇지도 않다. 순탄한 듯하면서 미묘한 갈등이 공존하는 곳이 바로 사람 사는 데다. 때로는 지루하리만치 단조로움을 추구하다가도 화끈하게 요란 떠는 분위기를 동경하고, 정신 차릴 겨를 없이 미로 속에서 헤매며 인제 그만 쉬었으면 하면서도 은근히 이를 즐기려는 게 사람이다. 어찌 보면 현실의 변화에 맞게 적응을 모색해 나가는 것이 사람답게 사는 가장 현명한 방식일는지도 모른다. 그러나 분명한 것은 이 사회의 흐름이 의도하는 방향으로만 가지 않는다는 것이다. 아무리 잘해 보려 해도 뜻한 바와는 다르게 의외의 일이 진행돼 희비의 엇갈림을 맛보기도 한다. 그런데 이러한 결과가 자연스러운 순리라면 수긍을 하고 따라야 하겠지만 혹여 요행수에 의존하거나 인위적인 술수가 작용했다면 문제는 다르다. 그저 자신의 안위와 출세를 위하여 이용 수단으로 억압하고 짓누르는 세태가 이 사회의 주역이 되어서는 더

더욱 아니 된다. 이런 것이 통용되는 사회는 좋은 곳도 못되고 사람 살 곳도 못 된다. 그렇다면 사람답게 살기 위해 어떻게 해야 할까?

최초의 인간은 뭇 동물들과 별로 다르지 않았을 것이다. 먹이 사슬의 어느 일부분을 충실히 담당하며 그저 먹고 사는 본능의 존재에 불과하였는지도 모른다. 그러나 분명한 것은 이들에게는 생각의 주머니가 있었다. 다른 동물들과 마찬가지로 생존 경쟁에서 단순히 살아남기 위한 정도가 아닌 좀 더 차원이 다른 사고를 하고 있었다. 우연히 얻은 경험을 이용할 줄 알았고, 시행착오 과정에서 도구를 제작하기에 이르렀다. 그리고 이러한 정보를 전달하기 위해 몸짓으로 의사소통도 하였을 것이다. 게다가 사람은 더불어 살아가려는 속성을 지니고 있어서 집단을 형성하고 사회를 만들어 그들만의 문명 세계로 발전시켜 왔다. 그래서 인간을 만물의 영장이라고 자만에 빠져 겁 없이 말하기도 하는데 과연 그러한지는 의문이 간다.

어쨌든 인간은 예로부터 오늘에 이르기까지 이루다 헤아릴 수 없을 만큼의 방대한 지식을 축적해 왔기 때문에 동물들과 구별되는 삶을 누려왔다고 본다. 그러나 만약 이를 거부하고 배움을 소홀히 한다면 어찌 될까? 일순간에 문명의 퇴보를 가져와 짐승과 다를 바 없이 살아갈 게 뻔하다. 사람이 배워야 하는 이유는 단지 지식의 전달을 위한 수단만은 아니다. 이미 가지고 있는 배경지식에 새롭게 얻어진 경험을 토대로 더 나은 삶을 살아가도록 하고자 하는 것이다. 한마디로 사람답게 살기 위해서 배워야 한다. 배움이 선행되지 않는 삶은 사람이길 포기하는 것과 같다. 배움은 공부다. 따라서 공부는 사람답게 살기 위해서 한다. 옛날엔 사냥하고 곡식을 거두는 기술을 익히면 되었지만, 오늘날에는 적성에 맞는 전문성을 찾아서 갈고 닦아 나가는 게 공부다. 아무리 학력이 좋다 하더라도 실력을 기르지 못하면 도태될 수밖에 없다. 남이 못하는 나만의 색깔로 능력을 갖추어야 한다. 공부는 어떤 목적을 위한 수단이 되어서는 안 된다. 능력을 갖추어 나가다 보면 자연스럽게 부수적으로 따라오는 산물이 출세요, 명예라고 본다. 그런데도 사람들은 공부의 본질에는 관심이 없고 출세의 도구로 지식을 추종하여 성적만을 중히 여기고 있다. 그러다 보니 점수만 좋으면 최고인 양 기고만장하여 버릇이 고약해지고 자기의 생각만이 옳은 것처럼 독선에 빠져 타협을 모른다. 벼는 익을수록 고개를 숙인다는 말이 있다. 배운 만큼 겸손해야 한다는 뜻이다. 그런데 우리 주변엔 조금 안답시고 건방지게 거드름 거리는 사람이 많이 있다. 게다가 독단으로 큰일을 그르치고 모든 이에게 피해를 주는 사례도 있다. 이는 한 번쯤 반성의 시간을 가져야 할 것이다.

이 사회는 사람을 우선으로 생각하고 존귀하게 여길 줄 아는 그런 사람이 필요하다. 그런데 우리의 현실은 그러하지 못하다. 성적을 가르침의 척도로 삼고 점수가 좋으면 칭찬에 인색하지 않은 이런 태도가 너무 만연되어 있어 눈살을 찌푸리게 한다. 정상적으로 배우고 익혔다면 그 목표에 맞는 성과를 거두어야 함은 당연하다. 그러나 사람에 따라 능력에는 차이가 있으므로 어느 한 측면만 가지고 평가를 해서는 안 된다. 공부는 좀 못하더라도 예체능에 능하다면 그 나름대로 격려해주어야 한다. 그저 지식이나 전달하는 수준에서 하루빨리 탈피하여 아이들의 적성에 맞는 분야를 찾아 소질을 계발해 나갈 수 있도록 지속적인 관심을 기울여 주어야 한다. 이것이 바로 앞으로 해야 할 감성 교육이다. 이제는 지식 습득에 연연하는 자세를 버리고 좀 더 진득하게 장래를 내다보며 진정한 공부를 해야 하지 않을까

사람이 살아가는 데에는 불편을 느끼지 않을 정도의 지식과 끈기 있

는 노력을 바탕으로 한 성실함이 있으면 된다. 분명히 이 사회는 성적순이 우선일 수 없으며 공부를 못했다고 인생의 열등은 더욱 아니다. 누구에게나 그 역할에 맞는 능력을 발휘할 수 있는 기회가 주어진다. 그러나 할 수 있으면서도 안 하는 것은 잘못이다. 주어진 일에 최선을 다하는 자세가 그 무엇보다도 중요하다.

뭐가 되겠다는 목표 의식을 가지고 이를 이루기 위해 능력을 길러나가다 보면 분명 좋은 성과를 거둘 수 있을 것이다. 아무리 훌륭한 꿈을 가지고 있다 하더라도 그 일을 이루려는 부단한 노력이 없다면 실현 가능성은 희박하다. 또, 그 꿈에 맞는 능력을 갖추어야만 원하는 일을 할 수도 있는 것이다. 능력도 기르지 않고 꿈만 좇는다면 그건 허황한 것에 지나지 않게 되며 이루어지지도 않을 것이다. 자신의 분수와 처지에 맞는 꿈을 조금씩 일구어 가다 보면 정도의 차이는 있겠지만 언젠가는 반드시 이룰 수 있으리라고 본다.

그러나 무엇보다 중요한 것은 인성이다. 아무리 꿈을 이루고 출세하거나 돈을 많이 벌었다 하더라도 사람답지 못하다면 무슨 의미가 있겠는가? 공부는 사람답게 살기 위해서 하는 것이지 부귀영화를 누리려고 하는 것은 결코 아니다. 남에게 손가락질받거나 무시당하지 않고, 뜻한 바대로 꿈을 펼치며 이웃과 더불어 어우러지는 데에 사람 사는 맛이 있는 것이다. 이런 세상을 만들기 위해 배우고 공부하는 것이다. 끝으로 사람답게 살기 위해 자기 능력 개발에 최대한 힘을 쏟으라고 당부하고자 한다.

# 바람직한 길을 찾아

1998

우리의 주변을 둘러보면 사방팔방으로 복잡하게 나 있는 길을 볼 수가 있다. 이 중엔 하루에도 몇 번씩 다녀야 하는 골목이 있는가 하면 어쩌다 한번 들를까 말까 하는 대로도 있을 것이다. 자주 다니는 길이야 눈에 익숙하여 부담 없이 활보할 수도 있겠지만 초행이면 혹시 잘못 가지나 않을까 해서 두려움에 조심스럽고 때로는 모험심이 요구되는 경우도 생길 것이다.

우리는 살아오면서 수없이 많은 길로 다녔고 앞으로도 다닐 것이다. 잘 닦여진 평탄한 곳을 만나면 순조로움에 한숨 돌리며 세상 살맛 난다고 할 것이고 거칠다 못해 험하여 도저히 갈 수 없는 곳이 나오면 힘겨워서 좌절을 느끼기도 할 것이다. 그래서 일반적으로 낯익은 길을 즐겨 찾는지도 모를 일이다. 미로처럼 복잡하게 얽히고설킨 길을 선호하는 사람은 아마도 없으리라고 본다. 그런데 모두 쉽게 다닐 수 있는 편한 길만을 택한다면 발전이라는 성장이 있을 수 있을까. 당연히 모르는 곳을 가게 되면 방향을 잃고 도저히 헤쳐 나가기 어려운 지경에 처하는 수도 있다. 이러한 상황을 어떻게 극복하느냐 하는 것은 전적으로 길을 가는 당사자의 의지에 달려 있다고 본다.

우리의 인생길도 여러 가지 다양한 형태로 나타나는데 이 중에 가장 이상적이고 바람직한 길은 과연 어떤 길일까. 우선 이런 길을 생각해 볼 수 있을 것이다. 목표 지향적인 길을 말이다. 적성이나 소질을 고려하여 가장 적합한 길을 하나 선택한다는 것은 참으로 어려운 일이다. 그렇다고 막연한 기대 심리만을 가지고 무계획적으로 살아간다면 이도 자기를 포기하는 것과 다를 바 없지 않은가. 그저 그렇게 편함만을 염두에 두고 안일하게 하루하루를 지낸다면 그 길은 분명 순탄하지 않음은 물론 희망마저 보이지 않을 것이다. 앞으로 무엇이 되겠다는 확고한 목표를 가지고 꾸준히 추진해 나간다면 거기에는 분명히 꿈꾸어 온 그 무엇인가가 있으리라고 본다.

중요한 것은 나만의 독특한 길을 찾아서 가야 한다는 것이다. 안전성만을 생각해 이미 많은 사람이 다져 놓은 길을 택할 수도 있을 것이다. 그러나 그 결과가 훤히 보일 정도로 그저 수월하다면 성취적인 측면에 있어서 그 만족의 정도는 그다지 높지 않으리라고 본다. 반면에 아무도 가지 아니한 길을 찾아 개척해 나간다면 힘들고 어려운 역경이 분명 따르긴 하겠지만 보람을 느낄 수 있을 것이다. 진정 우리가 거울로 삼고 따라야 할 대상은 상대성 원리를 밝힌 아인슈타인이나 전화를 발명한 무치와 같이 탐구하는 자세를 가진 인물이어야 하지 않을까. 최소한 유희적인 즐거움에 집착하여 잠시 반짝이다가 사라져 버리는 연예 스타들을 우상으로 여기고 추종하는 어리석음은 범하지 말아야 하겠다. 모름지기 무에서 유를 창조해 내는 길을 가야 하리라고 본다.

우리는 종종 교차로에 직면하여 이정표라는 것을 만나게 되는데 그 위치와 도로의 사정에 따라 크기도 다양하게 설치되어 있는 것을 볼 수 있다. 그래서 사람들은 그들이 목표로 하는 종착지로 방향을 잡고 가게 된다. 곧고도 넓은 길로만 가는가 하면 때에 따라서는 우회하여 지름길로 앞지르기도 하고 막다른 곳에 이르러 어쩔 수 없이 온 길을 되돌아가기도 한다. 이것이 바로 우리가 살아가는 인생길이 아닐까. 각자의 능력과 의지에 따라 안주하여 머무는 곳도 다양할 것이다. 이상에 맞는 길을 추구하여 만족할 만한 자리에 이르러 관조의 자세를 취하는가 하면 어떤 이는 가던 길을 중도에 포기하고 다른 길을 가거나 그냥 그렇게 머무르는 예도 있을 것이다. 무슨 길을 어떻게 가든 그 자신이 최선을 다해 능력을 발휘하여 이루어낸 자리라면 더 이상 거론할 여지 없이 그 나름의 귀한 가치가 있다고 하겠다.

그런데 문제는 걸맞지도 않은 자리를 차지하기 위해 구차한 언행으로 곡학아세를 일삼는 아첨꾼이 있다는 것이다. 이런 부류가 있으므로 해서 그 여파가 주변의 모든 사람에게 좋지 않은 영향을 끼치고 있어 안타까움이 더하다. 이런 자를 어떻게 믿고 따르며 존경할 수 있겠는가. 그 자신 스스로가 자리에 적합한 역량을 갖추고 있다면 구태여 알랑거리는 태도를 보이며 연연하지 않더라도 자연스럽게 자리가 마련되어 지리라고 본다. 이런 시점에서 조병화의 「의자」라는 시가 문득 떠오른다. 인위적이지 않고 순리에 따라 물려받은 의자에 잠시 앉아 있다가 때가 되면 다음 사람에게 넘겨주겠다는 내용이다. 잠깐 머물다 가는 자리이기에 욕되지 않게 하려는 자세를 엿볼 수 있다. 그래야만 자리에 앉는 누구나 명예롭게 여기지 않겠는가. 모두가 한 번쯤 눈여겨봄직도 하다.

우리가 가야 할 길은 과연 어떤 길일까. 그저 막연히 무엇이 될 것이라는 불확실한 선택 속에 거리의 인파에 휩쓸리듯이 이미 시원스럽게 나 있는 길을 따라 묻어갈 것인가. 아니면 아직은 미완이라 다소 모험이 따르고 좌절도 느낄 수 있지만, 탐구적인 길로 가야 할 것인가. 두 길 중 어느 한쪽이 가치 있거나 없다고 단정을 지어 말할 수는 없을 것이다. 어떤 길이 더 의미가 있는 지는 길을 선택한 당사자가 무슨 마음으로 어떻게 가느냐에 달려 있다. 다만 가지 말아야 할 길이라면 아예 처음부터 눈길조차 돌리려 하지 않아야 할 것이다. 그래서 사람들에게 손해를 끼치는 일은 절대로 없어야 하겠다.

논어에 나오는 공자의 수양 과정을 보면 열다섯에 배움에 뜻을 두어 서른에 기틀을 확립하고 마흔에는 사리에 의혹 되지 않으며 오십에 하늘의 이치를 알아서 예순에는 어떤 말을 들어도 다 이해하고 일흔이 되면 마음이 하고자 하는 바를 따라도 법도에 벗어나지 않았다고 하였다. 이는 윤리적인 측면에서 성인에 이르는 길을 제시하고 있다. 그러나 여기에까지는 도달하지 못하더라도 사람이 살아감에 있어 지켜야 할 기본적인 도리만큼은 벗어나서는 안 된다. 이것이 가장 바람직한 길이지 않을까. 모두가 본분에 맞는 자리에서 제 역할을 다해 나가는 마음가짐이 필요하다. 직위의 높고 낮음을 막론하고 각자에게 주어진 소임을 충실히 수행함에 게으름이 없어야 하겠다.

뜻을 세워 이루고 혹함이 없이 이치를 알아서 이해하며 법도에 따르는 길이란 참으로 어려운 이상에 치우친 이론에 불과할지도 모른다. 그러나 이를 조금씩이나마 행동으로 옮김으로써 좀 더 나은 길로 나아가게 된다면 그것으로 충분하지 않을까. 무슨 일을 어떻게 하든 순리에 따라야 함을 간과해서는 안 된다. 요행보다 노력을 중시하고 말보다 실천이 대접받는 풍토가 조성되어야 한다. 그래야 모두가 건전해지고 바람직한 길로 갈 수 있는 것이다. 자리가 중요한 것이 아니라 어느 길을 어떻게 가느냐가 관건이다. 이것이 바로 교육의 궁극적인 목표가 아닐까.

# 고정 관념을 깨자

2000

일상생활을 살아가다 보면 탐탁하지 않은 일들이 종종 있게 된다. 아무리 이해를 하려 해도 마음에 들지 않아 결국엔 싫은 소리 한마디하고 만다. 상대방의 의사와는 무관하게 내 생각만이 우선시 되는 모습을 엿볼 수 있다. 조금만 뒤로 물러 긍정적으로 생각한다면 받아들일 만도 한데 일단은 선을 그어 쐐기를 박듯이 선입견을 구사한다. 그러다 보니 감정이 상하고 그래서 한동안 서운함을 감추지 못해 급기야 시비를 가리는 절차를 밟기도 한다. 다행히 원만한 대화가 이루어져 해결의 실마리를 찾는다면 마음의 앙금을 씻어내는 의식과 함께 그것으로 문제는 표면화되지 않을 것이다. 오히려 좀 더 발전적인 인간관계를 다져 나가는 계기가 되기도 할 것이다. 그러나 우려가 되는 것은 또다시 마찰을 빚는 사태가 생기게 된다면 그럴 줄 알았다면서 지난 일들을 끄집어내어 되씹으며 거리감을 두는 골을 파고 또 팔 것이다. 다시는 보지 않을 것처럼 모든 책임이 다 상대에게 있는 양 평소에 마음에 들지 않았던 사소한 일들까지도 크게 부각하여 험담을 늘어놓기도 할 것이다. 여기에 무슨 배울 점이 있겠는가.

사실은 나 자신부터 되돌아보고 반성의 계기를 마련해 본다. 우리 인간을 좋게 해석하면 이상을 추구하는 존재라 하겠지만 조금만 달리 풀이하면 욕심이 많은 이기적인 동물이다. 모든 판단의 기준이 자기중심으로 이루어지길 바라고 또 그렇게 하려고 한다. 남을 배려하는 이타적인 모습은 너그러운 성인군자가 아닌 다음에야 찾아보기가 그리 쉽지 않다. 속담에 팔은 안으로 굽는다는 말이 있다. 어느 모로 보아도 일리 있고 타당하다. 관심과 애정을 표현하는 자체가 바로 이것이기도 하다. 그러나 일편으로 조금만 생각의 변화를 주면 편애의 단면을 엿볼 수 있다. 남보다 나를 생각하는 것, 그 자체가 고정 관념은 아닐까? 그렇다고 해서 박애 정신으로 나를 버리고 남만을 생각하라는 것은 아니다. 나를 생각하면서 남에게 이로움을 줄 수 있는 그런 생각과 실천이 그 어느 때보다도 절실한 시대가 지금이 아닐까.

그런 점에서 장안에 화제가 되어 있는 「덕이」라는 주말극이 우리네 서민들의 심금을 울리는 것은 아닐까. 나와 너 그리고 우리 모두를 위하는 그런 마음을 가진다는 것이 정말로 어려운 일일까? 아니 이것도 고정 관념이다. 일부 사람들의 모임을 보면 더불어 사는 삶 속에 어우러짐이라는 명분을 내세워 결속을 다지며 사랑하자고 한다. 그 말과 행동에 공감하면서도 한편으로는 다소 거부적인 시각을 떨치지 못하는 것도 역시 팔은 안으로 굽기 때문 아닐까? 사랑하되 나와 뜻을 같이하는 사람과만 사랑을 나누는 절름발이 사랑을 하고는 있지 않은지 되돌아보아야 하지 않을까? 생각이 다른데 어찌 어울려 지낼 수 있느냐면서 사랑받고 싶으면 믿고 따르라는 식의 사랑은 역시 자기중심적인 편협한 고정 관념 아닐까? 모두가 다 나름대로 옳든 그르든 간에 생각하며 살아간다. 그리고 추구하여 보람된 삶을 누리려 하고 있다. 경중은 있겠지만 그 결실로 행복을 느끼며 또 다른 가치를 향한 원천으로 삼아 더 큰 이상을 향해 살아간다. 이것이 사람 사는 방법이요, 진리 아니겠는가.

근래에 많은 변화가 우리 곁을 찾아와 감격을 주고 갔다. 그리고 그것으로 끝나지 않고 지속적인 변화가 시도되고 있다. 그렇게도 굳건히 닫히기만 했던 이산(離散)이 어느 날 갑자기 봇물 터지듯이 만남으로 바뀌었다. 고정 관념에 사로잡혀 있었다면 이러한 일은 가능하지 않았을 것이다. 의식의 고정은 오히려 발전을 저해할 뿐 아무런 도움도 되지 못한다. 그래서 우리는 신세대를 보면서 나를 돌이켜 보고 거울로 삼는 것이다. 기성세대들의 시각에서 보는 N세대의 모습이 탐탁스럽지 못한 것도 역시 고정 관념이다. 하지 말라는 것을 안 하는 것은 이상이 없다는 것인데도 착하다는 말로 보상받고, 하지 말라 해도 하는 것은 목표 의식이 있는 것임에도 버릇없다고 매도하지는 않는지 모를 일이다. 그야 당연히 지켜야 할 도리와 윤리를 도외시하자는 것은 아니다. 혹여 어른의 시각에 비추어 볼 때 마음에 들지 않는다고 해서 혹평하지는 않는지 돌이켜 보자 함이다. 이것이 바로 고정 관념이기 때문이다. 그런데도 우리 어른들은 옛 생각에 머물러 조금만 변화를 주어도 세상 말세라며 단정해 버리고 한심스러워한다. 이것을 깨야 한다. 그래야 산다. 그렇지 않으면 점점 퇴보의 길을 걸을 수밖에 없는 것이다.

이제 마음을 좀 더 넓게 쓰고, 너그럽게 해야 한다. 조그마한 일에도 감동할 수 있는 열린 마음을 가져야 한다. 잘못을 남의 탓으로 돌리지 않는 겸허와 용서할 줄 아는 겸손을 지녀야 한다. 기쁨과 슬픔을 함께 공유할 줄 아는 연민도 있어야 하고 이기적이거나 분수에 어긋나는 허황한 꿈을 버리고 함께 살아 있음의 축복을 나누어야 한다. 서로 먼저 이해하고 사랑함으로써 행복하고 아름다운 사람으로 거듭나야 한다. 그러기 위해서라도 고정 관념은 깨야 할 것이다.

# 말하기보다 듣기에 치중하라

2001

아이들의 대화 내용을 듣는 경우가 자주 있다. 그때마다 느끼는 것이 말을 참 잘한다는 것이다. 어떻게 저런 의견이 나올 수 있는지 신기할 정도다. 예전 같으면 엄두도 내지 못했을 말을 거리낌 없이 하는 것을 보면서 역시 놀라게 된다. 혹여 제대로 듣지 못해 무슨 말인지 몰라 하기라도 하면 더욱 선명하게 되뇌어 확실하게 전달되도록 한다. 이는 자기 의사를 분명히 밝히려는 언어 행위로써 권장하여 길러주어야 할 일이다. 그러나 문제는 하지 말았으면 하는 말까지 서슴없이 내뱉는 경우다. 무엇보다 이런 분위기를 알아채지 못하고 그저 자신들의 생각만이 옳다고 하거나 반응이 없는 말을 혼자서 지껄이며 재미있다고 한다는 것이다. 듣는 이의 처지나 상황은 고려하지 않고 그저 자신의 기분에 따라 즉흥적으로 말을 만들어 내어 미주알고주알 해댄다. 무슨 소리 하느냐고 하면 되레 핀잔을 주며 듣기 싫으면 다른 데로 가라는 식으로 조잘댄다. 듣는 아이들도 별로 문제 삼지 않고 말하는 이의 장난기 섞인 말재간에 넋을 잃고 바라보다가 어떤 표정이라도 지으면 깔깔거리며 웃어댄다. 일종의 이들 또래만이 가지는 문화의 특성이라고나 할까. 어찌 보면 이야기 내용은 별로 중요하지 않아 보인다. 단지 한순간을 재미있게 해주는 그 말 잘하는 들러리가 필요한 것인지도 모르겠다.

예전엔 놀이를 하나 하더라도 최소한 둘은 모여야 진행이 되었다. 혼자서 할 수도 있지만 지루하고 심심하여 친구를 찾아 서로의 비위를 건드리지 않고 함께 어우러져 놀려는 의식이 있었다. 그런데 지금은 그럴 필요를 느끼지 못한다. 너 아니면 못 할 줄 아느냐. 더 재밌게 잘 놀 수 있다는 식이다. 컴퓨터 게임만 하더라도 한번 몰입하면 빠져나올 줄 모르고 수 시간씩 한다. 그만하라 하면 아쉬워하며 더 했으면 하는 그런 눈빛이다. 혼자서 즐길 수 있는 놀이가 있으니 불편하게 남을 배려하면서 놀고 싶겠는가. 누구나 편함을 쫓는 것은 당연하다. 남의 눈치를 보거나 간섭을 받고 싶지 않은 것도 사실이다. 그러다 보니 자신만의 공간 속에 스스로 가두는 결과를 초래했고 또한 이를 나름대로 즐긴다. 이렇듯 생각이 자기중심적이다 보니 행동도 너그럽지 못하고 계산적이다. 무엇을 하면 꼭 대가를 바라는 눈치다. 조금이라도 손해 보지나 않나 이해득실을 따지는 자세다. 누구 할 것 없이 모두가 다 이러한 경향을 띠다 보니 오히려 자연스러워 보인다. 분명하게 짚고 넘어가야 할 문제가 있음에도 외형적으로는 정상이다. 아무렇지도 않은 듯이 그냥 지나치면 그것으로 무마될 법도 하다. 복잡해지는 것은 누구나 다 싫어하니까 두루뭉술 대충 넘어갔으면 좋겠다는 바람도 있다.

하지만 이래서는 안 된다. 눈 감아 모른 척함도 정도가 있다. 나와 상관없는 일이라고 외면할수록 각박해져 인정 메마른 세상이 되어 가고 있다. 이제 멈추게 하고 단호히 바로 잡아야 한다. 더 나빠지기 전에 본래의 궤도(軌道)로 교정을 하여야 한다. 이 사회는 혼자서 살아가는 데가 아니라는 것이다. 더불어 사는 곳임을 일깨워 주어야 한다. 그래서 공동체 의식을 심어주어야 하겠다. 편협하게 말만 앞세우거나 생각 없이 행동으로 옮기는 태도를 바로 잡아야 한다. 분명한 것은 혼자 생각만으로 살아갈 수 없다는 것이다. 어울리고 배려하는 마음이 필요하다.

상대방의 의견은 존중하지 않으면서 주장만을 앞세우는 말을 한다면 당연히 듣는 이로 하여금 인상을 찌푸리게 할 뿐 아니라 급기야 말에 힘을 잃고 무시당하는 처지에 놓여 신뢰성을 잃기도 할 것이다. 이러한 상황에 부닥치게 된다면 원만한 대화를 기대하기란 애초부터 틀렸다고 밖에 볼 수 없다.

그렇다면 누구나 다 만족할만한 원만한 대화를 하기 위해서는 어떻게 해야 할까. 이에 대한 해결의 실마리는 의외로 너무도 간단하다. 말하기보다 듣기에 치중하라는 것이다. 서로 자기주장이 옳다고만 한다면 흑백논리에 빠져 대화의 단절을 가져옴은 당연하다. 또한 말이 많으면 실수를 하게 되고, 이를 만회하기 위해 또 다른 실언을 거듭하다 보면 신뢰를 잃어 급기야는 돌이킬 수 없는 낭떠러지로 내몰리게 되기도 한다. 우리 속담에 사공이 많으면 배가 산으로 간다는 말이 있다. 서로 자기 생각만을 앞세워 관철하려 한다면 바다로 나갈 수 없음은 당연하다. 이러한 이치는 이미 다들 알고 있음에도 그냥 지나치기 때문에 어려움에 부닥치어 곤란을 겪게 되는 것이다. 그래서 일언중천금(一言重千金)이라 했는가 보다. 말 한마디를 하더라도 가벼이 해서는 안 된다. 생각을 깊이 하고 또 심사숙고하여 말에 힘을 실어야 한다. 그러기 위해서는 우선 경청할 줄 알아야 한다. 남의 말을 귀담아듣는다는 것이 언뜻 보기에는 상대방의 생각대로 이끌려 가는 것처럼 보이지만 그렇지 않다. 모름지기 듣기란 지피지기(知彼知己)와 같은 것이다. 듣는다는 것은 모르는 것을 아는 것이요, 아는 것을 더욱 확고히 알게 하는 것이다.

따라서 남의 생각을 듣는다는 것은 그만큼 상대방의 생각을 알아내는 것이니 지피라 할 수 있고, 알아낸 생각을 토대로 자기 능력이 어느 정도인가 가늠해 볼 수 있으니 이것이 지기라 하겠다. 그런데도 듣기를 소홀히 한다는 것은 자기 능력을 기르지 않겠다는 뜻이기도 하다. 능력이 없으면 어떻게 될까. 이 사회를 살아가는데 정상적인 대접(待接)받을 수 있다고 보는가. 최소한 사람대접은 받아야 하지 않을까. 능력이 없어 무시당해도 이를 감수하고 그냥 그렇게 살아가겠는가. 융숭한 대우를 받지는 못할망정 업신여김을 당해서는 안 되지 않겠는가. 그래서 알아야 하고 그 방법의 하나가 듣기라고 본다.

백문이불여일견(百聞而不如一見)이라는 말이 있다. 의당 백 번 듣기보다 한번 보는 것이 낫다. 그러나 그 모든 지식을 직접 체험을 통해 알 수는 없지 않은가. 그런 방식을 택한다고 하더라도 시간과 노력이 너무 많이 들기에 대부분은 간접적으로 알게 된다. 그 대표적인 것이 책을 읽는 것이다. 그러나 이 또한 어느 정도는 시간과 노력이 요구된다. 이에 비해 일상생활 속에서 손쉽게 접할 수 있는 지식 축적의 방법이 바로 듣기라고 본다. 주고받는 모든 대화에는 정보전달 기능이 있어서 모르는 것을 알게 하고, 아는 것을 더욱 확고하게 해준다. 그런데 여기에 듣기가 중요한 역할을 하고 있음에 주목해야 할 것이다.

우리가 사는 사회는 자기 의사를 분명히 밝히는 사람을 선호하는 경향이 있다. 또한 그렇게 처신해야만 자신감이 있어 보이고 따라서 능력 있는 것으로 평가되어 그에 상응하는 대접을 해주기도 한다. 그러나 앞세운 말에 비해 실천력이 부족하면 그 즉시 비판의 대상이 되어 신뢰성을 잃고 처세하기 곤란한 상황에 놓여 어려움을 겪기도 한다. 생각을 뚜렷하게 펼치고자 하는 바는 누구나 가지는 바람이자 부러움의 대상이라 할 수 있다. 말을 잘하면 당당하고 멋도 있어 보인다. 어떤 경우에는 아무 일도 아닌 것을 가지고 큰 소리로 떠벌리어 내막을 모르면 작게 말하는 쪽이 무슨 돌이킬 수 없는 잘못이라도 저지른 듯한 판단이 들기도 한다. 말에는 힘이 있어서 같은 내용이라 할지라도 어떻게 말하느냐에 따라 설득력이 있어 보이기도, 그다지 미덥지 않아 보이기도 하는 것이다. 그 힘 있는 말은 바로 상대방의 말을 들어주는 데서 나온다. 내 말을 들어주지 않는데 내가 왜 귀를 기울이겠는가. 들어주지 않음은 당연하다. 지금 무슨 말이 오가는지도 모르면서 자기 생각만을 불쑥해버린다면 그 말에 힘이 있을까. 서로의 생각을 정확히 이해하고 의견을 주고받을 수 있는 말이 필요한 것이지, 자기 생각만을 고집스럽게 펼치는 그런 말은 아무런 가치가 없는 것이다. 내 생각이 전적으로 다 옳은 것이 아니기에 상대방의 생각을 듣고 가장 합당한 협의를 끌어내는 그런 대화가 우리 아이들에게는 필요하다. 이것이 인간관계를 맺는 첫걸음이요. 이 사회를 살아가는 방식이기도 한 것이다. 내 생각을 관철하려 하기보다는 상대방의 의견을 먼저 들어주는 태도를 길러야 하겠다.

# 진정한 행복의 길[*]

## • 행복으로 가는 첫걸음

세상엔 여러 부류의 사람이 공존하며 살아가고 있다. 다양한 직업과 삶의 방식으로 나름의 영역을 담당하며 말이다. 이들 중엔 선한 사람도 있고, 악한 사람도 있다. 삶에 찌들어 하루 살기가 고달픈 이가 있는가 하면, 자기 일에 만족을 느끼며 여유를 즐기는 이도 분명 있다. 그렇게 얽히고설킨 관계 속에 사회는 지탱되고 발전이라는 것도 한다. 그런데 이들 중에 누가 가장 삶의 보람을 느끼며 살아갈까. 그 누가 선뜻 나서서 가장 행복한 삶을 누리고 있다고 말할 수 있을까. 가난하기에 불행하고 부자이기에 행복하다는 것은 맞지 않는다. 물질적인 풍요가 꼭 행복의 조건이 아님은 누구나 다 안다. 가난은 생활하는데 조금 불편할 따름이고, 경제적인 여유도 마찬가지로 좀 편하다는 것 외에 아무런 관련이 없다. 그럼 진정한 행복은 어디에서 오는 것일까. 특별히 따로 있는 것일까. 그렇다. 그리고 그 중심에는 항상 마음이 있고, 그 가운데에도 여유가 있다. 그런데 이것이 문제다. 시간상으로 물질적으로 여유가 있다고 해도 이를 잘 활용하지 않으면 아무런 의미가 없기 때문이다. 시간과 물질은 다소 부족하다 해도 나름대로 짬을 내어 알뜰히 이용한다면 이보다 가치 있는 것은 없으리라고 본다.

---

[*] 용인시자원봉사센터 소식지 『나눔의 손길』 2002년 통권 3호.

이러한 점에서 가장 행복한 사람은 마음의 여유를 갖고 베풀 줄 아는 사람일 것이다. 베푼다는 것은 봉사한다는 말과 같다. 봉사야말로 행복으로 가는 첫걸음 아닐까. 이해타산하지 않고 다소는 손해 보더라도 이타적으로 행동하는 사람이 그래서 행복해 보인다. 지켜보는 자체가 또한 행복이다. 각자가 처한 위치에서 봉사한다면 얼마나 행복할까. 선생은 선생으로서 학생들에게 봉사하고, 시장은 시민들에게, 그리고 대통령은 국민을 위하여 봉사할 때 가장 행복하지 않을까.

꼭 표시 나는 봉사가 아니라도 좋다. 거리에 오물을 버리지 않는 것만으로도 족하다. 질서를 지키는 것도 봉사요, 공공시설물을 아껴 쓰는 것 또한 봉사다. 주변에 피해를 주지 않는다면 그보다 큰 봉사는 없으리라. 구태여 외형적으로 장애인을 돕고, 시설을 찾아가 위문하는 것도 봉사이지만 남이 알든 모르든 보건 안 보건 간에 바르게 살아가는 자체가 봉사인 것이다. 그런 사람이 가장 행복한 사람이다.


### • 봉사는 가정에서부터


가화만사성(家和萬事成)이라는 말이 있듯이 집안의 화목은 매우 중요하다. 가족 구성원 모두가 한결같은 마음으로 서로를 배려하고 챙기는 가운데 정도 생기고 사랑도 일구어지는 것이기 때문이다. 부모와 자식 간에 해야 할 역할들을 다해 나가는 것이 바로 봉사다. 모름지기 봉사는 가정에서부터 이루어져야 한다. 가족에게 어려움이 처했을 때 서로 감싸주고 위로를 아끼지 않는 것이 봉사요, 기쁨 또한 함께 나누며 웃음을 주는 것이 봉사다.

봉사라 하면 어떤 특별한 사람이나 하는 것으로 생각하지만 그렇지 않다. 봉사는 우리 모두 누구나 할 수 있는 것이다. 그리고 봉사의 대상도 한정이 없다. 사랑과 자비를 베푸는 거라면 다 봉사다. 이웃 간에 정을 나누는 것 또한 봉사다. 사회를 위해 조금이라도 이바지한 측면이 있으면 봉사다. 같은 부류끼리 담합으로 파당을 지는 행위만 하지 않으면 된다. 조건을 붙인다면 그것은 봉사가 아니다.

## • 나 자신에게 투자하라

가장 큰 봉사는 어떤 봉사일까? 결론부터 말하면 나 자신에게 최선을 다해 투자하는 것이 봉사다. 부단히 배우고 연마하여 능력을 기르는 일에 게을리하지 말라는 말이다. 능력이 있어야 봉사도 할 수 있다. 능력이 없다는 것은 뭔가 하고 싶어도 할 수 없다는 의미와 같다. 거리에 구걸하는 거지가 있다. 그에게 지금 당장 필요한 것은 굶주림을 해결할 빵이다. 그런데 선뜻 도움을 주지 못하고 불쌍하다는 말만 하는 사람이 있다. 그를 보고 거지는 뭐라고 할까. 그렇게 생각해줘서 고맙다고 할까. 아니다. 도와주지 않으려거든 아무 소리 말고 꺼지라는 욕설이나 퍼붓지 않으면 다행일 것이다. 반면에 말없이 얼마 되지 않는 돈이지만 적선을 하였다. 그럼 거지는 "줄려거든 많이 주지 그것 밖에 안주냐"라고 할까? 그 액수가 많든 적든 간에 일단 고맙다는 인사부터 하는 거지를 보라. 이것이 바로 현실이다.

배고픔을 해결할 수 있는 실제적인 손길이 거지에게 필요한 것처럼 봉사도 마음으로만 하는 봉사는 무가치하다. 마음도 중요하지만 이를 받아들이는 면에서는 실천을 동반해야 한다. 마음에 없으면서 주위를 의식하여 의도적으로 하는 척 보이는 태도는 삼가야 한다. 어떤 처세를 위한 방편으로서의 행위는 그 자체부터가 이미 봉사라고 볼 수 없다. 돈 몇 푼 던져주고 전시를 위한 기념 촬영이나 해대며 자랑삼아 드러내는 처사는 달갑지 않다. 봉사는 허세가 아니다.

## • 능력이 있어야 봉사한다

봉사는 모름지기 마음에서 우러나야 할 수 있는 것이다. 그러나 마음만 가지고는 안 된다. 실천이 뒷받침되어야 한다. 그래서 그 선한 마음이 필요한 이들에게 나누어주는 실천이 뒤따라야 한다. 이것이 봉사인 것이다. 언제든 선뜻 나눔을 할 수 있도록 나 자신에게 능력을 주어야한다. 거지에게 도움을 주고 싶어도 마음밖에 건넬 수 없는 봉사는 근본적인 해결을 찾아주지 못한다. 배고픔을 일단 해결해 주고 더 나아가 일자리를 주선하여 정상적인 사회의 일원으로 살아갈 수 있도록 이끌어주는 것이 봉사다. 아니 이끌어주지는 못하더라도 최소한 현재의 어려운 상황에서 벗어날 수 있도록 해주는 것이 봉사 아닐까? 이를 위해 그 무엇보다 필요한 것이 자기 능력이다.

그렇다. 크든 작든 간에 나눔을 할 수 있냐 없느냐는 바로 나의 능력과 관련이 있는 것이다. 아무리 도와주고 싶어도 능력이 되지 않는다면 무슨 의미가 있겠는가. 어쩌면 나의 존재 가치도 이 능력에서 나오는 것이 아닐까. 주위의 어려움을 보고 안타까워만 하는 것보다 자신의 역량을 발휘하여 당면한 문제를 풀어낸다면 그것이 바로 현실적인 도움이지 않겠는가. 이러한 정도가 되기 위해서는 나 자신을 능력 있는 사람으로 담금질하는 일에 매진해야 하리라고 본다.

　봉사는 어떻게 해야 한다는 방식이 없다. 그리고 이론이어도 안 된다. 봉사는 생활 그 자체로 족하다. 우리의 삶이 봉사이어야 한다는 것이다. 어쩌면 우리가 중요시하는 인간관계가 봉사인지도 모르겠다. 그런 면에서 봉사는 따로 시간을 내서 하기보다는 가족과 이웃, 사회와 더불어 살아가는 삶에서 이루어져야 할 대상인 것이다.

# 세 잎 클로버를 가까이하라

2003

청소년 문제에 있어서 폭력, 왕따 등이 거론되면 의례적으로 학교를 떠올리곤 한다. 왜 그럴까. 학교가 문제아의 온상이라서 그런가. 정말로 그러한지 의아스럽다. 그야 별의별 성향의 학생들이 모인 곳이다 보니 이합집산으로 휩쓸리는 과정에서 얽힌 이해관계에 따라 시기와 질투로 다툼도 일어나고 때로는 왕따도 생겨난다. 그리고 문제가 다분한 아이도 있는 것이 사실이다. 그러나 분명한 것은 건강하게 생활하는 아이들이 더 많음이다. 그런데도 극소수에 불과한 문제아를 두고 마치 학교가 온상인 양 곱지 않은 시선으로 보고 있어 안타깝다.

이러한 눈길을 조금만 달리 보면 어떨까. 우리 사회는 온갖 잡다한 일들이 서로 어우러져 빛과 그림자를 드리운다. 빙산의 일각에 불과한 이들의 문제가 왜 생기는지 그 원인을 먼저 생각하고 해결의 실마리를 찾아 나갔으면 하는 의미에서 사례를 들어볼까 한다.

얼마 전 친구 간에 집단 폭력으로 징계를 받은 아이들이 있었다. 일명 1진에 속하는 녀석들이라 학생들 사이에는 대단한 관심거리였다. 한 아이의 경우, 다행히 실명은 면하였지만 치고받는 과정에서 눈을 맞아 금방이라도 터질 듯이 새까맣게 충혈되어 모두를 걱정스럽게 했다. 하지만 이것이 문제가 아니었다. 조사 과정에서 알게 된 일인데 이들의 대부분이 가정에 이러저러한 연유로 어려움이 있었다. 한마디로 방치된 상태였다. 그러니 가족의 사랑을 받지 못하고 지내다가 같은 처지의 친구들과 어울리게 되었고, 소외된 가운데 신경이 예민해져 사소한 감정에도 시비를 걸고 다투다가 급기야 집단 폭력을 일으킨 것이다.

이러한 사례가 발생하는 원인에는 여러 가지가 있다고 본다. 개인이나 가정의 문제일 수도 있고, 더 나아가 학교와 지역사회의 문제일 수도 있다. 그러나 더 중요한 것은 앞으로는 이와 같은 불미스러운 일이 생기지 않도록 지속적인 관심을 기울여야 한다는 것이다. 단순히 지침의 절차에 따라 행정적으로만 처리할 일은 더더욱 아니다. 아이의 처지에서 근본적인 원인부터 짚어보고 해결의 실마리를 찾아 보듬어 안는 배려가 선행되어야 하지 않을까. 그리해도 원만히 풀어내지 못할는지도 모른다. 조금씩 녹여낼 수 있게 시간을 두고 지켜보아야 그나마 치유의 빛을 볼 수 있지 않을까. 지속적인 관심과 사랑, 배려만이 답이다 싶다.

이들에 대한 조치로는 일단 방과 후에 봉사활동을 통해 이타심에 기반을 둔 배려의 의미를 생각하도록 함으로써 자기 행동을 되돌아보는 반성의 시간을 갖게 하였다. 그리고 아이들이 관심을 두고 있는 취미나 적성을 고려하여 그에 맞는 활동을 할 수 있도록 지도하였다. 그래서 지금은 언제 그런 일이 있었느냐는 듯이 서로 어울려 도움으로 학교생활을 하고 있으며, 친구를 위해 먼저 손길을 내미는 봉사심도 지니게 되었다. 이제 이들이 예전의 문제아들은 아니라고 본다. 오히려 더 밝은 모습을 지니고 있어 지켜보는 자체만으로도 흐뭇함을 준다.

이처럼 되기까지는 어른들의 관심과 배려가 있었기에 가능하였다. 오로지 공부만이 아니라 취미나 특기, 적성에 맞는 활동을 권장하여 이끌어주었고, 무엇보다 문제를 인식하고서 적극적으로 협력해 주신 부모님이 계셨기에 성공적인 결실을 일구어낼 수 있었다.

이들을 지켜보면서 나름대로 한가지 확신이 생겼다. 그래서 단호하게 선뜻 말할 수 있음이다. 학교에는 폭력이나 왕따는 물론이고 그 어떤 문제도 있을 수 없다고, 문제의 발생은 관심과 배려의 부족에서 오는 일시적인 현상에 불과하다고 말이다. 이들을 보듬어 안아 다독일 수 있는 대화의 분위기를 조성해 주어야 함을 침이 튀도록 열변을 토하여도 부족하지 않으리라고 본다.

그리고 간곡히 당부하고 싶다. 우리 청소년들이 건강하게 생활할 수 있도록 환경을 조성해 달라고 말이다. 행복은 성적순이 아니라고 한다. 이 말에 대해 모두 공감할 것이다. 그렇다. 행복은 욕심부리지 않고 제 할 일 하는 데 있다. 억지로 마지못해 하는 데 있는 것이 아니라 자기 스스로 좋아서 할 때 생긴다고 본다. 그렇다고 아무 일이나 해도 된다는 뜻은 아니다. 누가 보아도 가치 있고 보람된 일이어야 함은 자명하다. 이들의 선택이 그리고 행함이 무리가 따르지 않는다면 이를 적극적으로 지원해 주어야 한다고 아주 명백히 말하고 싶다.

우려와 염려만이 아이들을 위하는 일이 아님은 모두가 다 아는 사실이다. 때로는 들꽃처럼 자생력을 기를 수 있도록 지켜보는 것도 괜찮으리라고 본다. 진정으로 우리 청소년들의 미래를 생각하는 가장 현명하고 타당한 일은 무엇일까. 어떻게 살아가는 것이 진정으로 바람직한 삶인지, 한 번 정도 진지하게 생각해 보아야 하지 않을까.

외람되지만 또렷하게 한마디 하고 싶다. 네잎클로버를 찾기 전에 세잎클로버를 가까이하라고 말이다. 허황한 꿈, 행운을 좇기보다는 일상으로 평범하게 널려 있는 행복을 곁에 두라고, 그러다 보면 자연스럽게 행운도 찾아올 것이라고 확신을 두고 말하련다.

# 왜 사냐 건 웃지요

2006

지면을 대하고서 시선을 모두니 그저 생각 머리가 하얗기만 하다. 그리고 '왜 사냐 건 웃지요'라는 시구가 그냥 입에 머물면서 잔상을 일으킨다. 거기엔 그동안 인연을 맺었던 고마운 지인들이 표정 관리하느라 야단이다. 우리누리 1기인 현용이가 봉사라는 수렁에 빠진 소식을 알려오고, 2기인 진호가 또 그렇게 봉사의 길을 걷고 있다고 전하는 듯하다. 서울대로 간 누구와 직장 생활에 여념이 없는 아무개도 역시 봉사라는 녀석을 곁에 두고 산다고 행복에 겨운 푸념을 늘어놓는다. 오늘도 거리에서 만난 아이와의 인사는 봉사를 화두로 시작과 끝을 장식했다. 그렇게 나의 일상은 어설프게나마 봉사와 함께 더불어 한다.

가끔 봉사하는 이유를 스스로 묻는다. 왜 할까? 삶이라서…. 공명을 드날리기 위해서…. 이도 아니면 무엇 때문에 하는 걸까. 그것도 지나칠 정도로 중독이 된 듯이 말이다. 나를 대하는 동아리의 눈동자에 얼굴이 그려지지 않고 봉사라는 글자가 또렷이 새겨지나 보다. 스스럼없이 토해내는 말이 봉사인 걸 보니, 아무래도 조만간에 나의 이름을 봉사로 바꾸어야 할 것 같다. 모두가 원한다면 그렇게 해봄도 괜찮을 듯싶은데, 그리하면 아마 조금 더 부끄러워지지 않을까 조심스럽다.

봉사에 관심을 두고 지낸 시간이 10어 성상을 훌쩍 뛰어넘었다. 그간 어느 정도의 결실을 거두었는지는 그다지 중요하지 않다. 어떤 프로젝트를 어떻게 전개했다는 이야기를 늘어놓음도 관심 밖이다. 계량을 즐겨하는 이들의 수치 놀이에 불과하기에 때론 거북살스럽기마저 하다. 다만 이것이 가야 할 길이요, 해야 할 일이기에 작으나마 손길 내밀었을 따름이다. 누가 하라고 시켜서도 아니다. 그냥 그렇게 몸과 마음이 가는 대로 손길을 내밀어 실천하는 것이다.

보수도 대가도 없음을 논함은 이해타산적인 계약을 즐겨하는 문화 권의 보장성 조건에 불과하다. 받들어 섬긴다거나 누구를 위함이라 함 도 가당치 않은 기득권의 아량에 지나지 않는다. 모두가 여유로운 측의 거들먹거림이다. 형식적인 겉치레도 거리가 있다. 보람을 느끼면 그로써 만족이라는 논리도 가식에 가깝다. 진짜배기 봉사는 아니다. 세상엔 봉 사하겠다고 떠벌리는 사람이 허다하다. 그러나 진정으로 마음에서 우 러나 선뜻 실천하는 이는 헤아릴 정도로 그다지 많지 않다. 대다수는 나름대로 전략적인 계산이 밑바탕에 포진되어 언제나 득실에 따라 방 향을 설정한다. 절대로 손해 볼 짓은 않는다. 그러고도 그럴듯한 명분 을 앞세워 얼굴 내밀기를 즐긴다. 철판을 둘렀는지 겸연쩍은 낯가림 에도 초지일관으로 웃을 줄 안다. 상황 대처 능력이 자연스러워 진위를 구별할 수 없을 정도다. 포장이 잘된 양파와 같아 벗겨내면 또 그 모양 이다. 왜 거짓을 참이라 하느냐고 논박할 틈을 보이지 않는다.

산은 산이요, 물은 물이라 한 이의 깨달음이 나를 부끄럽게 한다. 그 렇다고 하면 그런가 보다 함도 봉사인 것을 의심의 눈초리로 바라보니 태도가 이미 글러 보인다. 그래선 아니 됨을 알면서도 그러함은 아마도 속임의 세파에 너무 시달림을 당해서인가 보다. 순수의 마음으로 세상 을 보아야 하는데 그렇지 못함이 또한 안타깝다. 잘못에 꼬투리를 잡아 흠집을 내고 탓함을 갖는 처사는 분명 봉사와 궤를 달리한다. 잘하고 못함을 그대로 보아줄 줄 아는 그리하여 격려와 북돋움 속에 어우러졌으면 좋으련만 바람으로 머물기에 아쉽다.

모름을 모른다고 함은 이미 앎이라는 논리가 가슴에 와닿는다. 왼손이 한 일을 오른손이 모르게 하라는 말도 역시, 가르침을 준다. 그냥 긍정으로 받아들이면 된다. 목소리 돋우어 드러내지 않으면서 묵묵히 제 소임을 다하는 삶이야말로 진정한 봉사가 아닐까. 살아가는데 무슨 명분이 따로 있어야 할까. 구태여 내세우지 않아도 나름대로 열심히 살아간다면 그 모습 자체가 봉사라 하겠다. 제각기 알아서 행하는 삶이 그래서 아름답다고 하나 보다. 그 어떠한 미사여구로도 표현 못 할 멋진 삶이다 싶은데 그러하지 않은지 자문도 해 본다.

세상은 내가 없어도 잘 돌아간다. 다만 함께 같이함으로써 윤활유처럼 좀 더 부드러워질 수 있는 것이다. 홀로이기보다는 둘이 더불어 하나가 되어 협심해 나갈 때 더욱 좋은 결실을 얻을 수 있음이다. 이처럼 되기 위해선 자신부터 능력을 길러야 한다. 그렇다. 봉사는 누구를 위해 하는 것이 아니다. 나 자신에게 충실함이다. 그러한 면에서 열심히 살아간다는 자체가 봉사라 하겠다. 신체 건강하고 정신이 건전하면 이 또한 봉사인 것이다. 나눔의 손길을 겉으로 드러내어 도움을 주는 봉사도 중요하나 그 이전에 자신을 스스로 돌볼 줄 알아야 한다. 그리하여 이를 기반으로 사회의 구성원과 함께하는 삶이라면 모두 봉사라 하겠다. 그러니 왜 사냐는 물음에 웃을 수밖에 없지 않은가.

# 토끼풀의 행복

2007

　행복을 싫어하는 사람은 아마도 없을 것이다. 그래서 가능하다면 항상 가까이 두기를 원한다. 그런데 요놈은 어디에 처박혀 있는지 쉽사리 나타나려 하지 않는다. 어딘가에서 적당한 거리를 두고 지켜보다가 마음 내키는 대로 순간의 감정에 따라 간과 쓸개를 넘나들려나 보다. 오로지 유리한 방향으로 눈길을 건넬 뿐이다. 한마디로 선택적이다. 그러니 행복을 느끼고 누리기란 그리 쉽지 않다. 어쩌면 아득한 꿈으로나 맛볼 수 있는 희락일지도 모른다. 그래서 사는 자체가 고달프고 앞날이 깜깜한 듯해서 불행을 떠올리는지도 모르겠다.

　입버릇처럼 희망이 없어 함도 이 때문이리라. 너와 나 모두가 힘겨움에 한숨만 팍팍 토해내니 분위기마저 나빠져 삶 자체가 고단하다고 푸념을 늘어놓는다. 어디에도 녀석의 그림자조차 보이지 않는다. 획기적으로 눈 번뜩이는 횡재나 해야 얼굴빛이 조금 펴지지 않을까 싶다. 혹시 우리는 행복하길 간절히 원하면서 실상은 행운을 좇지는 않는지. 그렇다면 아마도 행복은 먼 동네 이야기에 나올 법한 희망 사항이다. 정말 우리가 바라는 소소한 행복은 행운처럼 멀리 있는 걸까? 그렇다면 너무 이기적인 녀석이다.

　"지가 뭣이 간데 바라봐선 안 될 정도로 도도한 거지. 허용의 기색이 조금도 없는 이유가 뭐야. 그래도 되는지, 까닭이나 알자고, 대체 어떤 근거로 그딴 논리를 펴느냐 말이야. 만약 그렇담, 영원히 함께할 수 없다는 뜻이잖아. 에이, 그런 게 어디 있어. 말도 안 돼."

그렇다. 말도 안 된다. 이처럼 생각하는 자체가 모순이다. 세 잎 토끼풀의 꽃말은 행복이다. 그런데 사람들은 행운의 의미를 가진 네 잎을 찾는다. 흔하지 않다는 이유와 연관되어 있다. 그만큼 접하기도 쉽지 않다. 그런데도 해바라기가 되어 오매불망이다. 허황함을 모르고 혹시나 하며 복권 당첨을 기대하듯이 한다. 평생에 한두 번 있을까 말까 한 행운을 좇아 경제적 손실만이 아니라 삶을 허비한다. 혹여 얻었다 해도 평상심이 없어 일상에 녹여내어 보탬이 되도록 하기가 쉽지 않다. 때로는 오히려 독으로 작용해 해로움을 주기도 한다.

사람들은 행복을 추구하면서 행운을 원한다. 세 잎의 의미를 망각하고 네 잎을 찾아 헤맨다. 평상시의 일이 행복을 전제로 펼쳐짐을 모른다. 역할에 호시탐탐 불만의 목소리를 돋운다. 때로는 의기투합으로 해서는 안 될 못된 짓을 저지른다. 그리해서 잘못되기라도 하면 남의 탓으로 돌리거나 운이 없었다고 구차한 변명을 늘어놓는다. 그것이 반성의 계기이자 새롭게 시작할 기회임을 알아채지 못한다. 그저 눈 앞에 펼쳐지는 현상만을 보고 감정을 드러낸다. 조금만 탐탁스럽지 않아도 호들갑 떨면서 일그러진 표정을 투사한다. 그러다가 마음에 드는 구석이 조금이라도 엿보이면 금방 돌변하여 희희낙락을 일삼는다. 그러나 그도 잠시일 뿐이다. 즉흥적인 감정 변화에 익숙한 태도를 보인다.

과연 행복과 불행은 존재할까. 있다면 어디까지가 행복이고 불행일까. 분명하게 선을 그어 낼 수 있을까. 이 정도면 만족스럽다 싶은데도 똑같은 대상을 두고 마치 편 가르기 하듯이 한다. 이러저러 꼬투리를 잡아 미주알고주알 볼멘소리 늘어놓는 현재의 상태를 두고 그 누구도 행복하다 여기지 않는다. 그저 그렇다거나 힘들다고 한다. 딱 꼬집어 어느 측에 손들기 곤란하다. 기대치에 이르렀다 싶은 순간에 만족도가 떨어졌다면 영원히 가까이 못 하게 됨은 미루어 짐작이 간다. 상대적인 개념으로는 그 누구도 행복할 수가 없기 때문이다.

그런 점에서 행복은 변덕스럽거나 이기적이지 않다. 녀석을 대하는 우리 현대인이 못된 심보를 지녀서 이런 오해를 불러일으킨 것이다. 멋대로 기준을 정하여 잣대질해대면서 해석하고 풀어낸 결과이다. 그러하니 만족의 끝은 처음부터 없었다. 여기에 연연하여 놀아나는 자체가 안다는 자만의 오류를 모르는 무지몽매함에서 오는 어리석음이련만 아직도 굴레에 얽매여 헤어나지 못한다. 행복은 신기루가 아닌데도 인간 스스로가 상상으로 찾아 나선다. 오아시스의 고마움을 모르고 사막의 모래바람 속으로 파고든다. 금방 걷히고 나면 아무것도 없음을 알 만도 한데 자꾸 반복하여 우왕좌왕 좌충우돌한다.

들에 널려 있는 세 잎 토끼풀이 의미하는 바를 되새겨 보자. 너무 흔해서 거들떠보지도 않건만 살아가는 이치를 묵묵히 말해주고 있지 않은가. 네 잎은 어쩌다 하나 생기는 돌연변이에 불과한데 언제까지 더 눈길을 두려 하는가. 행복은 내 안팎으로 이미 와서 마음의 문이 열리길 기다리고 있다. 활짝 열어 맞이하면 되는데도 순간순간 머뭇거린다. 나로 인해 내가 평온을 찾고 가정이 화목하다면 행복 아니겠는가. 또한 가족이 두루 안녕해야 마음 편히 하고자 하는 바를 소신 있게 추진하여 성사할 수 있을 진데 이를 소홀히 함은 녀석을 포기한다는 의미와 같다. 행복해지고 싶어 아등바등하면서도 정작 추구의 대상을 네 잎 토끼풀에 두고 있으니 만족을 모름은 당연한 귀결이다.

지금의 내 행보에 감사하는 마음이라면 이는 곧 행복이다. 현재를 충실히 살아가는 것 또한 행복이다. 행복은 멀리 있지 않다. 내 마음과 항상 함께한다. 다만 행복과 불행이 시시각각 교차하여 감정 변화를 일으킬 뿐이다. 마음의 문을 여는 순간이 그대로 행복하면 행복한 것이다. 뜻하지 않게 근심이 생겨 조금은 불행스럽더라도 그나마 다행이라 여기면 이 또한 행복이다. 이를 통해 좀 더 성숙한 행복을 맞이할 수 있으니까. 이러한 나로 인해 모두가 긍정으로 바라보고 웃음을 잃지 않게 된다면 이로써 족하다 하겠다.

그래, 행복은 현재, 오늘 여기에 있고 이 순간에 어떤 마음을 먹고 있느냐에 달렸다. 아무리 어려운 역경에 처했다 해도 이겨낼 수 있다는 마음으로 헤쳐 나간다면 그것이 행복이다. 더 나아가 가족과 이웃, 지역 사회 모두에게 나의 행복 나눔을 할 수만 있다면 그래서 조금이나마 행복감을 누리기만 해도 되지 않을까. 여기에 세 잎 토끼풀의 존재 가치가 있지 않을까. 흔하게 펼쳐진 세 잎 클로버를 일상으로 가까이 함으로서 우리 모두 행복해졌으면 좋겠다.

# 아름다운 사랑에 대하여

2008

일전에 사랑과 아름다움에 관해 이야기를 나눈 적이 있었다. 사랑하면 아름다워진다는 말이 긍정적으로 받아들여졌다. 정말 사랑을 하면 아름다울까. 혹시 아름다우니까 사랑할 줄 아는 것은 아닐까?

아름답다는 말이 미모의 출중함만을 의미하는 것은 아니다. 그야 외양마저 보기 좋으면 더할 나위 없이 금상첨화이겠지만 그저 단순히 예쁘다는 겉모습에 눈길이 가서 감탄사를 발함은 별로 호감이 가지 않는다. 보기 좋은 떡이 맛도 좋다는 말처럼 똑같은 재료로 만든 음식이라면 잘 꾸며진 쪽에 손길이 감은 당연한 이치라 하겠다. 그런데 음식의 맛이 시원찮다면 어떨까. 예쁘고 보기에 그럴싸하니까 가산점을 주어 이 정도면 괜찮다고 편애로 너그럽게 봐준다 해도 분명 한계가 있으리라고 본다. 최소한 먹어줄 만은 해야지 않을까. 그렇지 않으면 입이 먼저 거부할 테니 말이다.

우리말에 제 눈에 안경이라는 표현이 있다. 보통의 시각으로는 도저히 아니다 싶은데 오매불망으로 한 대상에 몰입하는 경우다. 그 누구도 갖지 못한 그만의 뭔가가 있기에 가능한 일이다. 주변에서 그건 아니라며 충고를 늘어놓아도 귀담아듣지 않고 일관되게 밀고 나가는 그 용기의 근원에 무엇이 있을까. 일반적이라는 상식선에선 감히 생각해 볼 여지도 없는 무언가가 분명 존재하기에 가능한 행위라 더욱 의아해할 수밖에 없다고나 할까. 오히려 경험이 풍부한 양 조언을 일삼는 이의 열변에 아랑곳하지 않고 그저 웃음으로 넘기는 모습은 우직스럽기조차 하다. 마치, 옳고 그름은 나중에 시간이 지나면 자연스레 알 것 아니냐는 투다. 그냥 두고 보라는 듯이 묵묵히 역할에 충실히 임하는 태도에서 그 나름의 확신이 있음도 엿볼 수 있다. 그러니 모두가 아니다 싶은 일에 몰두할 수 있고, 미친 듯이 집중할 수 있는 것인지도 모르겠다.

어쨌든 간에 특이해 보임은 분명하다. 어쩌면 이러한 모습이 아름다움이 아닐까 싶다. 남들 다하는 데서 아름다움을 찾기란 쉬운 일이 아니다. 평범한 자체도 아름다움이긴 하지만 그래서 모두가 선호하고 좋아하긴 하지만 우리가 관심을 기울이는 대상은 이런 정도가 아닌 차원 높은 아름다움이어야 하지 않을까. 그런데 주변의 목소리를 들어보면 외양에 너무 치우쳐 내적인 면은 그다지 중요해 보이지 않는 듯하다. 말로는 내면에 초점을 맞추지만 정작 눈길은 화장한 모습에 쏠려 있다. 가면을 벗은 민얼굴은 어떨까. 선악의 논리를 빌리자면 가면이 선으로 보이지는 않을 것이다. 그런데도 화장한 얼굴을 즐겨하고 때로는 사랑도 한다. 더 나아가서는 뜯어고치고, 이를 간판으로 내걸어 상품화한다. 또한 잘 팔린다고나 할까. 훗날에 있을 부작용에 대해서는 그 누구도 관심을 기울이지 않는다. 오로지 앞에 보이는 시각에 의존할 뿐이다. 내용은 중요하지 않다. 포장지에 더 비중을 두고 있다. 가식적인 허위가 아름다움의 진수인 양 우리의 생활을 지배하고 있다. 나중에 도래할 폐해의 심각성을 느끼고 깨달으면서도, 이대로 방치해선 안 되는 줄 알면서도 은근히 회피로 일관한다. 묵시적으로 곁에 두었으면 하는 기새마저 띤다. 그러니 눈살이 찌푸려지지 않을 수가 없다.

그렇다면 진정한 아름다움은 어떤 것일까. 이타적인 마음을 가지면 아름다울까. 지하철 선로에 뛰어든 이를 구해낸 미담은 종종 매체를 통해 듣게 된다. 가끔은 가까운 곳에서 이와 비슷한 상황을 겪거나 목격하기도 한다. 역시 의로움을 발휘한 이는 박수와 더불어 찬사를 받음이 당연하다. 그러나 혹시라도 불상사가 생긴다면 어떨까. 선로에 뛰어든 이는 그렇다 치더라도 구하려다 다치거나 목숨을 잃은 이의 처지를 생각해 보자. 안타깝다는 말 밖에 그 이상의 보상이 없다. 여기에 황당함을 겪을 가족을 생각해 보라. 의로움은 아름다움임에는 분명하다. 그렇다고 해도 혹여 모를 불상사를 감내해야만 하는 당사자와 가족으로서는 최악의 상황이지 아름다움이랄 수는 없다. 그러니 선뜻 나설 수 있는 행동은 아니다. 의로운 행위이기에 아름답다고는 하지만 왠지 안타까움이 더 든다. 어차피 생긴 일이니 어쩔 수 없지 않으냐고 하겠지만 그래도 아쉬움이 생긴다. 이러한 일이 발생하기 전에 조심했더라면 무탈하였을 것이라는 미련에서다.

이렇게 보자면 진정한 아름다움은 자기 관리에 있다고 하겠다. 도움을 받지 않고 살아간다는 것 자체가 아름다움이다. 부득이 손길이 필요하더라도 스스로 이겨낼 수 있는 데까지 해보고 그래서 안 될 때 도움을 받아야 하지 않을까 싶다. 그래야 도움을 주거나 받는 사람 모두 아름답지 않겠는가. 여기에 사랑도 있는 것이다. 조건 없는 베풂이나 도움은 혜택을 받는 측에게도 무익한 일이다. 먼저 실천해 보고 부족한 부분에 대해 서로 더불어 채워나가는 행위야말로 가장 아름다운 사랑이지 않을까.

진정한 봉사에 대해 생각해 본다. 내가 아니어도 봉사는 이루어진다. 다만 내가 참여함으로 인해 조금은 더 부드럽게 원활히 진행되는 것이다. 그러니 봉사를 두고 어떻다고 내세우거나 떠벌릴 필요가 없다. 그저 주어진 환경에 맞게 맡은 역할을 충실히 해나가면 족하다. 특별히 내가 어떻게 했으니, 따라서 어떠하다고 경험담을 늘어놓아 뒤따르는 이들이 참고하도록 함의 정도는 긍정적으로 볼 수 있겠지만, 마치 무슨 큰일이라도 하는 것처럼 소명 운운하면서 자부와 긍지를 갖는다고 함은 너무 지나친 객기요 오만이 아닐까 싶다. 오른손의 일을 왼손이 모르게 하라는 말처럼 조용히 뜻한 바를 해나가면 되지 그 외의 사족은 그간의 쌓아온 행적에 누만 될 따름이기에 그냥 하면 된다고 본다. 더구나 단체를 결성하고 파당을 짓고 감투를 쓰는 행위는 봉사의 근본을 다시 생각해 보게 하는 대목이다.

말로는 섬김이요 대가가 없음이라고 침을 튀기면서, 한편으로는 은근히 공명을 드러내며 힘을 실어 목소리를 돋우는 이것이 진정 자원봉사인지. 이를 지켜보려니 헛갈림만 반복하게 되어 답답함에 속이 상하다. 인제 그만 모든 걸 내려놓고 싶다. 아니, 내 몫의 역할을 원래의 제자리로 돌려놓아야겠다. 그러면 그 누군가 필요한 이가 잠시 활용하고 다시 놓으면 또 그다음의 후인이 필요할 때 쓰고 놓지 않을까 기대해 본다. 이것이 자원봉사가 생명력을 가질 수 있는 원천이요, 특히 청소년 봉사에 있어서 더욱 절실히 행해야 할 본이지 않을까.

처음엔 누구야! 누구야! 봉사하자! 했다. 시간이 지나고 세월이 흘러 오늘에 이르니 이젠 녀석들을 부를 기회가 주어지지 않는다. 언제부턴가는 너희가 알아서 해봄이 어떠냐고 했더니 선뜻 나서지 못하고 머뭇거리다가 마지못해서 하였다. 그런데 이제는 내가 있든 없든 알아서 한다. 필요하다고 하면 준비해 주는 정도가 고작이다. 큰 물줄기만 정해 주면 작은 줄기의 물꼬는 녀석들이 알아서 트고 막고 재미나게 판은 벌인다. 조금 과장을 붙이자면 신명이 나 있다. 여기에 지도교사의 역할은 별로 없어 보인다. 그저 지켜보아 주고 간간이 추임새로 "얼~수, 조~타"를 해주면, 좋다고 야단이다. 그러니 시도 때도 없이 눈길이 가고 마음이 가는 것이다. 이들의 곁에 있으면 아니 있게만 해주면 행복이요, 여기에 진정으로 아름다운 사랑이 있음이 아닐까. 내가 봉사 판에서 한껏 놀 수 있도록 힘을 실어 준 동아리, 아름다운 사랑이 무엇인지 늘 일깨워 주는 우리누리가 있어 조~타. 아름다운 사랑을 할 줄 아는 나의 영원한 친구, 이번 기수의 대표인 신구를 비롯해 영민군, 축하하네. 그리고 봉사부장 민권, 서기인 종혁, 정익, 용기 등등 학급 동아리를 비롯해 모두 모두 고마워. 사랑한다. 그리고 놀자! 이상! 종례 끝.

# 아름다운 우리의 문화

## 빠름과 느림의 미학[*]

안녕하세요. 태성중학교에서 국어를 가르치는 교사 김덕용입니다. 이 좋은 아침을 맞이하여 저는 아름다운 우리의 문화에 관해 이야기하려 합니다.

우리가 살아가면서 만들어 내는 행동양식이나 생활양식을 문화라 하는데요, 정신적, 물질적 산물을 통틀어 이르는 말이지요. 의식주를 비롯해 언어, 풍습, 종교, 학문, 예술, 제도 이런 것들이 여기에 속한다고 하겠습니다. 이처럼 문화의 범위가 너무 넓어서 무엇을 소재로 해서 말씀드려야 할지 막연한 생각이 먼저 드는데요. 문득, 대중매체를 통해 접하게 되는 연예가 중계가 떠오릅니다. 마치 문화의 전부인 듯이 느껴집니다만 이는 예술에 관련한 문화 일부분일 뿐이지요. 저는 가끔 세월이 참 빠름을 느낍니다. 그리고 조금이나마 여유 있는 생활을 했으면 하는 바람을 갖곤 하는데요, 그래서 이 시간에는 빠름과 느림의 미학이라는 측면에서 말씀드릴까 합니다.

먼저 우리말에서 빠름과 느림을 뜻하는 낱말을 생각해 보도록 하겠습니다. 빠름의 기본형으로는 '빠르다'가 있습니다. 이와 유사한 말로는 '잽싸다, 급하다, 황급하다, 급박하다, 서두르다, 재촉하다', 몹시 급하

---

[*] T Broad 수원 기남방송 일반채널 4, 오전 6시 프로그램 「좋은 아침입니다」, 2010년 7월 14일부터 16일까지 방영.

고 바쁘다는 뜻을 지닌 '총총하다'와 같은 말을 떠올릴 수 있는데요, 서울 경기지역의 '빨리빨리'를 비롯해 '얼른얼른'이라든가 '어서어서, 후딱후딱, 퍼뜩퍼뜩, 째기째기, 싸게싸게, 날래날래' 그리고 제주도의 '재기재기'에 이르기까지 그 표현의 말부림이 다양하다 아니할 수 없습니다. 이처럼 지방에 따라 특색이 있어서 그런지, 나름으로 감칠맛이 나잖아요. 참고로 '빨리빨리'라는 말의 근원을 찾아가 보면 발과 관련이 있답니다. 오늘날의 발음으로는 '발이발이' 정도라고나 할까요. 중세의 혼철표기인 '발리발리'가 된소리화 되어 '빨리빨리'로 변천하지 않았나 싶습니다.

이번엔 느림의 의미를 지닌 단어를 생각해 보지요. 기본적으로 '늦다, 느리다'가 있고요, '찬찬하다, 느긋하다, 가만하다', 그리고 '천천히, 서서히, 느긋느긋, 차근차근, 가만가만' 이러한 것들을 떠올릴 수 있는데요, 북측에서는 몹시 느린 상태를 '느질다'라 한답니다.

이처럼 동의어 범주의 말이라도 그 쓰임에 따라 미세한 표현이 다양하게 이루어짐을 볼 수 있는데요, 이는 우리말이 가지고 있는 특성이자 우수성이라 할 것입니다.

그런데 이 빠름은 물질적인 성장과 발전, 서두름과 재촉의 의미로, 느림은 정신적인 넉넉한 여유와 느긋함, 게으름과 둔함, 나태함의 의미로 해석할 수 있다고 봅니다. 양면성을 지니고 있는 것이지요. 이 또한 우리말의 특성이자 우수성이라 할 수 있겠는데요, 이것은 우리 선인들이 추구한 어느 측에도 편중되지 않는 중용과 관련이 있다고 하겠습니다. 음양의 경계선상으로 조화와 균형인 것이지요.

그동안 우리나라는 경제 발전이라는 측면에서 빠른 성장을 강조한 나머지 서두름과 재촉의 일변도로 오늘에 이르렀다 하겠습니다. 그러다 보니 느림은 게으름이라든가 나태함이라 규정짓고 좋지 않게 보아왔습니다. 느긋하게 여유를 갖다 보면 현실적으로 금방 뒤처지게 되잖아요. 그래서 이를 무능함으로 여겼던 것도 사실이고요. 빨리빨리 문화의 형성은 외형상으로 물질적인 풍요와 생활의 편리를 가져다주었습니다.

이민족의 지배를 받고, 동족 간의 전쟁이라고 하는 수난의 소용돌이를 겪어 오면서 가장 급선무는 아마도 배고픔으로부터 벗어나는 일이었지요. 그래서 잘살아 보세라는 구호에는 당연히 부지런함을 전제로 하였고요. 이처럼 인간 삶의 질을 먹고 사는 면에 두다 보니 숨 돌릴 틈도 없이 뼈 빠지게 일에만 매달려야 했지요. 우리네 부모들이 그랬고 지금의 우리들이 그래왔습니다. 어쨌든 그 덕분에 이제는 조금이나마 경제적으로 여력이 생겼는지 모르겠습니다. '조금만 참고 견디면 좋은 날이 오겠지'라는 막연한 기대로 오늘에 이르지 않았나 싶습니다. 무엇보다 우리 서민의 처지에서는 지금도 헤쳐 나가야 할 난제가 산적한데요, 이는 살아가는 평생 동안 끝없이 이어지리라고 봅니다.

지난 IMF 때가 떠오릅니다. 한강의 기적이 하루아침에 무너져 가정의 해체를 가져오기도 했습니다. 근래에는 미국으로부터 시작한 경제대란에 버블현상으로 세계가 휘청거리고 있음을 볼 때, 그동안 우리들의 노력으로 이룩해놓은 경제성장이 어느 순간 사라질지도 모른다는 생각이 듭니다. 마치 사상누각과 같아 위태로워 보입니다. 외형상으로는 문화적 혜택을 누리고 있다고는 하지만 아등바등 힘겹게 살아가기는 예나 지금이나 매한가지라 여겨집니다. 우리가 빨리빨리 서두르는 이유가 무엇입니까. 그동안 열심히 부지런을 떨며 살아온 까닭이 무엇이겠습니까. '잘살아보자' 함은 행복하자는 뜻이라고 생각합니다. 그런데 우리는 정말 행복하게 살고 있을까요,

우리의 지난날을 되돌아보면 불편의 연속이었지요. 교통은 물론이고 통신 또한 원활하지 못했고 배움의 기회도 많지 않았습니다. 십여 리 정도는 의례적으로 걸어 다녔고, 전화보다는 편지가 일반적인 통신수단이었지요. 며칠씩 걸려도 의당 그러려니 했고 급해도 참고 기다려야 했지요. 오늘날의 입장에서 보면 무척이나 갑갑하다 할 수 있겠지만, 한편으로는 그 나름의 느긋하게 기다리는 낭만이 있었던 때였다고 봅니다. 어른들이 가끔 지난 시절을 회상하며 그때가 좋았다함은 이와 무관하지 않다고 할 것입니다. 그만큼 오늘의 우리 현대인들은 정신적인 넉넉함이 없는 것이지요. 잘 살아보자고 부지런을 떨었던 결과는 우리를 더욱 바쁘게 만들지 않나 싶습니다. 집집마다 자가용이 있고, 전화기는 어른과 아이 할 것 없이 개인별로 소지할 정도이지만 이러한 물질적 풍요를 유지하기 위해서는 더 많은 노력을 필요로 하고 있잖습니까? 그러니 더욱 치열한 경쟁 구도의 사회로 나가고 있는 것이지요. 돈이면 뭐든 다 할 수 있는 자본의 논리가 통하는 세상이 되었습니다. 마치 우리 인간이 자본의 노예가 된 듯합니다. 아무리 생각해 보아도 삶의 질적 목적이랄 수 있는 행복과는 거리가 있다 하겠습니다.

빨리빨리 문화의 산물은 우리 청소년들에게도 많은 변화와 영향을 끼쳤다 하겠습니다. 그 대표적인 예가 바로 컴퓨터와 휴대폰이지 않을까요. 이것들은 편리성 면에서 효용성이 높지만 부작용도 적지 않다고 봅니다. 예전에도 만화나 텔레비전을 보지 않은 것은 아니지만 주로 밖으로 나가 제기를 찬다거나 딱지치기를 하고 고무줄놀이를 하는 과정에서 인내와 끈기를 비롯해 협동하는 공동체 의식을 길러 나갔습니다. 하지만 오늘날에는 오로지 컴퓨터나 휴대폰에 매달려 중독에 이르는 청소년들이 늘고 있다고 합니다. 이는 개인만이 아니라 사회에도 좋지 않은 영향을 주고 있다 하겠습니다. 각종 통신매체의 성능 경쟁은 상업성과 맞물려 더욱 빨라지다 보니 조금만 느려도 답답해하는 조급증으로 나타나고 있습니다. 그래서 '빨리빨리'를 '8282'로, '반갑다'는 인사말을 '방가방가'로 변형시켜 씀으로써 의사소통 수단인 언어를 교란시키고 있는데요, 더욱 중요한 심각성은 참고 인내할 줄 모른다는 것입니다. 더욱이 의욕 상실로 이어져서 학습에도 영향을 줄 뿐만 아니라 성장에도 장애 요인으로 작용한다는 점이지요. 전자 통신은 혼자서 하는 활동이다 보니 폐쇄적이라 어울림이 부족해 사회성이 떨어진다 합니다. 그러니 즉흥적이고 개인주의적인 성향을 띤다 하겠지요.

그뿐만이 아닙니다. 함께 더불어 살아가야 할 사회임에도 자기만 편하면 된다는 생각에 아무 데나 오물을 버리고 무단횡단도 서슴없이 합니다. 준법성의 결여만이 아닙니다. 가까운 거리임에도 걸어 다니길 귀찮아합니다. 빠른 교통수단을 이용하거나 부모가 자가용으로 태워다주길 바랍니다. 이처럼 편함만을 추구하다 보니 참을성이 부족해 조금만 힘들어도 쉽게 포기하고 남의 탓으로 돌리는 것이지요. 이는 총체적으로 인성의 결여를 가져와 인격 형성에 어려움을 초래한다 하겠습니다.

청소년들은 우리의 미래이자 희망이라 합니다. 그런데 이들은 빠름의 문화에 너무 길들여져 왔습니다. 그러니 끈기 있게 기다릴 줄을 모릅니다. 이대로 방치되어 진다면 먼 훗날 이들이 사회를 이끌어 갈 즈음에는 어떤 결과가 나올지 미루어 짐작이 가지 않겠어요? 언제까지나 부모가 다 해줄 수는 없지 않습니까.

저는 아이들을 대하면서 안쓰러움을 느낄 때가 종종 있습니다. 한참 잠을 자야 할 시간에 일찍 등교해야 하고 뛰어 놀아야 할 때 공부라는 창살에 갇혀 있는 모습을 지켜보려니 측은함이 듭니다. 그렇다고 어떤 결정을 내릴만한 위치에 있는 것도 아니고, 자식을 둔 부모 입장에서도 안타까울 따름입니다. 언제까지나 방치할 수 없다는 마음에 십여 년 전부터 아이들과 함께하는 동아리 활동을 지금까지도 지속적으로 갖고 있는데요, 그중 하나가 시 창작 지도를 통한 시화전이라 하겠습니다. 시화 작품을 마련하여 전시에 이르는 과정에서 창의적인 표현력은 물론이고 인내와 끈기, 참을성이 길러지고 있다고 봅니다. 함께 더불어 활동하다 보니 친구 간에 우정이 돈독해지고, 공동체 의식이 형성됨을 발견할 수 있었습니다. 아이들의 인격 형성에 밑거름이 되리란 확신 또한 갖게 되었지요. 더디긴 하지만 꾸준히 해나가는 과정 속에 느림의 미학이 베어 있다할 것입니다.

문득 공익광고의 문구가 떠오릅니다. 부모는 심신이 건강한 자녀로 자라주길 바라고 학부모는 공부 잘하는 학생이 되길 원한다는 내용인데요, 여러분은 어느 쪽에 마음이 가십니까. 그야 둘 다 이겠지요. 공부도 잘하면서 인성이 길러진다면 더 바랄 것이 없지요. 이 둘의 조화로운 균형, 즉 중용이었으면 좋지 않겠습니까.

그렇다면 이제부터는 느림의 미학에도 관심을 가져봄이 어떨까요. 느긋함의 여유를 누려보십시오. 그동안 빨리빨리 재촉하며 살아왔지만, 별반 나아진 살림은 아니잖아요. 그러니 한 박자만 늦춰 나갔으면 합니다. 평생 신기루를 향해 쫓아만 가다가 정작 우리가 맞이하고픈 행복을 만나지 못한다면 아니 되겠지요. 희귀한 네 잎 클로버는 행운이지만 흔한 세 잎 클로버는 행복이랍니다. 그 흔함이란 바로 지금 이 현실을 살아가는 여기 이곳에 있다고 봅니다. 오늘을 열심히 살고 만족한다면 그것이 행복이라 생각합니다. 그것도 행복이 찾아오기를 바라지 말고 지금을 감사하고 귀하게 여기는 일이 곧 행복이라고 봅니다.

그렇다고 현실에 안주하거나 포기의 개념으로 드리는 말이 아닙니다. 편안한 마음으로 제 분수를 지키며 만족할 줄을 아는 안분지족을 가까이했으면 합니다. 가정에서의 여유는 아이들의 심신에 좋은 영향을 준다고 합니다. 당연히 일신우일신도 해야겠지만 그렇다고 여기에 너무 매달리지 않았으면 합니다. 지나온 삶을 되돌아보고 재충전해 나가는 온고지신의 생활도 괜찮다 싶어 권해 봅니다. 이러했을 때 아름다운 우리의 문화라는 꽃이 더욱 활짝 피어나지 않을까요.

# 교육다운 교육을 생각하며

2010

    정규 수업이 끝나자마자 학원으로 내달리는 아이들의 분주함을 보면서 가슴이 서늘해져 옴을 느낀다. 종례 거리로 전달할 사항이 조금은 더 남아 있는데 학원 차가 기다린다며 안절부절로 동동거리는 아이들, 빨리 끝내주기를 은근히 재촉하는 모양새가 달갑진 않지만 딱하다는 마음이 들어 말문을 닫고 이상으로 끝내자 한다. 잘 가라는 인사를 나누기도 전에 바삐 발걸음을 옮기는 뒷모습이 눈에서 멀어져가는 내내 어안이 벙벙해지며 허탈한 미소가 지어진다. 그만큼 아이들은 열심히 공부하느라 정신이 없다. 어떠하든 간에 배움은 이루어져야 하니까

    우리나라의 교육열은 대단하다 할 정도로 너무도 높다. 낭비적으로 쓸데없이 말이다. 정말 누구를 위한 교육열인지 되돌아보아야 한다. 교육은 가르침과 배움을 통해 상생의 길로 나아가기 위한 행위이다. 궁극적으로 인성이 갖추어진 사람다운 사람을 길러내는데 교육의 목표가 있음에도 이와는 무관히 동떨어진 방향으로 교육의 초점이 맞추어져 있다. 그러니 교육이 제대로 이루어졌다 할 수는 없다고 하겠다. 오로지 지적 수준에 의존한 성적만을 염두에 두고 점수에 따라 서열화하여 등급을 정하는 제도 속에서는 교육다운 교육은 없다고 할 것이다.

    학력 수준이 높다 해서 잘 사는 것도 아니고, 대학을 나왔다 하여 행복하게 사는 것도 아니다. 명문의 학교를 우수한 성적으로 마쳤다 해

도 사회적 활동을 못 하는 경우를 주변에서 종종 보게 된다. 당연히 배움을 통한 지적 능력이 풍부하면 세상을 살아가는 방편에 있어서는 유용할 수 있다. 그래서 필요하건 그렇지 않건 일단 배워놓고 보면 도움이 될 거라는 막연한 기대에 거침없이 형편을 고려하지 않는 투자(?)를 하는 걸 거다. 다행히 수요와 공급이 맞아떨어져 다 잘 되었다면 그래서 아무런 문제가 발생하지 않는다면 투자가치가 있음은 사실이다. 하지만 우리나라 현실은 그러하지 못하다. 대학을 나왔어도 인턴이네, 수습이네, 심지어 기간을 둔 계약직이라는 이름으로 사회로의 첫발 디딤부터 미래가 불안정한 상태에 내몰림을 당하게 된다.

교육은 미래를 위한 투자임은 분명하다. 그런데 그 투자가 불확실해서 지푸라기라도 잡기 위해 극성스러울 정도로 자녀들을 공부로 내모는 모습은 진정한 교육이 아니다 싶다. 오늘보다 내일, 조금 더 행복하기 위해 교육을 받는 것인데 세상이 요구하니까, 그렇게 돌아가니까. 고학력을 원하니까 해야만 한다는 식으로 몰아붙이는 교육은 부모나 자식 모두가 못 할 노릇이고 해서도 안 된다. 그런데 그렇게라도 해야만 하는 상황을 두고 교육열이 높다고 함은 분명 착각에 지나지 않는다.

배움의 준비가 안 된 유치원 시절부터 음악, 미술, 영어 등만이 아니라 체력이 중요하다며 각종 운동까지 이곳저곳 학원으로 끌려다니는 모습은 아이의 장래를 염려해서 하는 행위가 아니라고 본다. 어쩌면 부모가 미처 배움을 갖지 못한 아쉬움을 자식을 통해 위안으로 해소해 보려는 몸부림일지도 모른다. 설혹 이것이 아닐지라도 부모가 이루지 못한 꿈을 자식이 대신하여 성취하도록 함으로써 대리만족을 얻고자 하는 보상심리가 기저에 깔린 것은 아닌지 반성도 해볼 일이다.

우리는 행복을 공부 잘하면 얻을 것이라 착각하고 있다. 그래서 피

터지게 열 내어 교육에 혈안이다. 정작 중요한 것은 삶의 목표를 정하고 이에 필요한 교육을 받는 일에 매진할 때 그러한 모습을 두고 교육열이라 할진대 무턱대고 맹목적으로 휩쓸리듯 하고 있다. 남들 하니까 안 하면 내 아이만 뒤처지니까 따라 할 뿐이다. 아이의 소질과 특기 적성은 안중에 없다. 혹여 관심을 두고 있는 일에 눈길만 돌려도 쓸데없는 짓 말고 오로지 공부하란다. 아이가 주의를 기울이는 일에 맞게 교육열을 갖는다면 아이도 즐거운 마음으로 할 수 있어 투자에 따른 수확률도 높을 텐데 오늘의 우리나라 교육은 한마디로 맹목적이다. 그러니 진정한 교육열이라 할 수 없는 것이다. 이는 불행의 씨앗이자 불씨일 뿐이다. 자식을 위한다는 명분 속에 감추어진 폭력이다. 이를 행사하면 할수록 진정한 교육에서 점점 멀어짐은 자명하다. 교육열이 높다기보다는 지나치게 극성스럽다고 함이 타당할 것이다.

오늘, 아이들은 무슨 생각으로 학교에 왔을까. 배움에 대한 열의는 가지고 있을까. 아무리 가르침이 좋아도 받아들이지 않으면 소용없는 헛짓으로 사상누각(沙上樓閣)이다. 어떻게 하면 즐겁게 공부하고 싶어질까. 목표 의식을 갖고 자기 주도적으로 학습해야 한다고는 하지만 이를 흔쾌히 받아들여 할 수 있는 아이가 어느 정도나 될까. 이론과 실전은 분명 다르다. 그럴싸한 이론은 오히려 내 아이의 의욕을 꺾는 요인일지도 모른다. 학교에 가고 싶고, 공부하고 싶도록 동기를 줄 수 있는 선생이었으면 한다. 부담 없이 고민을 털어놓고 싶어지는 그래서 위안을 받을 수 있는 그런 인생 선배라면 더욱 좋겠다.

# 환경을 생각하는 봉사가 아름답다

2011

## • 자원봉사의 의미

인간은 혼자 살 수 없어 사람들과의 관계 속에서 사회를 이루고 살아간다. 그런데 그것이 단순하지만은 않다. 얽히고설키어 아주 복잡한 조직 체계를 가지고 있어 다양한 현상을 드러내고 있다. 좋은 방향으로의 결과만 나타난다면 그리 문제가 되지는 않을 것이다. 구성원 모두가 사회의 일원으로서 역할에 대한 보람과 경제적인 윤택함을 고루 누릴 수 있다면 그 이상 바랄 바 없을지도 모른다. 그러나 사회화가 비대해질수록 이에 편승하지 못하는 사람들이 생기게 마련이다.

특히 고도로 자본화되어가고 있는 근래의 추세로 보아 이미 빈부의 심화에 따른 박탈감만이 아니라 이력을 갖추는 노력에도 불구하고 개인의 능력으로는 경제적인 생산 활동을 할 기회조차 얻지 못해 어찌해 볼 도리가 없는 상황에 내몰리는 경우도 허다하다. 사회에 발을 디디고 정상적인 활동을 할 수 없는 이들이 무수히 생겨나고 있음이다. 삶을 영위해 나가는데 필요한 가장 기본적인 일할 기회조차 얻지 못해서 오는 소외 현상까지 가세하게 된다면 그동안 우리 사회를 그나마 지탱시켜온 건전성을 상실하게 되어 서로를 신뢰하지 못하는 삭막함을 초래하고 말 것이다. 이러한 사회가 조성되기 전에 구성원 모두가 조금이나마 양보하고 배려하는 마음을 가져야 하겠다. 자본을 내세워 저지르는 기득권의 무분별하고도 무자비한 독식도 자제해야 하리라고 본다. 은근히 무시하거나 업신여기는 태도 또한 생각으로라도 갖지 말아야 한다. 나보다 부족하거나 어려운 이를 보듬어 감쌀 줄 아는 너그러운 손길이 이래서 요청된다고 하겠다. 여기에 자원봉사가 있는 것이다.

누군가 어려움에 직면하여 도움이 필요할 때, 선뜻 손을 내밀어 구원(救援)하고자 하는 마음이 바로 봉사라 하겠다. 남을 돕고자 하는 심성이 저절로 우러나 스스로 원해서 하는 활동이 자원봉사인 것이다. 내가 살아가는 이 사회를 위해 주인 정신을 갖고 지속해서 선행을 실천해 나가는 활동이다. 여기에 무슨 보수가 필요하고 대가가 필요하겠는가. 내게 주어진 능력을 조금이나마 사회에 환원시킨다는 취지에서 묵묵히 실천하는 행위가 자원봉사인 것이다. 오물 하나를 수거하더라도 마지못해 줍는 태도보다는 자발적으로 솔선하여 실천해 나가는 자세가 필요하다. 눈치를 보아가며 누군가 하리라는 생각을 버리고 즐거운 마음으로 손을 내밀어야 하겠다. 즉흥적인 행위로 대가를 바라기보다는 실제로 도움이 되도록 활동 거리에 맞는 계획을 세워 일상처럼 자연스럽게 꾸준히 실천해 나가는 행위가 진정한 자원봉사라 하겠다.

• 환경 문제와 자원봉사

자연환경은 자정 능력에 의해 복잡하지만 조화로운 균형을 유지하고 있다. 그러나 때로는 작은 변화 때문에 생태계가 파괴되고 급기야 생명 존속에 위협을 주기도 한다. 특히 인간의 이기심에 의해 자행되는 인위적인 훼손은 심각한 환경 문제를 유발하고 있다. 산업화 도시화로 상징되는 경제성장은 인간 삶에 윤택함을 주리라는 기대와 달리 토양, 대기, 수질 등에 좋지 않은 영향을 주었고, 점차 스스로 정화할 수 없을 정도까지 오염되어 갔다. 과학의 발달과 생활 수준의 향상은 새로운 환경을 거듭 요구했고, 그때마다 우리의 삶터는 본래의 모습을 잃어갔다. 소음과 진동이 끊이지 않고, 농약과 생활하수, 공장 폐수로 인해 물이 오염되어 갔다. 지구 온난화와 오존층 파괴도 가져왔다. 또한 산업폐기물과 쓰레기 처리 문제로 골머리를 앓고 있으며, 지역 이기주의를 불러오기도 하였다. 지체하고 방치 해두는 만큼 그 폐해는 다양한 형태로 나타났고, 이는 고스란히 환경의 파괴로 이어져 동식물만이 아니라 생태계 전반을 위태롭게 하고 있다. 인간도 예외일 수는 없다. 건강한 생활 차원을 넘어 생존의 문제를 심도 있게 점검해 보아야 할 단계에 이르렀다.

개발이라는 명분 속에 자본의 논리로 자행되는 환경 파괴는 생태계의 변화는 물론 유해 물질을 발생시켜 각종 질병을 유발하게 하였고, 이의 치유를 위한 방편은 또 다른 폐해를 가져오는 결과를 낳았다. 반복되는 악순환은 결국, 지구 환경 전체의 문제로까지 확산하였고, 원상회복이 불가능한 경우도 생겨났다.

성장의 밑바탕에는 자연환경의 희생이 있었기에 가능했다. 그러나 더는 스스로 정화해 낼 수 없는 상태에 이르렀다. 이제 상처가 나면 낫지 않고 더 큰 상처로 전이되어 간다. 여기에까지 이르게 한 장본인이 바로 인간이다. 환경에 대한 인식을 새롭게 하고, 환경 의식을 재정립해야 할 시점에 와 있다. 인간 삶의 질 문제는 환경과 관련이 깊다는 사실을 깨달아야 할 때다 이러한 점에서 환경 문제의 해결을 위한 자원봉사의 손길이 그 어느 때보다도 절실히 필요하다 하겠다. 왜냐하면 우리의 삶터가 바로 환경이기 때문이다. 우리가 살아가는 생활공간이 온갖 쓰레기와 오염 물질로 뒤덮여 악취를 풍기고 건강을 위협하는 상태에 이르렀다. 이제 더는 방치 해두고 볼 수 없기에 미루고 탓할 여지 없이 봉사가 이루어져야 하겠다.

환경을 쾌적하게 만들어 나가는 일이 곧 삶의 질을 개선하는 일이기도 하다. 그런데 환경 문제의 심각성을 인식하면서도 실천으로까지 이어지지 않고 있다. 환경 보전은 관련 있는 사람만 해야 할 그런 것이 아니다. 삶의 공간 속에 살아간다면 마땅히 앞장서야 할 것이다. 서로 협력하여 주변을 청결히 해나갈 때 그 이로움은 지역사회 구성원 모두에게 골고루 돌아가게 된다. 그래서 봉사가 필요한 것이다.


## • 환경 사랑 봉사 실천

환경의 중요성을 인식하고 봉사의 필요성 또한 느끼면서도 실천 의지가 미약하다면 우리의 삶터는 어떠할까? 당연히 쾌적함과는 거리가 멀 것이 자명하다. 무엇보다 학생들에게 있어서 환경 보전에 대한 개념이 부족해 아무 데나 버리기 일쑤다. 더구나 봉사의 경우 그저 시간 채우기에 관심을 두는 경향은 어제오늘의 일이 아니다. 환경 봉사는 쓰레기나 줍는 정도로 여기고 꺼릴 뿐 아니라 누구나 쉽게 접근할 수 있는 체계화된 프로그램도 부족한 실정이다. 따라서 자발성에 바탕을 둔 실천 위주의 지속적인 봉사가 요구된다고 하겠다. 특히 교육 차원의 학생 봉사는 체험학습을 겸하여 접근해야 한다는 점에서 생각이 바뀌고 태도 변화가 이루어질 수 있는 봉사가 절실함을 인식하면서도 격이 낮은 활동으로 취급하고 등한히 여기는 것이 현실이다.

그럴싸한 시설을 찾아가 열심히 하는 척으로 인증을 확보하는 순간 그것으로 생색내며 마치 큰일이라도 하는 듯이 일정이 바쁘다는 핑계로 두 번 다시 찾지 않는 저명인사의 구호에는 꼭 노블레스 오블리주가 따라다님은 오늘날 봉사의 단면이란 생각이 들어 부끄럽기마저 하다. 그렇다면 진정한 봉사는 무엇일까? 구태여 외래어를 빌려 쓰지 않더라도 솔선수범하면 되지 않을까 싶다. 배려하고 나눔은 멀리 있지 않다. 가까운 내 주변의 환경을 사랑해 줍고 버리지 않는 실천이야말로 진정한 봉사가 아닐는지. 그래서 환경을 생각하는 봉사가 아름답다고 하는 것이다.

# '적당히'의 의미에 대하여

2013

　우리는 가끔 버릇처럼 '적당히'라는 말을 한다. 딱히 뭐라고 규정지어 구체화하거나 확실하게 콕 꼬집어 말할 수는 없지만, 정도에 알맞거나 엇비슷하게 요령이 있는 상태를 두고 하는 말이다. 이와 비슷한 뜻의 단어로는 '대강', '대충'이라든지 '좋다' '적합하다' '합당하다' 등으로 '알맞다' '걸맞다' '어울리다' '마땅하다'와 같은 말과도 통한다. 그러나 '대강'은 자세하지 않은 기본적인 정도로, 중심이 되는 부분만을 추려 낸 개략적인 줄거리 정도로, 사건의 설명을 들었다거나 짐작한다고 할 때, 일의 마무리나 장소를 둘러보는 정도를 말할 때 쓰이고, '대충'은 대강 추리는 정도로 일의 정리 상태나 끝내는 정도를 나타낼 때 쓰이는데 같은 뜻에는 '대체로' '얼렁뚱땅'이 있다. 또한 '적합하다'의 '적합'은 일이나 조건 따위에 꼭 알맞음을 뜻하는데 같은 말로 '의합'이 있다. '무엇에 또는 무엇으로 적합하다.' 형태로 규범에 적합하다거나 경작에 적합하다, 통신에 적합하다 등으로 쓰인다. '합당하다' 역시 '어떤 기준이나 조건, 용도, 도리 따위에 꼭 알맞다'는 뜻으로 질문에 대한 답이나 일의 결정이 어떻다고 할 때 이 말이 쓰이는 것으로 '이치에 맞아 올바르고 마땅하다'는 뜻을 지닌 '정당하다'까지 그 유사성을 관련지어 나갈 수 있겠는데 그러다 보면 '적당히'라는 본래의 뜻과 얼추 같은 부분도 있지만 조금은 멀어진 거리감을 느끼게 된다.

대체 '적당히'는 어느 정도의 상태를 말함일까? 사물의 성질이나 가치를 양질과 우열 따위에서 본 얼마의 분량, 어떤 수준을 '정도'라 하는데 '알맞은 한도' 수량을 나타내는 말의 뒤에 쓰여 '그만큼 가량의 분량'을 뜻하기도 한다. 이 '정도'에 알맞은 수준이란 어느 만큼이나 가량을 가리켜 이르는 것일까? '적당히'의 기준을 어디에다 두느냐에 따라 '대충'이나 '대강'의 뜻과 일치하는 면도 있겠으나 분명한 것은 완전하지 않게 얼렁뚱땅, 설렁설렁하는 의미와는 상당한 차이를 보인다는 것이다. '적합'이나 '합당'과도 궤를 같이하는 면이 있긴 하나 구태여 꼭 알맞아야 하냐면 딱히 그렇지마는 또 아닌 듯하다.

그럼 그 '정도에 알맞게', '엇비슷하게 요령이 있게'란 어떤 상태일까? 과하여 넘치거나 미흡하여 부족함도 없는 수준을 이름이리라. 그래서 소금을 넣어 간을 맞춘다거나 건강에 좋은 운동량을 지칭할 때 '적당히'라는 말을 쓴다. 어떠한 일에 빠져들거나 버릇을 나타낼 때도 '적당히 하라'는 말이 자연스럽게 나온다. 그러고 보면 '적당히'란 대화 상대자 간의 이야기 상황과도 밀접한 관련이 있다고 하겠다. 상대방을 업신여기거나 말을 무시하는 투가 심하다 싶으면 나오는 반응으로 '적당히'라는 표현을 쓰게 된다. 정도에서 벗어나지 않도록 조율의 의미가 담겨있다. 말다툼하다 보면 이성을 잃고 막말을 하게 되는 경우가 있는데 이때에도 제재의 한 방법으로 쓰이며, 지나침의 상태를 어림잡아 헤아리는 척도로도 쓰인다.

그래서일까. 문득 떠오르는 단어가 '적당히'이다. 그간에 나름으로 열심히, 어쩌면 지나칠 정도로 빠져들어서 해온 일이 '적당히'의 범주에서 벗어나 있지나 않은지 되돌아보아지고 가끔은 무리하지 말라는 신체의 신호를 받기도 한다. 젊은 날에는 객기인 줄도 모르고 의욕 넘치는 열정이라 여겨 추진력을 발휘하였지만, 세월 지나 이력이 쌓인 지금에 이르러보니 혹여 잘난 맛에 고집부리지나 않았는지 되돌아봄의 반성 속에 부끄러움도 없진 않다. 그야 누가 알아주고 몰라주고를 떠나 자체의 만족도가 중요하긴 하지만 그래도 혼자 살아가는 세상이 아닐 진데 홀로 아리랑은 최소한 아니어야 한다. 함께 더불어 어우렁더우렁 얽히고설켜 부딪치고 깨져가며 살아가야 하는데, 그러기 위해서는 지켜야 할 규범을 따라야 함은 당연하다. 그런데 한마디로 '적당히' 하지를 않는다. 어쩌면 나부터도 오지랖 넓게 처신하고 있지나 않은지 직시해 보아야 하겠다. 교사의 본을 운운하며 제 할 역할이 아님에도 영역을 넘나들거나 알량한 권위를 남발하고 타당성 없는 억지로 기어이 해내려 고집을 내세우지나 않았는지, 더구나 아이들을 대함에 인격에 손상을 주지나 않았을까. 마음을 열어 가을의 청명한 햇살에 비추어 본다. 부끄럽지 않은 행보라면 얼마나 좋을까.

매사에 '적당히'란 있을 수 없다고도 한다. 그야 그렇다. 무슨 일이든 최선을 다해 최상의 상태에 도달하여 최고의 성과를 끌어내야 함은 당연하다. 그러나 그 경지에 이르려면 아마도 있고 없는 힘, 젖 먹던 힘까지 다 발휘해야 한다. 그뿐이겠는가. 때에 따라서는 수단과 방법을 가리지 않고 성취욕에 빠져 오히려 더 많은 것을 잃을지도 모른다. 당장 결과만을 본다면 의당 집중하여 최선을 다하고 죽기 살기로 덤벼 어쨌든 일을 성사해야 할 것이다. 무리 없이 순리대로 열성을 다하여 목표한 바를 이루어냈다면 여기에 무슨 사족이 필요하겠는가. 박수갈채를 받아야 함은 마땅하다. 그런데 이 상태를 지속할 수 있을까. 그리만 된다면 얼마나 좋겠는가. 그러나 자연 이치는 어느 한 편만을 들지 않는다. 힘써 최선을 다할 기회를 주지만 지속은 아무래도 어렵지 않을까 싶다. 그래서 선인들은 삶의 경험치를 한마디로 '적당히'라 하였다. 무리수를 두지 않으면서도 목적한 바를 이루어내는 지혜로움의 결정이 '적당히'라는 말로 귀결된 것이다.

이러한 생각에 머물 즈음 수업 시작을 알리는 선율이 들려오고 복도를 지나 교실에 들어서는 순간의 광경은 여기가 시장이요 난장판이란 생각밖엔 들지 않는다. 이러한 상황이 하루 이틀도 아니고 조만간에 끝날 일도 아니겠지만 어쨌든 한숨이 절로 나온다. 때로는 그러려니 하며 조용히 수업에 임하라는 잔소리를 접고, 한동안 지켜보면서 그래 이 시기에나 이래 보는 거라며 이해하는 마음으로 기다림을 갖지만, 한도 끝도 없이 이어지는 어수선함에 왁자지껄은 멈출 기미조차 보이지 않고 오히려 눈치도 없이 대놓고 보란 듯이 목청 돋워 외쳐대는 밉상마저 노골적으로 드러낸다. 여기에 학생으로서 갖추고 지녀야 할 예의라고는 찾아볼 길이 없다. 오로지 버릇없는 되바라짐에 말투마저 싹수없이 내뱉는다. 무슨 말을 하면 토를 달고 남의 탓으로 돌리기 예사고 저는 아무 잘못도 없다고 볼멘소리를 한다. 조용히 하려는데 상대가 먼저 시비조로 거슬리게 말을 해서 왕짜증이 난다며 눈빛부터가 독기를 품고 부정확한 발음으로 씨부렁거린다. 그러면서 또 떠들어대니 어찌 가르치고 지도해 나갈 수 있겠는가. 여기에 부화뇌동하여 장단을 맞춘다면 지도하는 이의 처신만 곤욕스러워질 뿐이다. 이처럼 안하무인인지라 상종의 여지는 없지만 그래도 사람다운 사람 만들어야 하지 않겠는가. 이 망아지 같은 철부지들을 어쨌든 제대로 된 인격체로 가르쳐야 한다는 생각에는 변함이 없다. 그러니 목청을 돋워 힘을 주게 되고 조용히 시키지만 정말 이도 아 달라 단저으료 아니다 싶다. 언성을 높여 분위기 험악한 가운데 공부에 임한들 얼마나 효과를 보겠는가. 여기저기서 재잘대는 새소리가 오늘 우리 교실의 생생한 모습이라 안타깝다. 게다가 진득하게 앉아 있질 못하고 돌아다니는 녀석에다 뜬금없이 어디 하냐며 쪽수를 묻는 아이 등등 상당수가 학교에 놀러 온 듯하다. 이들에겐 '적당히 하라'는 말이 통하지 않는다. 공부의 열기는 몇몇 아이들만이 천연자원처럼 드문 데다 점차로 전염이 되어 희귀성마저 보인다. 이것이 오늘날 우리 학교의 현실인가 싶어 회의감이 들기도 한다. 이러한 현상이 도래하기까지 어른들은 무엇을 했을까. 그냥 손을 놓고 구경하지는 않았을 것이다. 다만 원인 없는 결과는 없을 테고, 아이들이 이러한 반응을 보이기까지는 원인 제공한 측이 분명히 있을 것이다.

예로부터 교육은 백년지대계라 했거늘 혹여 인기를 끌려는 의도로 그럴싸하게 포장한 이론을 실제에 적용하려다 보니 부작용으로 아이들의 순수함에 물을 들이지나 않았는지 반성도 해보아야 하겠고, 우왕좌왕하는 흐름에 편승하여 대충으로 얼렁뚱땅 가르치는 척만 하지나 않았는지. 1년이라는 단기적인 역할에 그저 행정적 관리만을 맡아 하지 않았을까도 심도 있게 짚어보아야 하겠다. 분명한 것은 알량한 지식 전달이 아니라 참된 인격을 갖추도록 하는 인성에 중점을 두어야 하는데 그러하지 못했는지도 살펴보아야겠다. 아이들의 인성 지도는 교사 개개의 역량이 중요한 역할을 함은 사실이다. 그러나 한계도 분명 있을 수밖에 없다. 그러니 교육공동체 모두가 함께하려는 노력도 절실히 필요하다. 최소한 존경받는 정도까지는 아니더라도 본이 되는 스승의 모습은 간직했으면 좋겠고, 그리하여 인성으로 다져진 사제 지정이 넘쳐나는 학교가 되었으면 하는 바람이다.

또 하나 아이들에게 영향을 끼치는 요인 중에는 가정이 있다. 그 무엇보다 가정교육의 중요성은 두말할 여지가 없다. 건강한 가족관계가 아이들의 인성에 좋음은 인지하는 바다. 그런데 바른 행동 하라고 지적 받는 아이들 대다수가 가정교육의 부재에서 나오는 경우가 많다. 과잉 보호만이 아니라 지나친 무관심도 악영향을 주고 있다. 가족이라는 울타리의 참맛을 모르기에 이기적으로 된다. 설령 그러하지 않는다 해도 몸으로 체험해 본 바가 없어 어찌할 줄 몰라 그때그때 즉흥적인 기분에 따라 행동하다 보니 실수를 하게 되고 문제를 야기하고도 무엇이 잘못인 줄을 모른다. 또한 그 잘못을 지적하여 고치라고도, 바로 잡으려 하지도 않으니 더 큰 갈등을 부름은 뻔하다. 이러한 현상이 한두 번도 아니고 성장해 오는 내내 나아가 사회적 활동을 해야 할 시점에도 올바름을 갖지 못하게 된다면 이는 분명 문제로 대두될 것은 자명하다. 이러한 상태에까지 이르기 전에 적당한 선에서 모두가 되돌아보아 반성하고 바른길로 나아가려는 노력이 필요하다.

고쳐야 할 점이 있다면 머뭇거리지 말고 과감히 바로 잡아나가야 하겠다. 그리하여 학교와 지역사회, 가정이, 그리고 교사와 학부모, 학생이 삼위일체로 하나 되어 나아갈 때 진정한 인격체로서의 인성이 길러지리라고 본다. 그러려면 모두가 조금씩 자존심을 내려놓고, 이해하고 배려하는 마음으로 손을 잡아야 하겠다. 그리고 그 손들이 따뜻했으면 좋겠다. 설령 어느 한 손길이 냉랭한 찬 바람이 분다 해도 설불리 놓지 말고 온기로 따뜻이 감싸 나갔으면 한다.

오늘, 비가 오려는지 우중충하다. 하나밖에 없는 우산이라고 나 혼자 쓰려 말고 함께 받는 배려가 물길 따라 흐르듯 했으면 좋겠다. 이것이 넘치거나 과함이 아닌 그렇다고 모자라지도 않는 마음의 정도에 따라 알맞은 상태인 '적당히'가 우리에게 주는 교훈이라 하겠다.

# 내일을 책임질 주인공이 되자

2014

그 어느 때보다도 더 큰 충격을 그것도 온 국민이 함께 겪을 수밖에 없었던 '세월'호 사건이 한 학기가 다 가도록 아직도 마무리되지 않은 상태라 더욱 안타깝고 마음이 무겁기만 합니다. 희생자 영령의 명복을 빌어 애도해 보지만 먹먹함은 가시지 않고 한동안 지속될 듯합니다. 다시는 이러한 일이 재발하지 않도록 지금부터라도 모두가 기본을 지켜나가는 의식과 태도를 갖추었으면 하는 바람 가져보며 그 선두에 우리 조원중학교 가족이 동참하여 물결을 이루었으면 좋겠습니다.

안전 불감증을 책망하고 책임의 소지를 어느 한 측에 전가하기 전에 지혜롭게 대처하여 피해를 최소화하지 못한 잘못을 반성하는 자세와 공감할 수 있는 대책 마련이 절실히 필요한 시점이라 여겨집니다. 우리가 배우고 익히는 이유가 바로 여기에 있는 것이기도 하지요. 안전을 등한시하고 인본을 무시한 참사를 지켜보며 교육자로서 엄숙히 고개를 숙이고 재차 다짐해 봅니다.

조원 가족 여러분! 우리 모두 이렇게 해봅시다. 사람다운 사람이 되기 위해 배움을 갖는 것이고 교육의 목표 또한 여기에 있지요. 그런데 우리의 현실은 목표 지향점을 성공과 재물에 결부시켜 잘살고 못사는 잣대로 삼고 있습니다. 그러니 사람 교육 이전에 오로지 돈을 좇는 기능 교육에 연연한 산물이 오늘의 우리 사회가 아닌가 합니다. 이를 지켜보며 서로들 이래선 안 된다고는 합니다만 그 누구도 먼저 나서서 문제점을 개선하려는 실천적인 의지는 보이지 않고 있습니다. 이기적인 개인주의에 편승한 결과의 산물을 직접 체득하고도 잠시 움찔거릴 뿐으로 이렇다고 할만한 변화가 없어 정의로움은 묘연하기만 합니다.

그러니 우리가 실천해 보자는 것입니다. 우리 학교 교훈이 성실임은 다들 아실 것입니다. 정성스럽고 참됨을 뜻하지요. 성의와 지성을 다한들 그 근간에 부지런함이나 사랑함이 없다면 즐거움도 행복도 존재하지 않겠지요. 또한 배려로써 보듬어 사랑한들 성실하지 못한 정의로움은 가식에 불과하겠지요. 그래서 요구되는 것이 성실한 사랑이요, 성실한 정의라 하겠습니다.

여러분! 끊임없이 배우고 익힙시다. 불이익에 최소한 억울함이 생기지 않도록 부단히 노력하여 세상의 이치만큼은 알고 살아가는 지성인이 되도록 합시다. 그리하여 인격적으로 존중받는 사람으로 살아갑시다. 우리의 성실은 부지런히 배움을 갖는 것입니다. 앞으로 다가올 미래의 내 모습을 떠올려 보십시오. 그리고 거기에 꿈을 실어 목표를 설정해보길 바랍니다. 먼 훗날의 나와 대화도 나누어 보세요. 초라한 행색이 아니길 바라거든 주저 말고 정진하길 바랍니다. 미래의 나에게 부끄럽지 않은 멋지게 살아가는 '나'가 되도록 아름답게 가꾸어 가길 바랍니다.

배려하고 존중하는 마음을 가집시다. 세상은 혼자 살아갈 수 없습니다. 외톨이는 말 그대로 외롭습니다. 그리되지 않으려면 나부터 옆의 친구에게 관심을 두고 소중히 여기며 배려합시다. 자본의 산물인 스마트폰 중독, 왕따-폭력 등 일시적인 유혹이나 충동을 멀리하고 따뜻한 우정을 나누며 하창 시절을 보냅시다 삶을 되돌아보았을 때 미소 지어 흐뭇함을 되새길 수 있도록 소질과 적성에 맞는 다양한 활동으로 추억을 다져 나가길 권합니다.

그리고 옳음을 실천하시길 바랍니다. 성공이라는 굴레에 얽매여 부정을 가까이 두다 보면 중요한 결정의 상황에서 발목 잡히는 모습을 우리는 허다히 보아왔습니다. 그릇된 그릇을 지켜보며 지탄(指彈)의 목소리를 내봅니다만 부끄러워하기보다는 변명이나 탓으로 고수(固守)하는 추태만 보일 뿐이지요. 더욱이 정의의 이름으로 엄하게 다스려야 함에도 그러하지 못함 또한 우리의 현주소입니다. 그러니 우리부터라도 본이 되고 귀감(龜鑑)이 되도록 솔선해 나갑시다.

성실은 이론적인 말로 이루어지는 것이 아닙니다. 실천하려는 의지와 행동이 함께 어울림을 가질 때 아름다워지고 멋있어지는 것입니다. 조원의 10년 샛별이 더욱 영롱해지도록 다 함께 성실의 정신으로 사랑하고 이를 바탕으로 정의로운 나, 가정, 지역사회, 국가, 인류를 풍성히 만들어 가는 데 앞장섭시다.

# 뭐든 때가 있다

2015

　뭐든 때가 있다. 그래서 순리에 따르라는 교훈이 생겨났음이다. 다만 그냥 맹목은 아니다. 부단한 노력으로 열심히 준비하며 기다림을 갖다 보면 의도하는 바를 얻게 된다는 말이다. 그러지 않으면 기회가 주어져도 알아채지 못하고 지나감조차 모르고 만다. 미리 대비랄까? 교육이 필요한 이유도 여기에 있다.

　공부는 왜 하는가? 오로지 지식의 축적만을 위한 행위가 아니다. 모름의 어리석음으로부터 벗어나고자 함이다. 앞서기보다 뒤처지지 않고 함께 더불어 소통하는 데 있음이다. 여기에 앞을 내다볼 줄 아는 약간의 안목이 길러지면 그로 족함이다. 공부 잘함이 진학이나 진로를 정하는데 유용한 도구나 수단으로 작용함은 오늘날 한국 사회의 모습이다. 그러니 진정한 의미의 공부와는 거리가 있음이다. 아무리 해박해도 그 지식의 쓰임이 적절하지 못하다면 무슨 가치가 있겠는가. 조금은 부족해도 살아감에 지장이 없다면 앎이 많고 적음은 중요하지 않다. 그야 그 풍부한 지식을 지혜롭게 다 풀어내어 이롭게 쓰임을 갖는다면 더 이상 바랄 바가 없는 최상이다. 이것이 교육의 대의이자 공부의 지향점이지 않겠는가. 이 정도면 아마도 성인의 반열에 오를지도 모른다. 그러니 우리에게 필요한 앎이란 박학다식보다는 서로 소통할 정도면 된다. 그렇다고 임기응변을 기르란 뜻은 더욱 아니다. 다만 처한 상황에 따라 슬기롭게 대처할 줄 아는 지혜로서 앎을 가지라는 것이다.

그런데 이 앎을 온전히 언행일치로 갖기란 그리 수월한 일만은 아닌 듯싶다. 겉으로는 그럴싸한 언변으로 이론까지 들먹이며 아는 체를 하면서도 실행으로까지 옮기지도 않고 먼저 말했음을 들어 자기 의견대로 왜 실천하지 않느냐며 주위 사람들을 책망하고 탓으로 일관하거나 하기 싫으면 말라는 투로 허세 부려 생색을 내면서 정작 자신이 한 말에 대해 책임지지 않고 회피로 무마시킨다. 그러고는 주위에서 하지 않으니까 자기도 못 하겠다는 핑계로 자존심을 내세워 의기양양 부끄러워할 줄 모른다. 이런 것이 앎이요, 잘남이라면 믿고 따르며 신뢰할 수 있을까. 견공마저도 외면할 듯하다.

우리 사회에 이러한 인사가 수두룩함은 하나하나 거론하지 않아도 미루어 짐작이 가리라고 본다. 실천은 없고 이론만 난무하는 국가와 사회는 형식에 얽매여 내용을 갖추지 못해 궁극으로는 모래 위에 건물을 짓는 꼴이 되고 말 것이다. 그럼 조만간에 무너질 수밖에 없는 구조를 드러내지 않을까 싶다. 잔잔한 파도에도 모래는 씻겨나갈 것이고, 땜질로 복구를 한다 해도 한두 번에 그칠 일이 아닐 텐데. 그러다 큰 풍랑이라도 밀려오면 감당해 낼 수 있을는지 모르겠다. 일은 어설프게 아는 체하는 인사가 저질러 놓고 해결은 힘없는 백성에게 떠넘기는 행각을 스스럼없이 자행하지 않을까 심히 우려스럽기도 하다. 형식에 얽매여 이론에 근거만을 내세우다 보니 알토란같은 내용은 흐지부지 외면한 만큼 괴리가 생겨 어느 순간 시나브로 우리의 삶을 고달픔으로 뒤흔들어 놓을지도 모르겠다. 그러하기 전에 앎의 본연에서 새롭게 시작하여야 한다. 이것이 항간에 떠들어 대는 혁신과 통했으면 더욱 좋겠다. 어느 개인이나 집단의 이익을 대변하는 혁신이 아닌 우리 사회가 함께 더불어 건강하게 공존할 수 있는 제대로 된 앎을 펼칠 수 있는 혁신이길 바랄 뿐이다. 더도 덜도 말고 아는 만큼만 안다고 하고 건실히 실천하면 어떨까? 그런 세상이 오면 조금은 더 행복해지지 않을까?

교육에 혁신의 바람이 분 지도 오래되었다. 이제 어느 정도 어떤 모습으로 든 정착이 되어가고 있음을 떠들어 대는 목소리를 통해 엿볼 수 있다. 그런데 하나같이 형식적인 측면에 방점을 두고 추진한 흔적이 너무 선명하다. 그야 이론에 근거를 내세우는 현실에서 어떤 형태로든 결과물을 내야 해서 어쩔 수 없이 수치화하여 제시함은 당연하다. 혁신을 위한 다양한 방법으로의 시도는 마땅히 해야 한다. 다만, 내용적인 측면도 간과해서는 안 된다는 것이다. 형식과 내용이 조화로워야 진정한 혁신의 완성이라 할 수 있다. 그런데 내용보다는 이렇게 하였노라는 보여 주기가 혁신의 깃발을 흔들고 있어 들여다볼수록 의욕이 꺾인다. 내가 할 때는 되지 않던데 이 사람은 어떻게 했을까? 나는 이러하던데 어떻게 했기에 이런 결과가 나올 수 있었을까? 의아스러움이 한둘이 아니다. 그리하여 질문을 하면 얼렁뚱땅 얼버무리는 경우가 비일비재하다. 실천에 따른 바람만을 내세운 듯해 씁쓸함이 앞선다. 더욱 가관인 것은 성과는 없고 다만 말 그대로 기대효과를 결과물로 처리했을 뿐인데 이를 좋은 연구물이라고 등급을 매겨 치하하고 그에 따라 인사로 대접까지 하는 현실이다. 이것이 혁신은 아닐 것이다. 특히 교육에서의 혁신은 눈앞의 결과가 아니라 먼 훗날에 나타날 모습이기에 조심스럽게 접근해야 할 대업이다.

요즘은 교육계만이 아니라 정치, 경제, 사회, 문화는 물론이고 영리를 추구하는 기업에서까지 혁신을 운운하며 이미지 쇄신에 나서고 있다. 그러나 이들이 구호로 내세우는 의도에는 그 각각의 목적이 분명히 다르다. 표면적으로는 혁신이라는 말로 포장하였지만, 그 내면에는 우리가 상상조차 못 할 엄청난 자기중심의 기득권적인 몫이 깔려있다. 공익을 앞세워 아무리 그럴싸하게 말했다 해도 그건 분명히 순수하지 않다는 것이다. 그리고 이를 따르는 부류는 이용 가치로 여기고 있는지도 모른다. 그러니 이들로부터 이용당하거나 속지 않기 위해서라도 배움을 통해 앎을 길러야 한다. 그리고 미루어 짐작으로나마 예측하고 현실을 직시할 줄 아는 안목을 가져야 한다. 여기에 진정한 교육이 있는 것이다. 그런데 우리의 현실은 그러하지 못하다. 보편적 교육 복지라는 이름 아래에 뭐든 공짜 세상이 되어 가고 있다. 이러다 자칫 평생을 먹여 살리라고 떼라도 쓸지 모른다. 복지라는 틀에 갇혀 사육해 주기 바라는 국민을 양성하고 있지나 않은지도 심도 있게 살펴보아야 한다. 그런데 이는 몰라라 하는 듯싶다. 일하지 않고 일용할 양식만을 달라고 외쳐대는 공민(公民)을 받들어야 하는 국가의 위기 상황도 한 번쯤은 되돌아보아야 할 때인데 그런 목소리는 너무도 희미해 들리지도 않는다. 표를 의식해 공약을 내세운 이들의 인기 영합에 좌충우돌하며 대중 영합주의(populism)에 빠진 우리 사회의 단면을 여실히 보여 주고 있음이 안타깝다. 이것이 혁신이 아님은 분명하다. 또한 이것이 혁신의 대상임도 확연하다. 그런데도 마치 성역과 같은 존재로 우뚝 솟아 감히 혁신의 혁도 거론하지 말라는 요지부동의 태도를 보인다. 그런데도 안하무인인 갑은 을에게 스스럼없이 혁신을 요구하며 칼자루를 휘두른다. 얼굴이 따갑지도 않은지 마치 딴 세상의 일처럼 말이다.

혁신은 그 누구보다도 내가 먼저 해야 한다. 거창한 구호나 외침도 필요하지 않다. 자신의 부족함을 알아서 채워나가는 수신으로의 혁신이 가장 먼저 선결해야 할 것이다. 각기 맡은 역할을 충실히 해내는 자체가 혁신의 시작이다. 낡은 관습에 얽매이기보다는 현실에 맞게 새로움을 받아들여 좀 더 효율적으로 일을 처리하는데 혁신이 있는 것이다. 학교에서도 교사가 잘 가르치는 것도 중요하지만 학생이 제대로 배워야 한다. 다양한 이론과 방식으로 현대화된 도구를 사용해 아무리 좋게 수업을 진행했다 하더라도 정작 배움을 갖는 아이들이 내용을 앎으로 받아들이지 못했다면 이것이 혁신 교육이라 할 수는 없지 않겠는가. 혁신이 아니더라도 교육 본연으로 돌아가 배움이 일어나도록 하면 족하리라. 구태여 혁신을 운운하지 않더라도 제 할 일만 효율적으로 충실히 잘 해낼 수 있다면 되지 않을까.

2부

/

/

서로 더불어

하다 보니

# 믿고 맡겨 주심에 감사

1

안녕하십니까. 태성중학교 2학년 6반 담임입니다. 귀한 아들을 맡겨 주심에 감사드리며 서면으로나마 인사를 드립니다.

2학년으로 새 학기가 시작된 지도 벌써 며칠이 지났습니다. 아이들이 반 편성으로 인한 환경의 변화에 조금이나마 빠른 적응이 이루어지도록 가까이 다가가 이름도 불러주면서 친숙해지려고 애를 써봅니다만 마음까지 읽기란 아직은 이른 듯합니다. 새 학년을 맞이하여 새로운 각오와 다짐으로 잘해 보겠다며 결심한 일들이 순조롭게 이루어지고 있는지 점검해 보아야 할 시점이 지금이 아닌가 생각합니다. 무엇보다 올해에는 아이들에게 있어 중학 생활의 참맛을 느낄 수 있는 가장 중요한 시기라고 봅니다. 담임은 이들의 생활 태도를 좀 더 바르게 교정하고자 자기 행동에 책임지도록 하는 자율을 강조하면서 서로가 사랑을 바탕으로 정을 나누며 더불어 하나 되어 살아가기를 바라고 있습니다.

아직도 인재의 척도를 성적만 우수하면 만능이라는 인식이 팽배하긴 합니다만 앞으로 다가오는 시대는 개개인의 특기 적성에 맞는 전문성이 요구되리라고 봅니다. 근래에 이르러 학력이나 학벌보다는 그 사람이 가지고 있는 능력을 중시하는 경향이 확산하여지는 것을 보아도 그러한 추세를 대변해 준다고 하겠습니다. 사회를 살아가는데 성적이 우선이 아님은 누구나 다 아는 사실임에도 그동안 우리가 이를 묵인하였던 것은 출세 지향적인 풍토 때문이기도 하지요. 그러나 이제는 시대가 달라졌고 또 달라져야 합니다. 정보화 시대에 맞는 탈바꿈이 이루어져야 하겠습니다. 성적이 저조하다고 꾸짖거나 나무랄 일이 아니라 내 아이에게 맞는 소질을 찾아주는 것이 현명한 자식 사랑이라 생각합니다. 공부는 필요에 따라서 해야 하지요. 강요로 마지못해 하는 것은 아무런 성과도 거두지 못한다고 봅니다. 그렇다고 방관하라는 이야기는 더욱 아닙니다. 다만 아이에게 맞는 적성을 찾아주자는 것이지요. 그래야만 흥미를 느끼고 나름대로 열심히 하리라고 봅니다. 예전에 부모님이 이루지 못한 꿈을 아이를 통해 이루려고 하지는 않는지요. 어른들은 아이들이 말을 듣지 않을 때마다 "네 인생 네 것이니 네 마음대로 하라며 공부해서 너 갖지, 나 주느냐"고 하지요. 그러면서 은근히 공부를 강요합니다. 이렇게라도 꾸짖어야 그나마 책을 보니까 말이지요. 하지만 이제는 부모님도 달라져야 합니다. 근자에 컴퓨터 분야가 각광을 받고 있지요. 그러나 우리 어른들의 학창 시절에는 컴퓨터가 무엇인지도 모르고 자랐습니다. 그때는 경제성장을 이룰 수 있는 길은 오직 공장의 기계라고 생각했지요. 이렇듯 급변하는 현실에서 아이들의 앞날도 어떻게 바뀔지 모릅니다. 분명한 것은 현재보다 더 빠른 속도로 변한다는 것이지요. 이를 헤쳐 나갈 수 있는 것은 오직 하나 전문성이지요. 이것저것 다 잘하는 만능인이면 더욱 좋겠지만 이보다는 전문인이 되어야 하리라고 봅니다. 아이가 자기 적성과 소질에 맞는 분야를 찾아가게 된다면 자연 흥미를 느끼게 될 것이고 따라서 필요하니까 공부는 저절로 이루어지겠지요. 담임은 아이들이 목표 지향적인 전문인으로 자랐으면 하는 바람입니다. 중학교까지는 의무교육 기간으로서 지적 능력을 기르는 단계이지만 상급 학교로 가면 갈수록 진로 선택을 어떻게 했느냐에 따라 큰 변화가 없는 한 내 아이의 운명이 어느 정도 결정되어 진다고 봅니다. 당연히 신중히 진로를 선택해야 하겠지요. 그 신중한 진로 탐색의 시기가 바로 중2 때가 아닐까요. 그동안의 성장 과정을 지켜보아 오신 부모님께서는 내 아이가 어느 분야에 소질과 적성이 있는지 유심히 살펴보시기를 바랍니다. 공부에 소질이 있다면 당연히 학문의 길로 진로를 정해야 하겠지만 그렇지 않다면 아이의 적성에 맞는 길을 모색해 나갔으면 합니다.

담임은 우리 아이들이 사람다운 사람이 되도록 하는데 교육 목표를 두고 바른 인성이 정립되도록 하겠습니다. 이를 위해 더불어 함께라는 의식을 심어 나가겠습니다. 사랑과 정이 넘쳐나 그래서 우리가 모두 함께 어우러져 하나가 되고, 더불어 살아가는 세상을 만들어 나가고자 합니다. 가족의 개념이 날로 미약해져 가고 있는 우리의 현실을 어둡다고 보는 시각이 많은 것도 사실입니다. 대가족이 핵가족으로 바뀌고 농업이 공업으로 바뀐 지도 오랜 세월이 지나 이제는 산업의 흐름이 3차를 넘어 상상을 초월하는 사이버 산업으로 옮겨간 지도 오랜 듯합니다. 이와 더불어 핵가족도 더 이상 나눌 수 없는 개인 위주의 가족 단위로 바뀌고 있습니다. 인간은 사회적 동물로서 혼자 살 수 없는 존재임에도 이를 역행하는 추세는 급진전 되고 있지요. 이혼이나 기타 등등의 사유로 가족이라는 가정이 파괴되는 사례가 주변에 너무도 흔하여 졌음이 이를 입증하고도 남는다고 하겠습니다. 조금만 이해와 양보로 서로를 위하는 마음을 가졌으면 하는 기대를 해 봅니다. 상대를 존중해 주고 봉사하는 마음만 있다면 가정은 견고히 지켜질 것입니다. 오직 나만을 중심으로 생각하는 것은 안 되겠지요. 한참 바르게 성장해야 할 우리 아이들에게 보여 주고 말해주어야 할 가족, 그리고 가정, 더 나아가 이 사회는 어떤 모습이어야 할까요. 담임은 아이들이 훈훈한 사랑을 느낄 수 있도록 최선을 다하겠습니다. 한데 얽히고설켜 끈끈한 정을 간직할 수 있게 하겠습니다. 그래서 건전한 인성이 길러지도록 할 것입니다. 또한 자상한 아버지처럼 따뜻한 대화로써 아이들의 세계를 이해해 나가겠습니다. 아이들이 마음을 열고 밝고 맑아질 수만 있다면 그 이상 무엇을 바라겠습니까.

끝으로 아이들의 심성이 바르게 자라나도록 학급 활동으로 시화전을 열고 시집과 문집을 만들어나갈 것입니다. 단합대회나 야영 등을 통해 급우간에 공동체 의식의 함양과 함께 우정이 길러지도록 하겠습니다. 선후배 간의 만남의 자리도 마련하여 돈독한 정을 느끼게 하여 혼자가 아니라 함께 더불어 라는 따뜻한 마음을 길러나갈 것입니다. 이러한 일들이 원만히 이루어지기 위해서는 그 누구보다 부모님들의 관심과 성원이 필요하다고 봅니다. 많은 격려와 협조 말씀드리며 가정에서도 아이들이 가족애를 조금 더 느낄 수 있도록 해주시기를 바랍니다.

그럼, 이만 안녕히 계십시오.

2001년 3월 19일

## 2

안녕하십니까? 저는 ○○이의 담임 선생입니다. 담록(淡綠)의 아름다움을 유감없이 발휘하는 신록의 5월, 포근한 햇볕 결에 바람 일어 라일락꽃 향기 은은히 전해오고 송홧가루 날리려 하는 입하의 절기에 즈음하여 가내 두루 평안하십니까?

오월은 어린이날을 시작으로 어버이날을 비롯해 성년의 날이 있는 가정의 달입니다. 우리 아이들은 미래 세계의 주역이 되어 나래를 펼쳐 나갈 가장 소중한 꿈나무라 아니 할 수 없지요. 그러나 그 무엇보다도 자식 사랑의 일념으로 밤낮을 가리지 않으시고 애쓰는 부모님이야말로 가장 위대하고 거룩하다 하겠습니다. 이번 어버이날을 맞이하여 노고에 위로와 함께 축하를 드리며 뜻하시는 바대로 모든 일이 순조롭게 성취되기를 기원합니다.

○○이의 생활 태도는 듬직하고 건실하며 어른을 공경할 줄 알고 매사에 주어진 일을 충실히 수행하고 있어 믿음을 줄 뿐 아니라 교우관계도 원만하여 모범적입니다. 무엇을 이루어내겠다는 성취 의욕에 있어서 상당히 차분하게 추진하고 있으며 학업도 꾸준히 노력하고 있어 기대한 바대로 성과를 거두리라고 봅니다. 이러한 자세가 흐트러지지 않도록 좀 더 적극적인 학습이 이루어졌으면 좋을 듯합니다.

담임은 ○○이가 자신에게 맞는 학습 방법을 찾아 능동적으로 노력해 나갈 수 있도록 성심을 다해 지도에 임할 것입니다. 부모님께서도 아이가 공부할 수 있는 분위기 조성에 만전(萬全)을 다하고 계시리라 믿으며, 사안에 따라 담임과 의논해야 할 일이 있으시면 언제든지 학교에 방문하시거나 전화 또는 서신을 통하여 상담해 주시기 바랍니다. 부모님과 담임 그리고 학생이 삼위일체가 되어 협심해 나간다면 좀 더 나은 성과를 거둘 수 있으리라고 봅니다.

몇 해 전 돌에 붙인 풍란이 올해에도 꽃을 피웠습니다. 그간의 정성이야 무어라고 말할 수 없을 정도였지요. 조금만 관심을 기울이지 않아도 시들한 듯하여 잠시 출타라도 할라치면 가장 우선으로 신경이 쓰였습니다. 때로는 강한 햇볕을 피해 서늘하게 보관도 하며 가까이 곁에다 두고 지켜본 숱한 나날들에 대한 보답이라도 하듯 드디어 꽃이 피었고 집안 가득히 은은한 향이 감돌아 마냥 기쁘고 즐거웠습니다. 이렇게 가꾸고 보살펴 주어야 하는 것이 비단 난만은 아닐 것입니다. 우리 주변의 모든 것들이 관심과 사랑으로 커가지 않을까요. 이런 점에서 볼 때 아이들에게도 무한한 사랑과 관심이 필요합니다. 어느 경우엔 너무도 절실할는지 모릅니다. 그런데 주변을 둘러보면 하나같이 평가의 대상으로 바라보고 있다는 것이지요. 아이들의 적성과 소질에 맞는 터를 마련해 주지도 못하면서 이론적인 학설을 굳이 정당성까지 내세우며 입술에 침이 마르도록 주장하지요. 그러나 아무리 좋은 방안이라 할지라도 현실적으로 시기적절하지 못하다면 구태여 과거의 여건을 들추어 대면서 강압으로 해결할 일은 아니라고 봅니다. 모름지기 교육은 사람다운 사람을 기르는 것이지요. 최근에 교육 선진화의 하나로 시행하고 있는 컴퓨터를 이용한 교육이 시대적 요구에 따르는 길일 수도 있겠지만 무엇보다 간과해서는 안 될 것이 교육이란 인성을 다룬다는 것이지요. 교육이 지향하는 궁극적인 가치가 바로 사람답게 살아갈 수 있도록 가르치는 것이기 때문이기도 합니다. 그런데 우리의 교육 현장은 어떻습니까? 정말 진정한 교육을 하고는 있는지. 혹여 경제 논리에 편승하여 교육 행정이 이루어지고 있지는 않은지 점검해 볼 필요성을 느낍니다.

컴퓨터 교육이 곧 열린 교육이나 참교육의 실현이라는 발상은 위험하다 못해 백년지대계를 그르치는 결과만을 낳을 뿐입니다. 교육에서 무엇보다 중요한 것은 인성이지요. 컴퓨터를 아무리 잘한다고 할지라도 사람답지 못하다면 되겠습니까? 또한 컴퓨터를 능숙하게 다룬다고 해서 잘 가르치는 것도 아니지요. 교육 현장에서 얼마만큼 아이들에게 사랑과 관심을 기울이느냐가 더 중요하다고 봅니다. 빵을 주기보다는 만드는 법을 알려주라는 말이 있습니다. 그러나 이보다는 빵 맛을 제대로 낼 줄 알게 해야 하지 않을까요. 그리하여 누구나 다 느낄 수 있는 구수한 빵 맛을 보았으면 하는 바람입니다. 아이가 바르게 성장해 나가는 데 도움이 되는 일이라면 여건이 되는 한 최선을 다해 뒷바라지해 주어야 한다고 생각하며 아이가 티 없이 맑고 명랑하게 자라날 수 있도록 애써 주신 부모님의 노고에 다시 한번 경의를 드립니다.

끝으로 순수하게 감사하는 뜻에서 시작한 사제 간의 정 나눔이 의미하는 바와 다르게 변용되어 은근히 부담을 주고 있는 현실 앞에서 학생을 지도하는 선생의 한 사람으로서 스승의 날에 즈음하여 혹여 부모님께 심려를 끼치지나 않는지 조심스러움이 더 합니다. 부모 사제 간에 마음을 읽고 느낄 수 있는 돈독한 애정이 있다면 그 무엇이 따로 필요하겠습니까? 오직 군자삼락의 하나인 제자가 훌륭히 잘 되기를 바라는 마음으로 즐겁게 봉사할 따름입니다.

부모님의 관심과 배려에 끝없는 감사를 드리면서 이만 글을 맺습니다. 가정에 행복이 가득하길 바라며 안녕히 계십시오.

2001년 5월 6일

## 3

안녕하십니까. 아이들이 상급 학년으로 진급을 하고, 학업에 임한 지도 벌써 두어 달이 지났습니다. 헤어짐의 아쉬움에 한동안 마음을 추스르지 못하고, 다음 날 아침이면 또 마주하겠지 하는 착각 속에 교실을 서성이다가 새 학년 새 학기를 맞이하여 분주함에 정신 추스르지 못하고 이제야 짬을 내어 늦게나마 감사의 글을 올립니다.

헤어짐은 끝맺음이 아니라 또 다른 출발점이라는 명언을 되새기며, 더 좋은 인연을 맺기 위한 과정이라고 위안 삼아 봅니다만 그래도 왠지 허전함은 자꾸만 남는군요. 지난 한 해 동안의 일들이 주마등처럼 떠올려지며 아이들의 이름이 입가에 맴도는가 하면 어디선가 환한 웃음 지으며 나타나 "선생님"하고 부를 것 같은 기분에 사로잡히기도 합니다.

각기 적성과 소질에 맞는 분야로의 진로를 찾아 진일보해 나가는 아이들의 모습을 대견스럽고 흐뭇한 마음과 아쉬움의 교차 속에 지켜보면서 오직 한가지 소망으로 무궁 발전이 늘 함께하기를 기원하여 보았습니다. 아이들 모두가 올바른 가치관을 가지고 미래 사회의 주역으로 우뚝 서기만을 소원으로 여기며 언제 어디서 무엇을 하든 항상 관심을 기울여 나갈 것임을 다짐도 해 봅니다.

아이들을 위하여 나름대로 열심히 노력한다고 했습니다만 그 성과가 미흡하고 더 베풀 수 있는데 미처 다하지 못한 듯하여 여운이 남기도 합니다. 시화전이다, 학급문집이다, 하면서 야단법석을 떨기만 하지나 않았는지 돌이켜 생각도 해봅니다. 글쓰기를 비롯한 여러 가지 활동을 통해 아이들의 인성이 바르게 되고 세상을 살아감에 있어서 의사 표현을 분명히 할 수 있는 능력이 조금이나마 길러질 수 있다면 어떠한 역경도 마다하지 않고 계속해 나가도록 할 것입니다. 그동안의 활동들이 효과적으로 이루어질 수 있었던 것은 모두가 부모님들의 관심과 성원에 힘입어 가능하였다고 봅니다. 심심(深心)에서 우러나는 감사를 드립니다.

아이들이 티 없이 맑고 바른 심성으로 자라주리라 확신하며 자기의 개발에 더욱 주력하여 뜻하는 바를 이루어 나갔으면 하는 바람과 기원을 해 봅니다. 더욱 아낌없는 사랑과 정성을 기울여 주시리라 믿으며, 저도 단순히 중2 시절의 담임에 그치지 않고 앞으로도 지속해서 끊임없이 아이들을 지켜보도록 하겠습니다. 그동안 많은 관심과 후원에 다시 한번 더 깊이 감사를 드립니다.

이제 한해의 출발점을 훨씬 지나 본궤도에 진입한 시점입니다. 계획하신 모든 일이 수월하게 이루어지고 가정에 희망과 기쁨이 충만하기를 기원합니다. 안녕히 계십시오.

2002년 5월 6일

4

　안녕하십니까. 1학년 4반, 우리누리 7기 동아리의 아버지가 되기를 자처하는 담임입니다. 항상 학급의 아이들 일에 관심을 가지시고 물심양면으로 지원해 주심을 감사드립니다. 특히 담임의 극성스러운 활동에 믿고 협조해 주셔서 고맙습니다.

　아이들과 인연을 맺고 생활한 지 얼마 되지 않은 듯싶은데 벌써 한 학기를 마무리하는 시점에 와 있습니다. 나름대로 아이들의 성향을 파악하고 그들의 관심을 고려하여 적성과 소질에 맞는 지도로 가려움을 긁어주려 노력하였습니다만 아직은 흡족할 만한 성과를 거두지 못한 것 같아 아쉬움이 남습니다. 다행히 아이들이 이 담임의 뜻을 조금이나마 알아주고 따라주어 고마울 따름입니다.

　담임이 일관되게 추진하고 있는 일련의 일들이 혹여 부모님들의 관심사에서 벗어나 내심 우려하고 계실지도 모를 학업에 대해 먼저 말씀드리겠습니다. 지난 중간고사의 경우 학급 평균이 학년 평균에 비추어 근소한 차로 나타나 좀 더 분발하면 되리라는 기대로 위안 삼았었지요. 그리고 이제 기말고사를 치르고 그 결과를 기다리는 시점에 와 있습니다. 현재 처리된 상황으로 보아 그다지 흡족할 만한 성과가 나오지는 않을 듯합니다. 그래 이 담임도 솔직히 실망감을 감출 길이 없어 이런저런 구실을 찾아 위안으로 삼아 보기도 합니다만 이 또한 구차함이라 생각하며 앞으로는 좀 더 발전적인 결실을 거둘 수 있도록 더욱 분발하겠습니다.

　그간 나름대로 지켜보면서 분석한 결과로는 아직은 아이들의 학업

성취 성향을 단정적으로 평할 단계가 아니라고 판단되며, 긍정적인 방향으로의 희망적인 요소가 많이 있다고 봅니다. 현재는 그저 한없이 미흡해 보이기만 합니다만 언제나 지금의 상태에 머물러 있지는 않을 것입니다. 미온적인 예전의 공부 습관을 고쳐나간다는 것이 하루아침에 이루어질 일은 아니지요. 조금씩 서서히 시나브로 개선되는 것임을 알기에 조급히 서둘러서도 안 되겠지요. 담임이 추구하는 것은 지금 당장 나타나는 좋은 결과가 아님을 이해하길 바랍니다. 1회에 그치는 미봉적인 성과보다는 좀 더 근본적인 문제의 해결을 통한 미래 지향적인 모습을 그리렵니다. 그래서 아이들에게 기초 다지기를 강조하고 원리를 찾아 학습할 것을 수시로 주문하는 것이지요. 그 일환책으로 시험 기간에는 공부방을 마련하여 분위기를 조성해 주었던 것이지요. 아울러 아이들의 공부하는 모습을 지켜보면서 어떤 점이 개선해야 할 문제인가를 살펴 고치도록 해주었지요. 그래서 자신에게 맞는 공부 방식을 찾아나가도록 조언도 하였습니다. 또한 친구들의 모습을 지켜봄으로써 어떻게 공부하는 것이 좋을지를 스스로 깨닫고 나름대로 실천해 나갈 수 있는 길을 모색하도록 하였지요. 지속해서 성장이 가능한 아이들을 현재의 상태만 보고 희망적이지 못하다고 단정하거나 이미 굳어진 결과인 양, 치부해 버리는 누는 범하지 말아야 하리라고 봅니다.

누적된 습관의 개선은 더딜 수밖에 없다고 봅니다. 결과는 부족하지만, 그 노력하는 모습과 하고자 하는 자세는 높이 평가할만하기에 긍정적인 방향으로 매듭을 지어 봅니다. 어쩌면 '하자' 분위기를 가졌다는 것만으로도 이 담임은 대견스럽습니다. 2학기에도 지속해서 이어지기를 기대해 봅니다. 이번 기말고사를 보기 전에 아이들과 이야기를 나눌 때 욕심부리지 말고 현상 유지 차원에서 학급 평균이 학년 평균보다 조금 더 상승하였으면 좋겠다는 뜻을 전한 바 있습니다. 그리고 집에서 공부하기 어려우면 이번에도 이 담임이 공부방을 마련하여 주겠노라 제의하였는데 여러 아이가 고맙게도 동참하여 주었고 그 결실로 공부 방식을 터득해 가는 모습을 볼 수 있었습니다. 이렇듯 아이들이 공부하기에 적절한 분위기를 조성해 주어야 할 일이 이 담임이 해야 할 일이라고 보며 또한 협조해 주신 부모님들의 노고이기에 감사를 드립니다.

솔직히 시험을 보는 아이들을 지켜보면서 낙담도 되었고 야속함이 일기도 하였지요. 공부를 어떻게 해야 하는지도 모르고 그저 공부했다는 표시로 책을 대하는 아이도 있어 한숨이 절로 나왔지요. 그래 잔소리로 꾸짖은 적도 한두 번이 아니었답니다. 공부는 남에게 보이기 위해 하는 것이 아니라 나 자신을 위해 하는 것이기에 내용을 이해하는데 치중하라는 그래서 내 것으로 만들라는 주문을 줄기차게 하였지요. 책만 보고 있으면 공부하는 것으로 생각하는 자세에서 많은 것을 읽어 낼 수가 있었습니다. 그중 하나는 혹시 우리 부모님들께서 아이들이 공부하는 모습을 형식적으로 지켜보지나 않나 하는 것입니다. 아이가 공부하나 지켜보았을 때 책을 보고 있는 모습이기에 대수롭지 않게 공부하는구나! 하면서 그것으로 내버려 두지는 않는지요. 그냥 단순히 이 아빠는 우리 아들을 믿는다는 식으로 일관하며 관심을 보인다는 형식에 치중하여 얼굴도장을 찍지는 않는지요. 공부하도록 챙겨주지도 못하면서 그저 막연히 공부하라고는 않는지요. 이 모두가 아이에게 관심을 보이는 것처럼 보이지만 실상은 형식적인 인사에 불과하다는 것이지요. 아이의 측면에서 보면 관심을 보이는 그때만 모면하면 무슨 짓을 해도 괜찮은 것으로 해석하고 판단하고 실행에 옮기는 것이지요. 부모님이 아이의 방을 들여다보면 얼른 책을 펴고 하는 척하다가 부모님이 나가시면 다시 원래대로 딴짓하는 경향도 있지요.

　부모님의 생각을 조금만 바꾸면 내 아이의 태도가 달라집니다. 공부하는 모습을 지켜보는 것에 그치지 마시고 아이가 공부한 내용을 점검해 보는 시간을 자주 가져주시기를 바랍니다. 상황에 따라서는 교재의 내용을 함께 알아보는 것도 좋으리라고 봅니다. 투자 중에서 가장 크고 값진 투자가 자식 농사 아닐까요. 일명 바쁘다는 핑계로 미루기만 하다가는 언젠가는 이게 아닌데 싶은 날이 올지도 모릅니다. 그때가 되기 전에 아이에게 관심을 기울였으면 합니다. 지켜보시는 김에 1분만 더 할애하여 주십시오. 아이가 보는 책을 한 번만 보아주세요. 아이가 공부했다는 내용을 한 가지만 점검해 보세요. 그러면 아이의 공부 습관이 달라지리라고 봅니다. 엄마·아빠가 형식적으로 나의 공부 상태를 지켜보는 것이 아니구나 하는 판단이 서면 아이는 달라집니다. 부모님이 진짜로 관심을 보인다 싶으면 아이의 공부하는 습관이 바뀌리라고 봅니다. 아무래도 부모님이 공부한 내용을 점검한다면 아이는 부담이 되어서라도 공부하겠지요. 그렇게만 되면 스스로 공부하는 계기도 가질 수 있지 않을까요.

　어찌 보면 사람은 아주 단순합니다. 누군가 관심을 주면 더 잘하려는 성향이 있으니까요. 이를 잘 활용한다면 우리 아이의 공부하는 태도도 달라지리라고 봅니다. 무조건 시험 결과만을 가지고 잘하고 못했음을 거론하기보다는 아이가 처한 수준에 비추어 노력의 정도를 가지고 이에 대비해야 한다고 봅니다. 나름으로는 열심히 했는데 단지 결과가 조금 안 좋게 나왔을 뿐인데 다짜고짜 야단부터 친다면 아이는 의욕을 잃고 더 나쁜 습성만을 갖게 되고 급기야는 공부와 거리를 둘 수도 있으니 조심스럽게 지도해 나가야 하리라고 봅니다.

이번에 공부방에서 지켜본 바에 의하면 모두 학력 향상에 열의를 갖고서 공부하는 모습이 보였지요. 다만 전반적으로 보아 개개인의 성과에 조금은 차이가 있겠지만 나름대로 노력한 만큼 좋은 결실을 거둔 것으로 아이들의 눈빛을 통해 읽을 수 있었습니다. 이제 담임의 관심은 아예 공부와 담을 쌓은 듯한 아이들을 어떻게 지도해 나갈 것인가입니다. 아무리 해도 따라주지 않으면 어쩔 수 없겠지만 혹시라도 하고는 싶은데 안 되는 아이가 있다면 이끌어주어야 하겠지요. 그래서 지금 보다 더 나아지게 해야겠지요. 오늘의 아이들이 다가올 미래에는 어떤 인물이 될지 모르기에 아이에 대한 투자를 부단히 해야 하리라고 확신하면서 그렇게 해나갈 것임을 말씀드리며, 아이들의 아버지이기를 자처하는 담임의 뜻을 공감해 주시리라고 봅니다.

담임은 아이들에게 성적이 좋아야 한다고 점수를 운운하지 않으렵니다. 성적이 행복의 조건은 아니지요. 성적은 능력을 기르기 위한 수단이지 그 자체가 목적이 될 수는 없지요. 따라서 능력이 있어야 함을 강조하렵니다. 능력이 있어야 자기 뜻을 펼칠 수 있기 때문이지요. 무엇을 하고 싶어도 할 수 있는 능력이 안 된다면 무슨 소용이 있겠습니까. 또한 능력의 정도에 따라 사람대접도 받는 것이지요. 그래서 담임은 궁극적으로 사람다운 사람이 되기를 교육의 지표로 삼고 '든 사람'이 되길 원하고 '난 사람'이길 바라고 '된 사람'이길 갈망하지요. 참된 사람이야말로 가장 바라는 인물유형이고요. 내 아이들이 모두 이런 사람이길 바라며 그렇게 지도해 나가도록 하겠습니다.

다른 측면에서 말씀드리자면 담임이 추진하고 있는 학급 활동들이 아이들의 성정에 영향을 주었고 그 반응으로 매사에 이기투합하는 모습으로 나타나고 있다고 봅니다. 그 활동들을 일일이 열거하여 거론할 수는 없습니다만 봉사활동에 있어서는 이웃을 사회를 위하여 봉사하는 것도 중요하지만 또한 그래야 하지만 진정한 봉사는 자기 자신에게 봉사하는 것이라는 것을 강조하였지요. 이 또한 능력과 관련지어 선생이 되면 학생들에게 봉사하고, 시장이 되면 시민들에게 봉사, 대통령이 되면 국민에게 봉사할 수 있는 것이니 결국 능력이 있어야 봉사도 할 수 있는 것이라고 침이 튀도록 말하지요. 길에서 구걸하는 거지를 보고 불쌍해만 한다면 거지에게 무슨 도움이 되겠습니까. 그 거지에게는 지금 당장 시장기를 면할 빵이 필요한데요. 당연히 빵을 주어야지요. 빵을 줄 만한 능력이 없다면 봉사할 수도 없지요. 그래서 능력은 중요한 것이라고 봅니다.

담임은 아이들에게 글쓰기를 통한 표현 능력을 강조하고 또한 많은 글을 쓰도록 하고 있습니다. 아이들에게 글을 쓰라고 하면 고작 몇 줄 끌쩍거리다가 말을 잇지 못하는 경우를 많이 봅니다. 최소한 자기 생각을 드러낼 수 있는 정도는 되어야 하는데 말이지요. 또한 최근 논술의 중요성이 날로 커지고 있어 여기에 초점을 맞춰나갈 필요성도 있고요. 아이들로서는 하기 싫겠지만, 학기 초에 글 쓰던 자세와 지금의 태도가 완연히 달라졌음을 보면서 담임의 취지가 틀리지 않았음을 실감합니다. 이제 원고지 몇 장 정도는 거뜬히 쓸 수 있으리라고 봅니다. 시 창작을 통한 시화전도 마찬가지이고요. 이러한 활동들을 통해 아이들의 정서가 순화되고 안정될 것이라 확신하고 있으며 협동심, 단결력, 그리고 원만한 인간관계 등 큰 효과가 기대됩니다. 혹여 담임이 추진하고 있는 일들이 아이들을 위해서 한다고는 합니다만 역효과를 가져오리라 판단되시면 언제든지 말씀해 주시기 바랍니다. 담임이 하는 일이 전적으로 모두 다 옳은 일이 아니라고 보기에 많은 지도와 편달도 함께 부탁드립니다.

담임은 아이들이 사랑과 정을 함께 나누며 더불어 살아가기를 바라는 뜻에서 우리누리라는 활동을 하고 있습니다. 그 일환의 하나로 이번 7월 19일(금)부터 20일(토)까지 1박 2일 일정으로 경안천 발원지 찾기를 펼칠 예정입니다. 이 활동에서 물의 소중함을 인식시키고 나아가 환경 보전의 필요성을 깨닫도록 해나갈 것입니다. 그리고 7월 23(화)일부터 25(목)일까지 2박 3일로 용인 농생명 고등학교에서 실시하고 있는 들꽃 체험학습과 연계하여 야영 계획을 세웠습니다. 낮에는 학교의 프로그램에 따라 체험 활동을 하고 그 이후의 시간에는 담임과 함께 사제 동행 활동을 할 것입니다. 그중 관심을 가지고 시도하는 것이 부모님과 함께하는 자리를 마련하고자 합니다. 특히 아버지와 아들이 함께 어우러져 땀을 흘릴 수 있는 시간을 마련하고자 합니다. 참여에 다소 어려운 점 있으시겠지만, 첫날 오후 6시 정도에 부자(父子)간의 축구 경기를 갖도록 하겠습니다. 아이들의 사기를 높여주기도 할 겸 많은 참여 부탁드리겠습니다.

한 가지 덧붙여 말씀드리면 아이들은 관심을 기울이는 만큼 바르고 건강하게 자라날 것입니다. 또한 이러한 관심의 계기가 앞으로 아이들이 성장하는데 좋은 밑거름이 되리라 확신합니다. 이에 많은 협조를 당부드리며 이만 인사드릴까 합니다.

2002년 7월 11일

## 5

안녕하십니까. 아이들에게 스승으로 기억되고픈 담임입니다. 시간의 흐름엔 어찌할 수 없는 운명과도 같이 무한히 푸르러만 가던 산천은 이제 그 성장을 멈추고, 지나온 나날을 돌이켜 보며 완성의 열매를 튼실히 맺어 가는 결실의 시점에 이르렀습니다.

풍성한 한가위를 맞이하여 정을 듬뿍 나눈 지도 벌써 여러 날이 지났습니다. 서늘한 기운이 감돌며 이제 가을을 알리는 단풍이 더욱더 선명해져 간다는 소식이 아이들의 입가에 머뭅니다. 너그러운 마음으로 주고받을 수 있는 풍요가 있고, 무언가 채워지지 않은 듯한 허전함조차도 있는 그래서 외로움도 적당히 느껴지는 때가 바로 이 가을이 아닌가 생각해 봅니다. 사색의 계절이니 수확의 계절이니 하는 연유가 우리 주변의 삶 속에 묻어나 있는 오욕칠정의 애환을 그리고 색칠하여 그야말로 표현하기 힘든 감탄의 신비로움 속에 젖어 들게 하기 때문 아닐까요. 이 가을에 걸맞게 드리운 높고 푸르고 맑은 하늘과 더불어 구색이라도 갖추려는 듯이 구름은 인생을 노래하고 스치는 바람은 코스모스의 꽃말을 상기시키며 아이들의 어깨를 토닥거려 주고 그러면 아이들은 무어라 꼬집어 형용하기 버거운 오묘한 빛깔들을 진솔한 마음으로 고스란히 드러내 보입니다.

우리의 현실이 날로 삭막해져 가고 인간성을 잃어가고 있다고들 합니다. 아니 이제 추스르기 곤란한 지경까지 이르렀다고 쉽게 속단해 버리고 대책을 제시하지만, 대개는 교육 현장과 거리가 먼 실효성 없는 이론에 불과하지요. 더구나 어디서부터 손을 쓰고 치유해 가야 할지조차 몰라 그저 세월이 지나면 어떻게 되겠지 하는 식으로 요행을 바라는 우유부단한 태도를 보이기도 하여 무척이나 안타깝기만 합니다. 미래의 주역이 되어 나래를 펼쳐야 할 가장 소중한 꿈나무인 아이들에게 무얼 보여 주고 어떤 걸 가르쳐 주어야 할까요. 그리고 무엇을 느끼게 해야 할까요. 그저 주입식 교육에 치중하여 성적만을 논하고 고입 시 준비를 강요하고 더 나아가 대학을 운운하는 것이 진정 인간다운 사람으로서의 인격체를 형성하게 하는 길일까요. 이러고도 백년지대계를 하였다고 떳떳하게 얼굴 들고 말할 수 있을지를 이 가을을 빌어 되짚어 보고 반성하며 참다움을 일깨우기 위한 몸부림을 하여 봅니다.

그래 단풍으로 물들어 가는 잎새의 다정한 속삭임이 바람과 함께 전해오는 이 가을에 아이들의 순수한 열정으로 우러나는 시심을 소담하게 담아내어 알뜰히 펼쳐내었습니다. 특히 이번에는 '우리누리, 사랑이 머무는 공간을 찾아서'라는 주제로 이들만이 가지고 있는 꿈과 갈등, 정열과 그리움 등 시심의 주머니를 진솔히 표출하는 장을 마련하였습니다. 이것이 이네들의 정서를 얼마나 정화해 나갈지는 모르겠으나 약간이나마 넓게 하고 깊이가 있게 할 수만 있다면 이보다 더 바랄 게 있겠습니까. 사제 간의 정 나눔으로 봉사하리라 다짐할 따름입니다.

끝으로 부모님의 관심과 성원에 감사합니다. 아울러 이번 시화 전시에 초대의 말씀 드리며, 오셔서 감상하시고 지도와 격려를 부탁합니다. 가족의 건강과 화목을 기원하며 안녕히 계십시오.

2001년 10월 11일

# 6

안녕하십니까. 임오년 새해를 맞이한 지도 벌써 여러 날이 되어갑니다. 가내 두루 편안하리라 믿으며 행운이 가득하기를 기원합니다.

새로운 각오와 다짐으로 시작했던 2001학년도 2학년 생활은 이제 막을 내리고, 3학년을 시작하는 단계에 이르렀습니다. 다행스럽게도 우리 아이들 모두가 착한 심성과 원만한 성품으로 건실하게 자라주었고 아직은 미흡합니다만 실력 향상이 다소나마 원만히 이루어졌습니다. 이 모두가 부모님들의 무한한 관심과 격려의 덕분이라고 봅니다.

이에 부응하고자 담임도 여러 각도의 학습 방안을 모색하여 시도하면서 인격이 바르게 형성될 수 있도록 성심을 다해 노력을 기울였습니다만 좀 더 나아질 수 있었을 터인데 의도한 만큼 이루지 못했다는 아쉬움이 남습니다.

그동안 학급문집과 시화전, 농촌체험학습을 겸한 야영, 단합모임 등 일련의 많은 일을 아이들과 더불어 일구어냈으며, 무엇보다 학급 아이들 모두 고교입시 내신 점수에 반영되는 성과로 자원봉사활동에서 용인시장으로부터 상을 받아 무척 기뻤고 뿌듯함을 느끼기도 하였습니다.

이제, 중학 2학년 생활을 결산하는 시점에서 그간의 활동을 글감으로 학급문집을 만들고 CD로 담아내어 이 담임의 정표로 나누어주었습니다. 그리고 최종 마무리로 성적통지표를 동봉하오니 아이들의 행동발달 성향과 함께 자세히 살펴 검토하시고 장래를 위한 기초 자료로 활용하여 주시기 바랍니다. 한 해 동안 우리 아이들이 어떻게 성장했는지 조금이나마 살펴볼 수 있는 자료가 되리라고 봅니다. 또한 장래를 위한 기초로 활용하여 주시기 바랍니다. 조금 더 발전적인 교육계획을 세워 지도함에 도움이 되었으면 합니다.

부모님을 만나 뵙고 아이의 성향을 직접 말씀드리는 것이 도리라 생각합니다만 뜻대로 되지 않음이 안타깝기마저 합니다. 부득이 지면으로 가름하게 됨을 넓은 아량으로 살피시어 이해 있기를 바랍니다.

한 해 동안 학교와 담임을 믿고 귀한 아이들을 맡겨 주심에 감사하는 마음으로 더욱 열심히 교육할 수 있었고 그 결실도 기대한 욕심에 미치지는 못하였으나 나름대로 긍정적인 만족을 거두었기에 감사드립니다.

올 한해도 지속적인 성원으로 최선을 다해 상급 학년에서 바르게 성장할 수 있도록 심혈을 기울여 주시길 당부드립니다.

그럼, 가정에 건강과 행복이 함께 하길 바라며 안녕히 계십시오.

2002년 2월 16일

# 선생님 안녕하세요. 감사합니다

1

한잎 두잎 자라나던 나뭇잎이 이제는 무성해지고 제법 녹음이 짙어져만 갑니다. 지나가던 길에 두 여인이 가로수 밑에 앉아서 뻥튀기를 먹으며 도란도란 얘기를 나누는 모습이 보기 좋아 나도 다가가서 앉았습니다. 가냘픈 두세 가지 밖에 안되는 나무 그늘에 앉아 있는 그 모습이 정겨워 보이고 한가로워 보였습니다. 정말 작은 나무의 그늘도 고마웠습니다.

5월은 고마운 마음과 감사하는 마음과 서로가 서로를 사랑할 줄 아는 마음, 그런 달인가 봅니다. 5월은 가정의 달이라고 하지요. 선생님 정말 감사합니다. 부족한 엄마가 열심히 가르치려고 애를 씁니다. 그런데 선생님께서는 더욱더 사랑으로 가르쳐주시며 관심 가져주시니 너무나도 감사합니다. 선생님 편지를 받고 너무나도 감동하여 눈물이 났습니다. 요즈음 선생님과는 너무 다르고 정말 꼭 필요한 선생님은 아직도 계시는구나! 하면서 마음이 찡했습니다. 학년 초에 각 교실로 들어가서 담임선생님의 말씀을 듣고 집에 돌아오는 발걸음도 가벼웠습니다. 참 좋은 선생님을 ○현이는 만났구나 하면서 제가 마음이 기뻤고 흐뭇했습니다. 아이한테도 너희 선생님은 참 좋으신 것 같애, 참 좋으신 분이고 훌륭한 선생님일 거야. 너는 어떻게 생각하느냐고 물어본 때도 있었습니다. 공부보다 참인간이 되기를 바라며 인성교육이 잘되어야 한다고 선생님께서 말씀하신다고 하더군요. 엄마가 제대로 돌보지도 못하는데 아이는 자기가 스스로 하겠다고 하면서 지켜보라고 합니다. 조금만 힘과 용기를 주고 칭찬을 해주면 잘 할 수 있을 것 같아요. 언젠가는 선생님과 눈길이 자주 맞추고 수업 시간이 즐거워하는 그런 모습도 보였습니다. 두 달째 학원을 끊고 혼자서 열심히 공부하는 것 같은데 성적은 어떨지 모르겠습니다. 시험을 보고 나서 두세 과목을 빼고는 그런대로 잘 봤다고 생각했는데 나중에 얘기하더군요. 실수 과목이 있었다면서 속상해하였습니다. 선생님께서 관심을 주신만큼 아이들은 더욱더 잘하려고 하는 것을 보았습니다. 그리고 ○현이는 체육에 관심이 있었지만, 그쪽으로 키우기가 어렵다는 것을 알고 만류했으며 특별히 잘하는 것이 보이지 않아서 어느 방향으로 전공을 해야 할까 걱정되며 적성을 살려서 어느 쪽이 좋을지 궁금합니다. 적성에 맞는 생활을 하고 앞으로 장래나 취업까지도 좋아하는 일을 하면서 평생 직업을 가지면 더욱더 바랄 것이 없고 좋겠지만, 그런 소질이나 아이디어가 ○현이는 있어 보이십니까. 엄마는 잘 모르겠습니다. 조금은 제가 안타까워요. 이런 아이의 장점을 빨리 발견하지 못했기 때문입니다. 선생님, 얼마 남지 않은 체육대회 때 시화전이 열린다고 하셨는데 꼭 한번 참석하도록 하겠습니다.

선생님 정말 감사합니다. 너무나도 아이들한테 하나하나 신경을 쓰시고 관심을 주시고 아빠와 같은 마음으로 가르쳐주시면 먼 훗날 학생들은 선생님의 마음을 잘 알 거예요. 오로지 학부모로서 몇 번이고 감사하다고 할 뿐입니다. 학부모이며 아이의 엄마로서 선생님께 처음 써

보는 편지입니다. 글을 쓰는 재주가 없고 부족한 점이 있다 할지라도 선생님께서 이해하시리라고 생각합니다. 항상 좋은 선생님으로 기억하고 싶군요. 늘 건강하시고 훌륭한 선생님이 되세요.

1999년 5월 15일
유○현 엄마 드립니다.


2


선생님 안녕하세요. 선생님께서 맡고 계신 김○솔의 엄마입니다. 진작에 찾아뵙고 인사드렸어야 했는데 차일피일 미루다가 결국 이렇게 지면으로 뵙게 되어 송구하고 죄송스럽습니다. 선생님께서 보내주신 편지는 감사히 잘 읽었습니다. 교육자로서의 사명감이 누구보다도 강하신 분이구나 생각했었는데 선생님의 홈페이지를 보고 또 그동안 선생님께서 보여 주신 여러 가지 교육방침을 보건대 참으로 추진력 있고 꼼꼼하시고 자상하신 분이구나 생각이 듭니다.

그동안 시화전 준비하시느라 고생 많이 하셨지요. 요즈음 아이들이 다 그러하겠지만 우리 ○솔이도 학교 갔다 오면 컴퓨터부터 켜고 공부는 30분, 컴퓨터는 마냥- 피곤하다 자자 할 때까지 컴퓨터는 끌 줄을 모르고 그러니 더더욱 독서와는 거리가 멀고 시를 쓴다는 건 아예 생각도 못 하고 있었는데 이번 시화전을 계기로 시 쓰는 법도 배우고 고생은 했지만, 보람도 느꼈을 겁니다. 아이가 지은 시, 매우 서툴고 고칠

부분도 많았었는데 선생님께서 옆에 세우시고 일일이 체크 하시고 시 짓는 법, 매끄럽게 이어가는 법 등등 자세하게 가르쳐 주셨다며 선생님께서 지적해 준 부분을 그대로 엄마한테 와서 설명하는 걸 보고는 아이가 짧은 시간에 많은 걸 제대로 잘 배웠구나. 하는 생각에 선생님에 대한 고마움이 더욱더 컸습니다. 그 많은 아이를 일일이 다 봐주시는 것도 쉬운 일이 아닐 텐데, 참으로 꼼꼼하시고 성의가 있으신 분이구나 생각이 듭니다.

다른 학급보다 30분 일찍 등교해서 집에서 소홀히 했던 공부, 아침 자습 시간에 보충할 수 있도록 배려해 주신 부분도 참 공감이 가는 교육방침이십니다. 7시가 다 되도록 깨워도 못 일어나는 녀석이 이제는 6시가 되면 먼저 일어나 엄마를 깨웁니다. '아까운 시간, 그냥 흘려보내지 말고 알뜰하고 소중하게 써라.'를 늘 아이에게 하는 말인데, 2학년 들어와서 아침 일찍 일어나는 이 한 시간이 아이에겐 더할 수 없는 소중하고 귀한 시간이 되리라 생각이 듭니다. 선생님께서도 그만큼 일찍 등교하셔야 할 텐데, 아이들에 대한 사랑과 의욕이 없으시면 하기 힘든 일이라 생각되어 선생님에 대한 고마움이 더욱더 진해 집니다. 사내 녀석들만 있는 곳이라 자칫 어수선하고 시끄러울 텐데 숙연히 공부할 수 있는 분위기 조성해 주시고 지켜 주시는 선생님의 엄격함. 시험 잘 보라고 일일이 전화 주시고 격려해주시는 자상함. 이런 분 밑에서 가르침 받고 자라는 우리 아이들, 참으로 행복한 아이들이라 생각이 듭니다.

1학년 때 영어 시간은 아이들 떠들고 분위기 어수선해서 선생님 설명은 귀에 안 들어오고 재미가 없었는데 지금은 공부하는 분위기에 선생님 설명은 귀에 쏙쏙 들어와 이제 수업이 그렇게 재미있답니다. 공부하는 게 재미있다는 말은 생전 처음 듣는 일이라 신기하고 감개무량했습니다. 영어 선생님께 너무너무 감사드리고 싶고요. 아이들에게 있어 공부할 수 있는 분위기와 좋은 선생님을 만난다는 게 얼마나 소중한지 새삼 느껴지는 부분입니다. 그런 의미에서 우리 담임선생님 같은 분을 만난 것도 복이라 생각됩니다. 감사하고 또 감사해서 서투른 글이지만 창피를 무릎 쓰고 감사하는 마음 꼭 전하고 싶어 이렇게 펜을 들었습니다. 한참 꿈 많고 예민하고 살이 오를 우리 아이들. 지금처럼 앞으로도 계속 관심 가져주시고 내 자식처럼 사랑과 엄함으로 이끌어주시길 기원합니다.

선생님 늘 건강하시고 행복하세요.


추신: 여름 방학 때는 좋은 책 많이 읽고 독후감이나 느낀 점을 쓸 수 있는 과제를 내주셨으면 어떨까 하는 바람입니다.

2001년 5월 12일
김○솔 모 올림

# 언제나 우리를 위해 뛰시는 선생님

유재혁[*]

안녕하세요. 저는 태성중학교 2학년 유재혁이라는 학생입니다. 지금까지 생활해 오면서 가장 기억에 남는 훌륭하신 선생님을 추천하라는 말이 얼마 전에 있었는데 중간고사 시험 기간이라 글을 이제야 쓰게 되었습니다.

추천할 만한 선생님이 계시면 평소에 고마워만 하지 말고 이런 기회에 추천해 보라는 말에 "와~ 추천할 선생님이라…. 드디어 우리에게 베풀어주시기만 하는 선생님께 보답할 기회가 왔구나!" 하며 좋아했습니다. 당연히 이 자리에서 추천할 분은 우리 담임이신 김덕용 선생님입니다. 이분을 만난 지는 이제 2달이 조금 넘어가지만 여러 면에서 예전의

* 2001년도 태성중 2-6, 우리누리 6기, 한국교원단체총연합회 제49회 교육주간 공모작품 『선생님들의 작은 이야기』「존경하는 선생님」.

선생님들과는 다른 모습을 가지고 계십니다. 선생님의 첫인상은 키가 작고 검은 얼굴에 다소는 왜소한 그런 모습이지만 우리를 아끼고 사랑하시는 마음은 다른 어떤 선생님보다도 넓고 크십니다. 아이들이 떠들기라도 하면 정숙하라 엄하게 다스리다가도 우리가 조금이라도 좋은 일을 하면 우리들의 기분을 맞추어 재미있게 교훈이 담긴 이야기도 해주시는 그런 분이지요.

우선 선생님께서 가장 먼저 강조하시는 일 중의 하나가 '자율'입니다. 스스로 알아서 규칙을 정하고 지켜나가는 그래서 자신이 한 일에 책임까지도 질 줄 아는 사람이 되기를 아주 강력하게 말씀하십니다. 자기 할 일을 미루고 하지 않는 아이가 있으면 그 즉석에서 눈물이 나올 정도로 호되게 꾸짖으시기도 하지요. 선생님께서는 어떤 일이든지 누가 시켜서 하는 것을 무척 싫어하십니다. 주어진 일이 자신이 해야 할 일이라고 판단이 되면 그 즉시 행동으로 옮기라고 하지요. 그래서 인지는 몰라도 우리 반 아이들은 무척 부지런한 편입니다. 다른 반에 비해 일찍 등교하여 자율적인 학습 활동이 이루어집니다. 그것도 조용한 가운데…. 또한 교실 바닥에는 휴지 하나 굴러다니지 않습니다. 혹시라도 떨어져 있으면 그 즉시 선생님께서 직접 빗자루와 걸레를 들고 다니시며 청소를 하십니다. 그래서 아이들은 미안해서 더욱 버리지 않게 됩니다. 우리 반은 환경 정리 심사에서도 1등을 할 정도로 깨끗합니다. 선생님은 교실을 내방같이, 도서관처럼 이용하도록 하십니다.

우리 반의 급훈이 "사랑과 정으로 더불어 살자"인데 선생님은 급우간에 함께 어울려 정을 나누는 것을 무척 좋아하십니다. 지식보다는 인성을 더 많이 생각하시지요. 수업하다가도 아이들의 정서에 도움이 되는 일이라 싶으면 그 즉시 실천에 옮겨 추억을 만들어 주십니다. 얼마

전에는 봄인데도 눈이 온 적이 있었는데 뒷산에 가서 눈싸움하고 시를 쓰게 하셨지요. 눈 위에 딩굴며 함께 어울려 정을 나누고자 하는 그런 분이십니다.

우리에게 사람다운 사람이 되라는 말씀도 자주 하시는데, 그러기 위해선 모든 일에 열심히 하여 능력을 길러야 한다고 하십니다. 우선 자기 자신을 훌륭히 하여야 무슨 일이든 할 수 있는 것이라며 인정받고 대접받고 잘되고 싶으면 우선 자기 능력부터 길러내라고 말씀하십니다. 선생님께서는 봉사하는 마음을 가지라는 말도 하시는데 모두 이와 관련이 있다고 봅니다. 누군가를 도와주고 싶은데 내가 능력이 없다면 도와줄 수 있겠느냐며 필요로 하는 그런 사람이 되라고 하시지요. 선생님께서는 가끔 우리를 데리고 봉사활동을 다니십니다. 그러면서 이렇게 누군가를 돕는다는 것이 얼마나 행복하냐고 묻곤 하십니다. 그러면서 진정한 봉사는 자기 자신에게 충실히 하는 것이라고 하시지요. 자기 자신에게 봉사라. 정말 이런 것도 봉사인가 하며 의아해하면 이보다 더 좋은 봉사는 없다고 하십니다. 우선 나에게 최선을 다하여 나의 능력이 길러졌을 때, 그래서 어느 위치에 이르러 하는 봉사가 가장 좋은 봉사라 하십니다. 선생님의 위치에 이르면 제자 사랑하는 봉사, 시장이 되면 시민을 위한 봉사, 대통령이 되면 국민을 위한 봉사를 할 수 있는 것이라며 능력 있는 사람이 되기를 무척 강조하십니다. 그래야 든 사람, 난사람, 된 사람이 될 수 있다고 하지요. 이 중에 된 사람이 되기를 바라십니다. 모두가 대통령이나 시장이 될 수 있는 것이 아니니 어느 자리 어느 위치에서건 제 할 일 하는 사람다운 사람, 된 사람이 되라고 하십니다. 최소한 남에게 무시당하고 대접받지 못하는 사람은 되지 말아야 하지 않느냐며 봉사하려면 가장 먼저 자기 자신에게 최선을 다하라 하십니다. 그것이 진정한 봉사라고 하십니다.

　인간관계도 많이 강조하시는 말씀 중 하나인데 항상 혼자 생각하여 판단하고 주장하는 것보다 남의 말을 듣고 옳고 그름을 생각하는 자세를 특히 중요하게 여기십니다. 선생님께서는 혼자 책을 보고 몇 번 공부하는 것도 중요하지만 수업 시간에 설명을 잘 듣고 이해하는 것이 훨씬 낫다며 듣기를 잘하라고 당부하십니다. 내 말만 하고 듣지 않으면 의사소통이 이루어질 수 있겠느냐며 남의 말을 들어주고 그것에 맞게 서로 뜻을 알아들을 때 인간관계는 시작되는 것이라고 하십니다. 능력을 기르는 일에도 듣기는 중요하다고 하셨고요, 한마디로 모든 생활에 이 듣기는 중요한 것이라 하셨습니다.

　진짜로 빼놓을 수 없는 자랑거리가 있습니다. 이건 바로 선생님에 대해 한눈에 알아볼 수 있는 것입니다. 선생님께서 추구하시는 모든 생각이 '우리누리'라는 학급문집에 담겨 있습니다. 이 활동을 거쳐 간 선배들이 많습니다. 올해로 6년째에 이르고 있으니까요. 우리 반이 우리누리 6기에 해당한답니다. 지금은 "시화전"을 준비 중이고요, 매년 봄과 가을에 하는 것으로 우리에게 많은 것을 길러주려고 하신다고 합니다. 우선 우리들의 창의력을 길러주고자 글쓰기를 지도해 주시고, 우리에게 부족한 끈기와 인내, 참을성 등을 갖게 하고자 애쓰십니다. 자신의 힘으로 그림을 그리도록 함으로써 차분함과 기획하는 능력까지도 길러주려 하고요, 저희 힘으로 안 될 때는 주변 사람들의 도움을 받아 완성하라고도 하십니다. 내가 부족한 것을 도움받고 대신 다른 부분에 있어서 도움을 주면 된다시며 인간관계를 맺는 경험도 갖도록 하십니다. 이것 말고도 더 있는데…. 그래서 최종적으로 전시를 함으로써 해냈다는, 아니 할 수 있다는 용기와 뿌듯한 보람을 심어 주신답니다. 조금이라도 글에 내용이 담기지 않으면 가차 없이 다시 쓰기를 반복하라 십니다. 이번 시화전 준비만 하더라도 시에 자신의 마음이 담기지 않으면 계속 다시 쓰게 하여 일일이 개인지도까지 해주시는 그런 분이십니다. 지금은 힘들고 해내기에 벅차지만 이를 통해 우리는 조금씩 발전해 간다는 느낌이 듭니다. 이런 활동들이 나중에는 정말 좋은 추억으로 영원히 남을 것이라고 봅니다.

선생님께서 추구하시는 '우리누리' 활동은 우리 모두 함께 더불어 사랑과 정을 나누며 살아가는 세상을 만들자는 뜻이라고 합니다. 그동안 활동하신 모든 내용이 '우리누리' 홈페이지에 나와 있어 소개합니다. 주소는 http://user.chollian.net/~ulnul이나 urinuri.ce.ro.로 들어가면 우리 선생님을 좀 더 자세히 알 수 있으리라고 봅니다. 제가 더 이상 자랑할 필요가 없이 보시면 어떤 분인지 아실 것입니다.

선생님께서는 아마 지금도 "어떻게 하면 아이들과 함께 더욱 재미있고 즐거운 생활을 할 수 있을까?" 고민하고 계실 것입니다. 우리를 위해서 열심히 뛰시는 우리누리 선생님. 나는 지금까지 우리 담임이신 김덕용 선생님 같은 분을 본 적이 없습니다. 그래서인지 앞으로 남은 2학년 생활이 더욱더 흥분되고 기대가 됩니다.

샘, 사랑해요.

# 죽도(竹刀)를 죽도록 사랑하는우리 시대의 훈장*

## • 먼저 자신에게 봉사해라!

"저는 죽도를 죽도록 사랑합니다." 얼굴에 웃음을 띠며 김덕용 선생님은 다소 엉뚱하게 말문을 텄다.

"처음 제자에게 매를 대던 날을 잊지 않고 있습니다. 어떻게 사람이 사람을 때릴 수 있을까. 내 자신에게 묻고 또 물었지요…."

사랑의 매는 꼭 필요하다는 결론을 얻었지만, 마음이 아파 처음엔 무척 힘이 들었다. 그러나 진심은 전해지기 마련이라서 결국 아이들의 마음은 움직였고, 가출을 일삼던 제자들도 학교로 돌아왔단다. 학부모들까지 변화되는 아이들의 모습을 보며 응원해 주기 시작했다고….

김덕용 선생님은 지식보다는 인성이 중요하다고 믿는다. 그래서 반의

---

* 「행복한 학교에 갑니다 - '행복한 학교로 가는 사람들」 중 선생님 소개, 아산사회복지재단 사외보 『아산의 향기』 2001년 여름호.

급훈도 "사랑의 정으로 더불어 살자"로 정했다. 함께 어울려 정을 나누는 것만큼 자라나는 제자들에게 중요한 것은 없다는 것이다. 눈이 오면 아이들과 함께 뒷산에 올라가 눈싸움을 하며 함께 뒹굴고, 시험 기간에는 아이들을 집으로 불러 공부방을 내주고 친구들끼리 도우며 공부할 환경을 만들어 준다. 죽도를 들고 있을 때는 엄하기 그지없는 스승이지만 죽도를 놓으면 스스럼없이 농담하고 웃고 떠드는 마음이 꼭 맞는 친구가 된다.

"제 자식들(선생님은 제자들을 이렇게 불렀다)이 사회에 나가서 제 몫을 충실하게 다하고, 더불어 봉사하며 사는 사람이 되기를 바랍니다. 그러자면 먼저 자신에게 봉사해야 한다고 가르칩니다. 스스로를 바르게 가꾸고서야 비로소 그에 걸맞은 봉사를 할 수 있을 테니까요."


### • 우리누리는 즐겁습니다


'우리누리'는 김 선생님과 학생들이 함께 만드는 동아리이자 문집의 이름이다. '우리들이 만들어 가는 세상'이라는 뜻을 담고 있는데, 올해로 6년째 운영하고 있다. 또한 국어 과목과 시창작반을 담당하며 평소에 모아둔 학생들의 시작품들로 시화(詩畵)를 만들게 해서 매년 두 차례씩 시화전을 열고 시집도 낸다. 행사가 끝난 다음날은 늘 학부모와 학생들이 함께 모여 선생님이 수집하고 연구해온 민속놀이들을 온종일 즐기며 함께 축하하고 격려하는 단합회를 가진다. 김덕용 선생님은 이렇게 아이들이 스스로 만든 '누리'에 모여 우정을 나누고 내일을 꿈꾸고 행복을 누리는 것을 보면서 더없이 큰 보람을 느낀단다.

제자들 속에 있어도 금방 찾기 힘들 정도로 키가 작은 만큼 아이들의 눈높이를 알고 친구가 되어 주는 선생님, 동네 아저씨 같은 수수한 얼굴에 담뿍 웃음을 머금고, 웅숭깊은 눈으로 제자들의 미래를 그리며 사는 우리 시대의 훈장 어른…. 취재를 마치고 돌아오는 길, 마음은 외치고 있었다. "오늘 참 스승을 만났다!"고.

# 나의 영원한 스승, 김덕용 선생님

임성욱[*]

내가 선생님을 처음 뵌 것은 중학교 입학 준비 그즈음이었다. 21세기의 시작과 새로운 중학 생활의 시작 앞에서 혼란만이 가득할 때, 반 배치 고사의 시험감독, 그러니까 태성중학교 선생님 중 가장 처음으로 뵙게 된 분이 김덕용 선생님이었다. 작은 키의 왜소한 몸집, 약간 검은 피부의 단단한 체형, 선생님의 첫인상이었다. 솔직히 첫인상은 내게 그리 좋지 않았다. 강하게 보이는 인상은 나에게 거리감을 두게 하기엔 충분하였다. 반 배치 고사 이후, 1년 간 선생님과의 직접적인 만남은 없었다. 기억 속에서 점점 사라져 갈 무렵, 2학년에 접어들었고, 새로운 담임으로 김덕용 선생님을 만나게 되었다. 그때부터 선생님과 나 사이에 특별한 인연이 시작되었다.

선생님께서는 담당하는 학급 아이들을 데리고 '우리누리'라 하는 봉사 동아리를 조직하신다. 그런 이유로 나는 제6기 단원이다. 우리누리에서 하는 일은 다른 학급 아이들과는 다른 특별한 것들이 많다. 시간에 얽매이지 않는 봉사활동, 개개인의 시와 그림을 발표하는 시화전, 그리고 나의 장래에 가장 많은 영향을 끼친 문집 활동 등이 그 예일 것이다.

선생님께서는 그 외에도 많은 것들을 우리에게 체험할 기회를 주셨다. 그중 '자율'은 선생님의 생활교육 중 가장 기초가 되는 부분으로, 내

---

[*] 2001년도 태성중 2-6, 우리누리 6기, 2004년 스승의 날 백일장 수상 글.

가 선생님께 가장 감사하게 받았던 선물이었다. 자율은 자유와 혼동하기 쉽다. 어느 정도의 범위 내에서는 무엇을 하더라도 상관없지만, 그 틀을 넘게 되면 가차 없이 조정에 들어간다는 점에서 자유와는 약간 다른 면이 있다. 너무 긴장이 풀어지는 자유보다 선생님은 우리에게 약간의 긴장을 가질 수 있는 자율을 강조하셨고, 나도 어느새 제법 규칙적인 사람으로 변화가 일어났다.

또 감사드리는 것은 내 글쓰기 능력의 발전에도 있다. 선생님은 국어를 전공하셨고 따라서 제자들에게 국어를 가르치신다. 그래서인지, 한 학기에 한 번씩 시집과 문집을 내기도 하였는데 잘못되거나 기대에 부합하지 않는 글을 쓰게 되면, 몇 번이고 다시 쓰게 하여 완벽한 글을 만들 수 있게 하셨다. 그 속에서 문학에 대한 나의 열정을 알게 되었고, 이때의 글쓰기로 인해 나의 진로 희망인 국어 국문과를 선택하게 된 결정적인 이유이기도 하다.

그리고 선생님은 체벌을 거리낌 없이 구사하신다. 물론, 감정적인 체벌이 아닌 마음에서 우러나오는 사랑의 매이다. 체벌과 사랑의 매에는 분명 차이가 있다. 때리는 사람도 마음이 아프다는 것을 감명 깊게 느낀 것은 아마 그때가 처음이었을 것이다. 그것을 알려주신 분이 김덕용 선생님이다. 종종 선생님께서는 "저는 죽도를 죽도록 사랑합니다" 라 하실 정도로 죽도를 좋아하신다. 이제 막 사회에 나아간 우리누리 선배님이 선생님께 죽도를 여러 자루 선물했다는 것은 죽도는 선생님의 트레이드마크라고 말할 수 있는 좋은 예일 것이다. 그렇다고 해서 선생님이 제자를 사랑하는 방법이 사랑의 매뿐만은 단연코 아니다. 내가 생각하기에 선생님은 그 어느 선생님들보다 제자를 사랑하신다. 오죽하면 제자들을 자기 아들들이라고 말씀할까? 이에 대한 후일담 한 가지를 말해보려 한다.

선생님과의 만남도 이제 약간의 시간이 흘렀고, 어느 정도 생활의 안정을 찾아가고 있을 때, 난 병원에 입원하게 되었다. 당시에 모든 의사가 내 병의 이름은커녕 원인조차 몰라서 헤맸고 날이 갈수록 고통은 심해져만 갔다. 그때, 나는 선생님의 사랑을 정말 가슴 깊이 실감할 수 있게 된 하나의 동기가 생겼다. 입원한 첫날부터 매일같이 병문안을 와 주셨다. 학교에서 일이 끝나면 곧장 달려오셔서 건강을 걱정해 주시고, 심심해할까 봐 반 친구들도 찾아와 말벗이 되게끔 지도해 주셨다. 그러나 결정적인 것은 따로 있었다.

어느 날인가. 선생님께서 밤이 늦도록 오질 않으셨다. 대수롭지 않게 '선생님께서 일이 있으신가 보다. 하루쯤이야 뭐 어때'라고 생각하며 일찍 잠자리에 들었다. 깊은 잠에 빠져 있을 때, 누군가에 의해 잠에서 깨어나게 되었다. 선생님이었다. 시계를 보니 새벽 2시를 조금 넘은 시간이었다. 너무 놀라서 여쭈어보니 '시골집에 일이 생겨서 다녀오는 길에 보고 가려고 들렀다'라고 말씀하셨다. 정말 말문이 막힐 정도로 감동하였다. 과연 어느 선생님이 제자의 건강을 살피기 위해 시골집을 다녀온 지친 몸으로 그것도 새벽 2시에 찾아올 수 있을까? 그 뒤로 나는 선생님을 무조건 신뢰하게 되었고, 점차 빠른 회복을 보여 퇴원할 수 있게 되었다. 이외에도 선생님의 제자 사랑에 관한 이야기는 한둘이 아니다. 그만큼, 선생님은 제자를 자기 자식처럼 아니 당신의 자식보다 더 생각하고 아껴주며 사랑하신다.

우리는 많은 분의 선생님께 배우고 가르침을 받는다. 어떤 선생님께서는 지식을 주시는 게 더 높은 가치를 가지고 계실 것이고, 어떤 분들은 아이들과 감성적인 유대감을 가지는 것을 가치로 삼고 계실지도 모른다. 또 어떤 분들은 예를 중시하는 엄한 가르침을 가치로 삼고 계실지도 모른다. 모두 좋은 분들이지만 난 우리 개개인의 가치를 깨달을 수 있게 해주는 분들이 제일 기억에 남는다. 때론 엄한 아버지같이 때론 인자한 어머니같이 때론 진정한 가르침을 주시는 스승님 같은 그런 나의 선생님.

너무도 크나큰 사랑을 받기만 한 나는 선생님의 은혜를 잊을 수가 없다. 때로는 친한 친구처럼, 때로는 엄한 선생님처럼, 때로는 그 누구보다 따뜻한 아버지의 모습을 보여 주신 선생님. 죽도를 죽도록 사랑하시는 이 시대의 진정한 훈장님. 김덕용 선생님. 사랑합니다.

# 하나의 행동이 세상을 바꾸기까지

권종은[*]

쓰레기 줍는 일은 멍청한 짓이다. 적어도 난 예전부터 그런 생각을 가지고 있었다. 옛날, 그러니까 3년 전 내가 중학교 1학년이었던 시절엔 내 담임선생님은 줄곧 반강제적으로 나를 비롯한 반 아이들 모두를 이끌고 학교 가까운 데에 위치한 경안천이란 곳에 봉사를 하러 나갔었는데, 어찌나 강 주위가 더러운지 쓰레기 소각장 방불케 하는 쓰레기 더미들과 오물들은 우리로 하여금 치울 엄두조차 내지 못하게 막았다. 더군다나 날씨도 더운지라 악취까지 풍겼기 때문에 아이들 중에는 손을 뒤로 하고 꽁무니를 슬금슬금 빼는 놈들도 몇몇 보였다. 그러나 그런 모습이 익숙한 것인지 담임선생님은 꿋꿋하게 쓰레기봉투를 나눠주시며 손수 먼저 더러운 오물들을 주워 담기 시작하셨다. 그렇기에 다들 보고만 있을 수 없어 삼삼오오 짝을 짓고 더러운 쓰레기들을 주워 담기 시작했는데, 정말로 이 일은 고역이 따로 없었다. 쓰레기를 줍다가 안에서 덜 먹은 아이스크림이 떨어져 옷에 묻는가 하면, 구더기가 가득한 음식물이며, 밤새 술을 마신 흔적들까지, 어느새 아이들 사이에서 버려진 검은색 비닐봉지는 공포의 대상이자 뭐가 나올지 모를 판도라의 상자가 돼버렸다. 거기다가 쓰레기 줍는 우리 옆에 버젓이 먹던 컵을 던지고 가는 행인이 그렇게나 얄미운 적이 없었다.

---

* 2011년도 태성중 1-6, 우리누리 16기, 소설 『두 남자 이야기』.

그렇게 몇 시간 동안 열심히 우리가 쓰레기를 수거한 덕에 점점 강은 제 모습을 찾아가고 있었다. 모두가 한마음으로 쓰레기를 치우고 다 채운 쓰레기봉투는 구석에 차곡차곡 쌓여갔지만, 나는 마음 한 구석에서 씁쓸한 생각을 지우지 못했다. '내일 오면 또 원래대로 돌아올 텐데…' 수년간 경안천을 봐온 나는 알고 있었다. 그러나 이런 내 생각을 모르는지 선생님과 아이들은 이런 생각을 하는 것조차 미안할 정도로 열심히 자기 손과 발이 더러워지는 것도 모른 채 쓰레기를 줍고 있었다. 한참 동안 멍하게 서 있다가 나는 조심히 선생님께 말했다. "선생님, 내일 오면 다시 쓰레기 천지가 될 거예요." 그러자 선생님은 간단명료하게 대답했다. "그럼 다시 주우면 되지." 난 할 말을 잃었다. 이마에 송골송골하게 땀방울이 맺혀도 그저 눈앞에 보이는 쓰레기만을 치우는 선생님의 굳센 모습에 알 수 없는 기분이 들었다.

  다음날, 우리가 다시 찾은 강줄기는 내 예상과 틀림없었다. 밤새 뭘 했는지, 어제 우리가 말끔히 치워놓았던 경안천은 게임기 리셋버튼을 누른 듯이 원상태로 돌아가 있었다. 오히려 이 양심 없는 사람들은 누군가가 이곳을 치운다는 것을 눈치채고 일부러 더 가책 없이 쓰레기를 버리는 것 같기도 했다. 그런데도 그러한 사실을 아는지 모르는지 선생님은 어제처럼 파란색 쓰레기봉투를 품에서 꺼내 다시 학생들과 그것들을 수거하기 시작했다. 나는 문득 의문이 들었다. '왜 이런 일을 계속해야 하지.' 그 생각이 내 마음을 자꾸 쥐어 눌렀다. 아무리 생각해도 너무나 소모적인 일이었다. 우리가 이렇게 매일 쓰레기를 주워봐야, 내일이면 다시 원상태로 돌아갈 것이고, 또한 너무나 광대하고 그만큼 더러운 이 강은 공무원도 아닌 고작 30명 남짓한 인원으로 정화 시키기에 우리는 너무나 미약했다. 나는 봉사라는 이름으로 포장한 이 무의미한 활동을 주도하면서 바보 같다고 할 만큼 우직하게 매일 어김없이 어질러있는 강을 치우는 선생님을 이해할 수 없었다.

　나는 봉사에도 급이 있다고 믿었다. 남을 치료하고 도와주는 봉사가 가장 효율적이고 인류에 도움 되는 1순위의 봉사, 그다음이 배식, 행사인솔 같은 일들, 그리고 마지막 3순위가 바로 이 쓰레기 처리 같은 일들. 듣자 하니 우리 담임선생님은 이 일을 몇 년이나 계속해 왔다고 하는데, 나는 왜 하필 이 일을, 이 성과조차 없는 일을 끊임없이 낙심하지 않고 계속 고집하는지 물어보고 싶었다.

　이윽고, 모두 끝났다. 봉사를 끝낸 친구들은 모두 삼삼오오 모여 집으로 돌아갔고, 가장 마지막까지 남아계시던 선생님도 자신의 차를 몰고 유유히 사라졌다. 그러나 그렇게 모두가 헤어지는 상황에서 나는 집에 돌아가지 않으며 주위를 배회했다. 선생님이 이 일을 계속 고집하는 이유를 궁금해하며 과연 이 사람들이 우리의 진심을 얼마나 알아줄지 지켜보기 위함이었다. 얼마 지나지 않아, 절로 허탈한 웃음이 나와 버렸다. 불도 끄지 않은 담배꽁초를 바닥에 내던지는 아저씨들, 먹던 음료수 캔과 아이스크림 껍질을 아무렇지도 않게 버리는 학생들, 강아지의 배설물을 못 본 채지나치는 애견 주인들까지, 그들은 우리의 노력을 모르는 듯 애써 깨끗하게 만든 강을 다시 더럽혔다. 과연, 우리가 한 일들이 의미가 있을까, 우리의 작은 노력이 세상을 바꿀 수 있다는 옛 공익광고를 떠올리며 난 회의감이 들었다. 그리곤 한숨을 내쉬며 발걸음을 돌렸다.

　그렇게 빠른 세월이 지나버렸고, 일 년간 했던 봉사활동도 끝난 채로 2년이 더 흘렀다. 그리고 어느 날, '아직도 봉사하고 계실까?' 싶어 무심코 찾아간 강가는 너무나 깨끗했다. 절대 보일 것 같지 않은 맑은 바닥이 드러나 있었고, 푸른 풀밭에는 아직 다 녹지 않은 눈과 함께 티끌만 한 쓰레기도 보이지 않았다. 불과 몇 년 전까지만 해도 담배꽁초가 산더미처럼 쌓아져 있던 다리 밑에는 깔끔한 의자와 함께 벽돌들이 깔아져 있었고, 음식물쓰레기와 불법 투기한 오물로 악취를 풍기던 전봇대 주변은 말끔히 치워져 있었다.

이게 어찌 된 일인지, 옛날처럼 더러운 모습을 상상했던 나에게 지금의 강은 신선한 충격으로 다가왔다. 그리고 인터넷을 통한 조금의 수소문 끝에 나는 곧 그 이유를 찾아낼 수 있었다. '보수공사' 들리는 이야기에 의하면 그렇다고 한다. '아.' 그제서야 난 알 수 있을 것 같았다. 이 모든 일이, 그 옛날에 했던 선생님의 행동이 절대 무의미한 것이 아니라는 것을 말이다. 절대 바뀌지 아니할 것이라 생각했던 그 강도 그리고 이젠 사람들의 마음까지도 우리의 그 조그만 행동이 모조리 바꿔버렸던 것이었다. 그렇게 생각이 들자 나는 그동안 그저 이런 쓰레기 줍는 봉사를 질 낮은 봉사라 치부하며 거부해왔던 것이 새삼 부끄러워졌다.

이 강이 변한 것은 보수공사 때문이라고, 공무원들이 추진한 사업 때문이라고, 누구는 말할 수 있을 것이다, 아니 모두 그렇게 말할 것이다. 그렇다. 우리들이 했던 그 여름의 봉사는 실낱같이 너무나 미미했을 것이고, 누구도 우리의 일이 도움이 되지 않았을 것이라고, 또한 기억조차 되지 않았다고 할 것이다. 하지만 난 그렇게 믿고 싶다. 우리의 작은 노력이 모여 결실을 이루어냈다고, 그 조그만 행동이 결코 헛되지 않았다고 그렇게 믿고 싶다. 그리고 다른 분들께 누를 끼치지 않는다면, 난 내가, 우리가 그 옛날 일군 씨앗이 이 광활한 강을 바꿨다고, 그렇게 믿고 싶다. 그리고 말하고 싶다. 절대로 헛된 봉사란 없고, 모든 봉사라는 행동이 사랑이라는 이름 아래 있는 숭고한 희생이라고 말이다.

# 봉사, 의식을 전환하라

2001

봉사 업무를 처음 맡아 하던 3년 전의 일이다. 한 아이가 찾아와 봉사활동을 하고 싶은데 어떻게 해야 할지 모르겠다며 방법을 알려달라기에 관련 책자를 통해 관내의 몇몇 시설을 소개하면서 가보라고 하였다. 그리고 다음 날 어떻게 했는지 물어보니 망설이다가 그만두었다고 했다. 그 순간 실망이 되어 "에이, 가보지"하며 아쉽다는 표정을 지었다. 그러나 사실은 아이의 실천력에 대한 실망에서라기보다는 나 자신의 안일함을 무마하기 위한 행위에 지나지 않았다. 그때 좀 더 진지하게 봉사의 개념만이라도 알려주고 연계시켰더라면 어땠을까 하는 생각이 들어 반성의 시간을 가지기도 하였었다.

봉사가 무엇인지에 대해 사전적인 의미로나 알뿐이었지 좀 더 구체적으로 어떤 것이라고 분명한 답을 갖고 있지 않았던 때라 맡은 업무의 추진을 위해 어쩌면 오히려 이러한 아이로부터 해결책을 구하려 했는지도 모른다. 손쉽게 주선할 공공기관마저도 드물었던 시절이라 혹시 알려지지 않은 곳을 찾아낼 수 있는 기회가 되지 않을까 싶어서 딴에는 의도적으로 시킨 일이라 함이 맞을 것이다. 학교 교육에 봉사활동을 도입하여 시행한 지 얼마 안 되었고, 그 의미조차 제대로 정립이 이루어지지 않은 상태라 활동할 곳이 일반화되지 않았음은 당연한 실정이었다. 게다가 연계하여 협조할 단체나 기관마저도 기존의 고유 업무를 침해할 소지가 있다거나 또는 오히려 귀찮다고 꺼리는 경향이 있었다. 한마디로 활동할 곳도 없는데 봉사의 중요성만을 부각해 일단 하라는 식이었다. 봉사센터가 있긴 하였지만 개소하고 협의회를 구성하는 초창기라 역할 수행이 미미하여 안내조차도 어려웠다. 목마른 사람이 우물을 판다고 어쩔 수 없이 기관이나 시설에 들러 없는 일거리를 달라고 마치 사정하다시피 한 것도 사실이다. 그래서 찾게 되는 곳이 주로 우체국이나 경찰서, 파출소, 동사무소와 같은 데가 고작이었다. 가끔은 용기를 내어 병원 위문과 같은 활동도 하였지만 쉽게 기회가 주어지지는 않았다. 필요한 곳에 소용되는 만큼의 수요와 공급이 이루어진다면 얼마나 좋을까. 어쩔 수 없이 받아들여야 하는 고충이 따랐고 활동할 곳이 없으니 당연히 과잉 공급도 일어났다. 이에 대한 대책도 없이 우선 시행하고 보아야 하니 봉사의 진정한 의미를 바르게 알기도 전에 시간 채우기가 될 수밖에 없는 현상이 생긴 것이다. 그러니 교육적 효과를 기대하기란 이미 궤도를 벗어난 것과 다름이 없게 되었다. 상급 학교 진학을 위한 수단으로 내신에 반영되기 때문에 마지못해서 하게 되고, 한다고 하더라도 그저 요령이나 피우다가 시간이 되면 확인서 받아 가는데 더 혈안이 되었다. 그것도 다 채우고 나면 관심마저 두지 않는다. 어쩌면 학생들만의 문제도 아니다. 가르쳐야 할 선생도 아이들과 다를 바가 없다. 귀찮은 일거리 하나 더 떠안은 격에 지나지 않았다. 대충 이어 때면 그만이다. 근본적으로 아이들에게만 해당하는 일로 권장하면 그만이지 적극적으로 나서서 할 필요성을 느끼지 못하기도 했다. 실천으로까지 이끌어야 할 책임감보다는 열심히 하라고 했다는 형식이 더 중요하게 작용하였다. 또한 이를 뭐라고 할 여지도 없다. 말 그대로 자원봉사이기에 스스로 원해서 자발적으로 해야 하는데 말이다. 봉사활동의 본래 취지는 시작부터 퇴색되어 버렸다. 마치 우리 교육의 현주소를 보는 듯하여 씁쓸함에 언짢기마저 하다. 아무리 좋은 계획을 세우면 무엇 하겠는가? 실천으로 옮겨야 할 당사자들이 그 필요성을 느끼지 못하고 있으니 답답한 노릇이다. 어쩌면 나 자신도 일을 벌이지 않는 것이 더 편하다는 셈을 했는지도 모르겠다. 그렇게 한 해가 갔다. 그리고 또 시간은 가고 형식적인 계획의 틀에서 봉사활동이 이루어졌고 그냥 그렇게 무난히 진행되었다. 그런데 문득 이래서는 안 된다는 생각이 들었다. 두 해 동안 업무를 맡아 지켜보면서 그저 기본계획을 세우고 실천하도록 관리하는 것이 다가 아니라는 판단에 의식을 전환하게 되었다. 그래, 아이들을 가르치는 행위 자체가 봉사이니 제대로 한번 해보자 하고, 나름대로 구체적인 안을 세워 보았다. 그러나 아무리 좋은 안을 마련했다 하더라도 실천할 수 없거나 따르지 않는다면 무의미하지 않은가? 따라서 실천 의지가 관건이라 담임을 맡은 학급에 적용해보기로 하고 다음과 같이 계획을 세워 실천에 들어갔다.

우선 학생 봉사활동 운영계획에 따른 중점 실천과제인 친절, 질서, 청결의 생활화, 지역사회와 연계한 자원봉사활동에 주력하기 위하여 환경봉사단을 조직하고 자원봉사센터에 등록한 후 활동을 하기에 이르렀다. 삶터를 청결히 함으로써 시민이 불편하지 않게 살아갈 수 있는 쾌적한 환경 조성에 목적을 두고, 단계별로 세부 추진 계획을 세워 실행하였다. 그 결과로 현대아파트 뒤편 경안천 주변 제방과 주차장을 전담 구역으로 선정하고 청결 관리 활동을 전개하였다. 1단계로는 봉사단원 모두 참여한 가운데 주차장, 풀숲, 다리 밑 등에 방치된 쓰레기를 수거하고, 2단계에서는 6개 조로 편성하여 매일 한 조씩 돌아가면서 자율적으로 오물을 주워냈으며, 3단계로는 광고용 스티커와 전단 수거, 버려진 담배꽁초 줍기를 대대적으로 추진하였다. 둘째, 등하교 시에 비닐봉지를 가지고 다니다가 거리에 버려진 담배꽁초를 1일 1인 100개 줍기 운동을 하였다. 셋째, 공공기관 및 봉사단체와 연계로 바르게살기운동 위원회와 함께 자연보호, 환경정화 캠페인 활동을 펼쳤으며, 시에서 주관한 기초질서 지키기 실천 다짐 대회에도 참가하였다. 또한, 국민건강보험 관리공단, 우체국 등 공공기관 일손 돕기에도 참여하였다.

앞으로도 봉사단이 활동 구역으로 선정한 지역을 지속해서 청결 관리할 것이다. 쾌적한 개천을 조성함은 물론 소공원으로 가꾸어 시민들이 즐겨 찾는 거리로 만들어 나갈 것이며, 또한 담배꽁초를 비롯하여 광고용 스티커나 전단이 나뒹굴지 않는 경안천이 되도록 지역사회 단체와 연계하여 환경시설보존 활동에 적극적으로 협력하고, 좀 더 맑은 물이 흐를 수 있도록 오물 발생 요인을 줄여나가는 일에 앞장설 계획이다.

이러한 활동이 청소년들에게 나아가 지역사회 구성원 모두에게 파급이 이루어져 모두가 환경 지킴이가 될 수 있도록 솔선해 나갈 것이며, 경제적으로 어려운 이웃을 돕기 위해 폐품 모으기, 바자 등을 통하여 사랑의 기금 마련 활동도 해나갈 예정이다.

얻은 결실로는 친절, 질서, 청결이 생활화되도록 함으로써 아름답고 품위 있는 문화 시민으로 성장해 감을 볼 수 있었고, 내 고장의 환경 실태를 직접 보고 느낌으로써 어떻게 살아가는 것이 참다운 삶인지를 체득할 수 있는 기회가 되었다고 본다. 또한 지역사회 단체와 연계 활동함으로써 애향심은 물론 사회일원으로서의 연대감도 느꼈을 것이다. 무엇보다 심성 바른 인격체로 형성해 감을 볼 수 있어 만족스러웠다. 여기에 더하여 청소년 부문 단체 우수상과 봉사 분야 표창장을 받는 경사로움이 있어 기뻤다. 이러한 활동에 관심을 두고 후원해 주신 부모님과 지도에 도움을 주신 용인시 자원봉사센터에도 감사드립니다.

# 봉사하며 제안하기*

"어휴! 이렇게 힘들어서 어디 제대로 할 수 있겠어." 솔직한 푸념이다. 덧붙이자면 예전엔 즐거운 마음이었는데 왜 갈수록 힘들고 벅차다는 생각이 들지. 이 또한 사실이다. 지난 일들이 구태여 내세울 만한 자랑거리는 아니지만, 봉사라는 것에 대해 나름대로 보람을 느끼며 알차게 해왔는데 요즘 들어서는 회의적인 생각이 드는 게 사실이다. 왜 나에게 이런 마음이 생기는 걸까? 오히려 봉사에 대한 의식은 더욱 굳건해지는데 말이다. 누가 뭐라 하지 않아도 먼저 나눔의 손길을 내밀어 함께 어우러지자고 권하는 측에 속할 정도인데 다른 한편으로는 나의 행보 하나하나가 버겁기만 하다.

돌이켜 생각해 본다. 학급 활동의 하나로 우리 함께 사랑과 정을 나누며 더불어 사는 세상을 만들자는 뜻을 가지고 시작한 우리누리가 벌써 7년째에 이르고 있다. 처음엔 아이들이 의사 표현을 제대로 펼칠 수 있게끔 글짓기 능력을 길러주자는 취지에서 문집을 만들게 되었지 특별히 봉사에 치중하려는 생각이 있었던 것은 아니었다. 지역사회의 일원이기에 거리나 공원이 지저분하다 싶으면 오물을 줍고 치우는 것은 당연하다는 생각에서 자발적인 참여를 유도하였고 동아리들 또한 흔쾌히 따라주었다. 이 시작이 뿌리를 내려 터다지기가 이루어지면서 4년 전부

---

* 경기도청소년자원봉사센터 소식지, 2002. 5. 28.

터는 아예 봉사활동 업무를 맡아보게 되었고, 이것을 계기로 좀 더 관심을 기울일 수 있었다. 하지만 청소년 자원봉사가 그다지 활성화되지 않아서 대상이나 장소도 많지 않았을 뿐 아니라 설령 있다고 해도 여러 사정으로 선뜻 맡기지 못하였고 그래서 필요성을 절실히 느낀 것이 봉사활동 프로그램이었다. 그것도 중학생 수준에 맞는 활동 거리를 찾아내기란 무척이나 어려운 숙제였다. 공공기관과 연계하여 일손 돕기를 한다고는 하지만 사실상 애걸하다시피 사정해야만 겨우 얻을 수 있었다. 더구나 명분은 업무 보조인데 정작 맡겨지는 것은 청소 정도였다. 지역사회 단체와 연계하여 활동한다 해도 선심 쓰듯 하는 통에 난처함이 뒤따랐다. 게다가 어른들이 주도하는 봉사에 학생들은 구색을 갖추어 들러리 서는 정도에 지나지 않았다. 학생이 중심이 되어 스스로 할 수 있는 봉사활동 프로그램 개발이 시급함을 느끼게 되었고, 그래서 지역사회 환경을 고려한 대상과 장소를 물색하기에 이르렀다. 그리고 그에 맞는 계획을 수립하여 시행함으로써 이제는 학교에서 권장하는 활동만 충실히 하면 봉사 시간에 얽매일 필요가 없을 정도로 안정적인 일거리를 마련해 주었다. 궁극적으로 봉사란 특별한 사람만이 하는 것이 아니라 누구나 할 수 있음을 일깨워 줌은 물론 학생 개개인이 즐거운 마음으로 실천하고 보람을 체득하도록 이끌었다.

이러한 활동의 일반화를 가능하게 했던 것이 바로 '우리누리'라 불리는 봉사단이었다. 개발과 계획이 수립되면 실험적으로 동아리를 투입하여 그 가능성을 살펴본 연후에 학교의 일반 학급에 보급하였다. 경안천, 노구봉 정화, 현충탑 시설물 관리, 건조기 산불 감시, 공공기관 및 지역사회 단체와 연계한 일손 돕기 활동 등 이루 헤아릴 수 없이 많다. 그 결실로 지난해에는 용인시 자원봉사대회에서 단체 우수상으로 시장으로부터 표창장을 받았으며, 학생과 학부모가 경기도 교육감상을 받는 기쁨을 누리기도 했다. 이렇듯 선봉적인 역할을 수행하며 크고 작은 만족으로 형식보다 내실을 다지던 때가 자꾸만 그리워진다.

올해의 주 사업으로는 봄가을에 하는 시화 전시와 경안천 담당구역 정화는 물론이고 공공기관이나 지역사회 단체와 연계한 활동을 지속해서 해나갈 계획이며, 특색 사업으로는 내 나무 갖기 운동의 하나로 무궁화 심기를 실천하였다. 그리고 경기도 청소년 자원봉사센터에서 주관하는 전문인력 봉사단의 환경 분야에 참여하여 활동 중이며, 발대식을 겸한 월드컵 전진 대회에 참가하여 시화 전시를 함으로써 시민은 물론 동참한 학생들의 정서 함양에 이바지하였다.

이러한 일련의 활동을 수행하는 과정에서 다소는 실망감을 가졌던 것도 사실이다. 그간의 활동 경력이 인정되기에 좀 더 폭넓게 해보라는 권유의 타당성에 힘입어 막상 명함을 드러내긴 하였지만, 실천의 과정에서 기대에 미치지 못하는 모습을 너무 많이 보게 되었다. 봉사단을 지원해 주겠다는 말은 무성하다. 그러나 적재적소로 가려운 데를 시원하게 긁어주지 못한다. 현실적으로 땀 흘리는 아이들에게는 한 모금의 물이 필요한 때가 있다. 그런데 최소한의 것조차도 줄 수 없음이 안타깝다. 이것이 지도교사의 고충이다. 이를 조금이나마 해소하기 위해 손을 내밀면 봉사에 무슨 대가가 필요하냐고 한다. 그러면 부끄러워지고 무안하다. 봉사라는 과분한 명칭을 쓰지 않아도 되었던 시절이 그립다. 지원 신청을 하라고는 하지만 막상 내용을 적어내려고 보면 마땅한 항목이 없다. 아이들이 하는 봉사활동에 무슨 거창한 사업 계획이 필요하겠는가. 수도권 상수원의 하나인 경안천 상류를 정화해 나가는 역할은 누가 보아도 이바지한 바가 크다. 그런 아이들에게 수고로움을 칭찬하는 차원에서 땀을 식힐 시원한 음료 한 잔 줄 수 없다면 되겠는가. 꼭 명분을 드러내어 요건을 갖추어야만 지원이 되고 그렇지 못하면 안 된다면 아이들은 무슨 명목으로 신청을 하여야 한단 말인가. 우리 아이들의 활동 분야가 환경과 관련되기에 시설을 찾아가는 단체에 비해 명분이 약한 것이 단점이다. 금전적인 비용을 들이지 않고도 할 수 있는 이만한 봉사가 또 어디 있을까. 더구나 그 중요성이 날로 커지고 있어 지속해서 권장할만하다고 본다. 더군다나 교육적인 차원에서 의도적으로라도 끊임없이 장려하고 후원해 나가야 하지 않을까. 환경의 중요성이나 봉사하는 시민을 육성한다는 점만 가지고도 음료수 한잔이 아니라 그 이상도 아낌없이 지원하고 투자해야 할 것이다.

이번에 다녀온 월드컵 전진 대회만 하더라도 그렇다. 용돈을 쪼개어 활동에 보탠다고 하더라도 한계가 있다. 이러할 때 지원을 해주었으면 하는 바람이 간절하였다. 그런데 한결같이 이런저런 이유를 들어 결국엔 스스로 해결해 내야 하는 상황에까지 갔다. 다행히 본교 교감 선생님의 배려와 친구분의 도움으로 대회장에 갈 수 있었다. 이 지면을 빌어 감사 말씀드립니다. 그런데 문제는 돌아올 때였다. 궁리 끝에 봉사단 부모님께 차량을 부탁드렸더니 선뜻 지원해 주셔서 너무도 고마웠다. 역시 이 지면을 빌어 인사드립니다. 월드컵 행사를 성공적으로 치르자고 여기저기서 친절, 질서, 청결을 내세우며 캠페인이 한창이다. 공공기관이든 지역사회 단체든 간에 모두가 월드컵에 초점이 맞추어져 있음을 보더라도 우리 아이들이 펼치는 활동에 지원이 미흡함은 지도하는 처지에서 서운함으로 다가오며 회의도 솔직히 있었다. 봉사는 무얼 바라고 하는 것이 아니라는 생각에는 변함이 없지만 그래도 최소한의 지원은 있어야 하지 않을까 생각한다. 행사에 학생들이 필요하면 서슴없이 동원을 요청하면서 정작 아이들이 필요할 때는 지원해 주겠다는 생색 속에 이런저런 요건이 미흡하다는 빌미로 다음 기회에 보자는 식이니, 허탈감마저 든다. 아예 처음처럼 자생적인 활동을 할 때가 더 좋았고 힘들어도 즐거웠던 것 같다. 제대로 지원도 못 해주면서 실적 근거를 갖추어 제출하라는 처사 또한 달갑지 않다. 학생 봉사에 있어서 최소 경비마저도 자체 부담으로 충당하라고 한다면 구태여 센터나 단체와 손잡을 필요가 뭐 있겠는가. 어차피 봉사자 스스로가 자생으로 하는 활동인데 말이다. 혹여 재주는 봉사 동아리가 부리고 그 대가는 주관하는 센터에서 챙기는 잘못을 하지는 않는지, 이 기회에 모두가 점검해 보는 계기를 가졌으면 한다.

끝으로 자원봉사의 중추적 역할을 담당하는 센터가 봉사 동아리 활동의 물꼬를 터주는 기능을 해주었으면 하는 바람이다.

# 경안천 발원지 찾기를 하면서

2002

윤택한 삶을 선망하는 인간의 이기심과 맞물려 뒷전에 밀려나 있었던 환경 문제가 최근에 이르러 아주 빠르게 부각 되는 모습을 보인다. 편리한 생활을 추구하는 과정에서 부득이하게 발생한 환경 문제가 주목받게 된 것이다. 더 쾌적한 삶을 누리고자 하는 인간 욕구는 끊임없이 새로운 환경을 요구했고 발전도 거듭됐지만 이에 따르는 부작용도 적지 않았다. 이러한 환경의 질 문제가 논의의 대상이 되고 있음은 뒤늦은 감이 있지만, 당연히 거론돼야 할 당면 과제이기도 하다. 오존층 파괴, 지구 기온 상승, 산림 훼손, 생물 종의 다양성 감소 등이 인류의 생존을 위협하는 요소로 작용하고 있을 뿐 아니라 지구상에 존재하는 모든 생명체의 삶에 영향을 미치고 있음도 간과해서는 안 된다.

자원의 고갈과 환경의 파괴로 인해 지구는 서서히 죽어가고 있다고 해도 지나친 말이 아닐 정도로 심각하다. 그런데도 환경 문제에 대해 충분한 인식을 못 하고 있음이 우리의 현실이다. 무엇보다 밀어붙이기 식으로 오염과 파괴를 일삼는 횡포를 어떻게 막아나가느냐 하는 것이다. 적극적인 환경 보전 활동이 이루어져야 하는데 그 힘이 너무도 미약하다. 설혹 뜻을 모은다 해도 지역 이기주의라는 이름으로 환경을 보전하고자 하는 뜻을 매도해 버린다. 일부에서는 이를 역으로 이용하는 모습도 보여 안타깝게 한다. 그래도 해야 할 운동이다. 모두가 환경 문제에 관심을 가지고 할 수 있는 작은 일부터 실천해 나가는 것이 그 무엇보다 중요하다. 우리가 포기할 수 없는 권리 중의 하나가 바로 환경권이기에 지켜나가야 할 당위성 또한 여기에 있는 것이다.

이러한 점에서 이번의 경안천 발원지 찾기는 환경 보전에 관해 관심을 높이고 우리 고장 하천에 대한 이해를 증대시키는 계기가 되었을 뿐 아니라 환경 보전의 필요성과 함께 활동에 대한 실천 의지를 기르는 동기를 부여하기에 충분하였으며 나아가 환경을 보전하고자 하는 의식 수준이 향상되어 감을 엿볼 수 있어 그 의미가 컸다고 하겠다. 환경 보전에 대한 이러한 태도 변화는 일상생활 속에서 자원을 재활용하고자 하는 실천 의지로 나타나고 있다. 1회용품 사용을 자제하거나 샴푸 사용을 줄여나가려는 태도는 물론이고 쓰레기를 분리해서 수거하는 과정에서도 환경 보전에 대한 적극적인 실천 태도가 엿보였다.

경안천 발원지의 맑은 물을 두 손 모아 한 움큼 담아내어 입가에 대고 마시는 순간의 시원함은 물의 소중함을 일깨우기라도 하듯 전신으로 퍼져나갔다. 정화 활동을 펼치며 수질을 검사하고 자연도 평가하는 우리의 노력을 가상히 여기기라도 하듯 문수봉 개울의 가느다란 물줄기는 또랑또랑한 음률을 펼치며 아랫녘 너른 개천을 향해 유유히 흘러들었다. 그렇게 경안천 원줄기인 용해곡천은 형성된 것이다.

말로만 듣던 경안천 발원지를 찾았다. 기념 촬영을 하고 숲을 젖히며 거슬러 오르다 최초로 만난 옹달에 모인 물을 대하는 심회는 벅찬 감격 그 자체였다. 바라만 보아도 좋은 것이 바로 이거로구나 하는 깨달음의 순간이었다. 물은 달고 맛깔스러웠다. 말 그대로 무색무취였다. 마치 오색 무지개가 떠 있는 듯하고 수정이 액체로 풀어져 있는 것 같았다. 심마니의 함성이 귓전을 맴돌며 뇌리에 스미는 소리가 입가에 머물다 이

내 속삭이듯이 흘러나왔다. 아! 이것이 바로 우리가 찾는 발원지의 물이란 말인가. 경탄을 가누지 못하는 몸과 마음이 눈동자를 통해 빛을 발하였다. 그냥 그렇게 보아 넘길 수 있는 흔한 물 하나 가지고 왜 호들갑이냐고 핀잔을 주는 이가 있다면 무어라고 말해줄까. 당신 자신을 스스로 귀하게 여기듯이 이 자연 모든 것에는 그 나름의 존재 가치가 있다고 정중히 말할까. 아니면 이 물이 당신이 살아 숨 쉴 수 있도록 하는 생명수라고 열변을 토해 볼 거나 하는 공상(空想)에 얼핏 잠긴 연후에 정신을 수습해 보니 아이들은 이내 저만치 산자락 사이로 접어들고 있었다. 수족처럼 따라다니며 같은 행동을 보이던 몇몇 아이들과 더불어 찰나의 순간까지도 놓치지 않으려고 쪼개어 주변 경관을 조망하고 한 모금 더 목을 적시면서 발걸음을 재촉하는 모습엔 보이지 않는 여유가 사제의 가슴을 너그럽게 전이시켜 나갔다. 눈빛만 마주쳐도 이해되는 그런 정감이 비탈길 행렬에 녹아들었고 어릴 적 물가에서 놀던 옛이야기는 발장단을 맞추기에 넉넉함이 있었다.

억수로 쏟아지는 빗줄기를 보며 어쩔 수 없이 순연시켜야만 했다. 그러다 보니 벌써 두어 주가 훌쩍 지나가 버렸다. 정말 오래전부터 계획한 일인데 혹시 무산되지나 않을까 하는 염려도 되었다. 부득이하게 날짜를 조정해야 하는 마음은 아쉬움이요 안타까움이었다. 그리고 2002년 7월 26일 드디어 경안천 발원지 찾기 발대식을 하고 탐사와 함께 환경 정화 활동에 들어갔다. 행사를 진행하는 동안 장안대 교수이신 원유정 선생님께서 수질과 생태 조사팀을 이끌어주셨다. 이 지면을 빌어 관심과 후원 그리고 지도에 감사드립니다. 우리의 활동을 반겨 주기라도 하듯 염려한 날씨는 맑았고 햇볕도 따갑지 않았다. 아이들 모두 각자 맡은 역할에 최선을 다해 나갔다. 계속 비가 온 관계로 물이 불어 물속 생물을 이용한 수질 판정은 기대하기 어려웠고, 다만 교육적인 효과를 얻을 수 있었다. 다행히 수질 검사와 환경정화 활동은 예정대로 진행되었고 운학초등학교 앞 경안천 제방의 공터에서 야영하기에 이르렀다. 저녁에는 경안천에 대해 0×로 알아보는 시간을 가진 후 폭죽놀이를 펼쳤다. 그러는 사이 밤은 무르익어갔고 비가 올 것 같은 먹구름과 함께 바람이 몹시 불어 걱정 속에 날이 밝았다.

일단 주변 정리를 하고 다시 발원지 찾기에 들어갔다. 먼저 하천에 방치된 오물을 수거하는 정화 활동을 하였다. 쓰레기의 양이 엄청나 봉사단원의 힘만으로는 역부족이었다. 이는 뜻 있는 몇몇 사람만이 해결할 문제가 아니라는 생각도 들었다. 둑과 도로를 걸으며 발원지를 찾는 발길이 무거워질 무렵 목적지가 시야에 들어왔다. 잠시 휴식을 취하며 하천에서 땀을 씻는 눈빛이 힘겨움에도 밝고 맑았다. 보람이라는 것을 간직한 이들의 마음이 아름다워 보였다. 그리고 이렇게 발원지를 찾아보고 내려오는 것이다. 우리의 발원지 찾기 활동이 성공적으로 진행될 수 있도록 관심 속에 성원해 주신 관련 기관과 단체를 비롯해 학부모님 등 모든 분이 고맙고, 감사하다.

# 수질 개선을 위한 제언[*]

　내 고장 하천 가꾸기의 하나로 실시한 경안천 발원지 찾기가 많은 관심과 기대 속에 흡족 할만한 성과를 거두며 마무리되었다. 다소는 우려와 염려도 있었으나 그 모두를 일소라도 시키듯 보람이라는 뿌듯함으로 다가왔다.

　환경정화를 중심활동으로 하고 여기에 수질과 생태 탐사를 통한 경안천의 실태 파악에 초점을 맞춘 이번 행사는 우기와 맞물려 정확한 분석에 따른 결과물을 의도한 만큼 얻어낼 수는 없었으나 아이들이 환경에 대한 인식을 새롭게 할 수 있는 계기를 마련해 주었다는 점에서 교육적인 효과를 극대화했다고 본다.

　여러 활동 과정에서 나름대로 보고 느낀 경안천의 모습을 이런저런 근거를 들어 그려 나가는 아이들의 시각이 의외로 예리함을 가지고 있었다. 거침없이 문제 거리를 들추어내는 진지한 눈빛을 지켜보는 것만으로도 체험 현장으로 이끌기를 잘했다는 생각이다. 최소한 이들은 환경을 소홀히 대하지는 않으리라고 본다.

　아이들에게서도 배울 점이 있다는 말에 공감하면서 다소 전문성이 없다 하더라도 객관성에 비추어 핵심을 짚어낼 수 있음을 전제하며 내 고장 하천의 수질과 환경이 조금이라도 개선되어 졌으면 하는 애향심으로 다음과 같은 몇 가지 현안을 정리해 제언하고자 한다.

*　용인 의제 21 『더불어 사는 삶터 이야기』 2002년 상반기 통권3호.

## • 1. 오염원 유입을 줄여야 한다

(1) 농축산에서 나오는 오염 물질을 감소시킬 방안이 모색되어야 한다. 경안천 상류 지역은 주로 농경지와 축산 시설이 있다. 비료나 농약은 물론이고 분뇨와 같은 유기물의 배출은 녹조 현상을 유발할 뿐 아니라 하천의 자정 능력을 떨어뜨리는 요인(要因)이 되고 있다. 따라서 이의 실태를 파악하고 감소시켜 나갈 방안을 모색해야 할 것이다. 또한 홍보와 지도를 지속해서 실시하고 이를 제거하기 위한 가장 적절한 관리 기법을 도입하여 대책을 강구(講究)해야 한다.

(2) 하천의 쓰레기를 처리할 대책 마련이 시급하다. 무단으로 버려진 쓰레기가 제방과 하천을 뒤덮고 있어 그 실태가 심각하다. 조금만 내버려 두어도 상상을 초월할 정도의 오물이 발생하고 있다. 특히 많은 양의 비가 오면 하천으로 유입되어 떠내려오다가 둑이나 보에 걸려 쌓인 쓰레기가 썩어 수질을 악화시키고 있다. 이에 대한 시기적절한 처리 대책이 마련되어야 할 것이다. 무엇보다 오물을 버리지 않는 시민의식이 형성되어야 하는데 이를 위한 홍보활동도 전개해야 할 것이다.

(3) 공장에서 나오는 산업 폐수의 무단 방류를 막아야 한다. 환경의 중요성이 부각 되고 있음에도 이해가 부족하여 무단으로 폐수를 방류하거나 처리시설을 가동하지 않는 사례가 발견되고 있다. 배출이나 방지 시설의 가동과 관리가 제대로 이루어지고 있는지를 수시로 점검하고 더 나아가 허용기준을 강화하여 수질 처리가 정상적으로 이루어진

후에 방류될 수 있도록 해야 한다. 또한 아직 기준이 마련되지 않은 유해 물질의 관리도 강화해 나가야 할 것이다.

(4) 하수처리 시설을 좀 더 보강할 필요성이 있다. 경안천 상류에서 가장 문제가 되는 곳 중의 하나가 시가지를 흐르는 금학천이다. 하수로 시설이 갖춰져 있음에도 생활하수가 여과 없이 하천으로 유입되고 있으며 갈수기에는 자정능력의 상실로 녹조 현상과 함께 악취가 날 정도로 오염 상태가 심각하다. 또한 지류인 양지천 역시 인근 주거 지역의 오수가 그대로 흘러들어 경안천으로 합류되고 있다. 포곡과 경안의 하수종말처리장도 소화해 낼 수 있는 양의 한계로 그대로 방류할 수밖에 없는 실정이라고 한다. 현재 두 곳 모두 증설이 이루어지고 있다고는 하지만 처리해야 할 양이 계속 늘어나고 있어 이에 대한 지속적인 보강이 필요하다. 최소한 경안천으로 흘러드는 오수의 양을 정확히 파악하여 그 처리 대책을 세워나가야 할 것이다.

(5) 낡은 하수관의 교체와 정비가 선행되어야 한다. 도시 형성의 역사가 긴 만큼 주거 생활에 따르는 부대 시설도 그만큼 오래된 것들이 많다. 겉으로 보이면 때에 따라 교체도 하고 수리도 하겠지만 눈에 보이지도 않는 시설물의 경우는 크게 문제가 되지 않은 한 그대로 방치하는 경향이 있다. 그중 하나가 바로 하수관이다. 예전에는 일반적으로 주변 개울로 흘러들게 하면 되는 정도로 하수의 처리 개념조차 없는 때에 만들어진 하수도에 대한 정밀 점검과 개선이 이루어져야 한다. 나아가 하수도 시설 지도를 제작하여 활용하는 등 다각적인 하수 체계가 마련되어야 한다.

## • 2. 건천이 되는 것을 막아야 한다

(1) 하천을 유지할 수 있는 용수를 확보해야 한다. 생물이 존재하기 위해서 하천이 살아야 한다. 여기에 꼭 필요한 것이 물이다. 그리고 이의 성질을 수질이라 하는데 스스로 정화해 나가는 능력을 지니고 있다. 그래서 오염원이 유입되어도 어느 정도까지는 깨끗해질 수 있는 것이다. 경안천이 자정능력을 가지고 제 기능을 다 할 수 있는 최소한의 유량이 항상 흐를 수 있도록 해야겠다.

(2) 자연 상태를 가능한 유지 해야 한다. 하천의 물밑 재료인 크고 작은 돌과 자갈·모래는 물을 정화하는 데 없어서는 안 될 중요한 요소이다. 그리고 제방이나 둔치의 식생도 나름대로 역할을 수행하고 있는 것들이다. 그런데 용인 시가지를 흐르는 경안천의 경우 홍안, 둔치, 제방 모두 콘크리트 블록이나 시멘트로 포장이 되어 있을 뿐 아니라 주차장으로 이용되고 있다. 이로 인해 물의 유입을 막는 결과를 초래하였을 뿐 아니라 사람들의 손길이 닿는 곳마다 오염 물질이 발생하고 있다. 시멘트로 된 콘크리트를 가능한 한 걷어내고 식생 구조를 고려한 자연환경으로 되돌려 놓아야 할 것이다. 도심 속의 생태공원으로 조성하면 좋을 듯하다.

(3) 저수지 관리가 체계적으로 이루어져야 한다. 경안천 상류에는 곳곳에 저수지가 있으나 그 활용도가 저조하다. 농업용수 이외에 낚시터의 구실밖에 못 하고 있다. 물고기를 낚기 위해 던진 떡밥은 저수지 바

닥에 가라앉아 부영양화 현상을 일으키고 이는 녹조 현상으로 이어져 급기야 물을 썩게 만들고 있다. 이수(利水) 기능이 상실된 저수지는 하천을 유지하기 위한 용수로는 부적합할 뿐 아니라 오히려 수질을 악화시키고 있다. 하천을 살리기 위해서는 맑고 깨끗한 물을 저장할 수 있도록 저수지의 체계적인 관리가 이루어져야 할 것이다.

### • 3. 자연 그대로의 하천을 만들자

(1) 자연에 가까운 하천으로 정비해야 한다. 홍수 피해 등을 막기 위하여 어쩔 수 없이 하천을 정비해야 하는 경우를 제외하고는 가능한 자연 그대로 보전해야 한다. 부득이하게 인위적인 손길이 가해져야 할 경우에도 생태계와 하천 경관을 고려한 공법이 적용되어야 한다. 무리한 시공은 제방을 무너뜨리고 물길을 막아 참혹한 인재를 유발하기도 한다. 여울과 소 그리고 보를 비롯하여 저수로 호안, 제방, 습지, 둔치 등이 자연에 가까운 시설이 되도록 조성해 나가야 할 것이다.

(2) 하천의 부지를 최대한 확보하여야 한다. 하천은 자연 생태계의 동맥과도 같은 것이다. 그런데 제방은 물론 물길까지도 시설물이 들어서 있다면 어떻게 될까. 하천이 제 기능을 다 하기 위해서는 활동할 수 있는 충분한 공간이 확보돼야 한다. 이를 위해 주변의 자투리땅을 조사하여 하천 부지로 수용하는 등의 조치가 뒤따라야 할 것이다. 이는 생태계는 물론이고 수질 개선을 위해서도 필요한 조치이다. 경안천 발원지를 찾아 상류로 거슬러 올라가다 보면 제방을 점유하여 활용하거나 농

지의 형질을 변경하여 하천 가까이 별장식 주거시설을 지은 곳이 있는데 수변구역인 점을 고려하여 이에 대한 행정적인 조치가 뒤따라야 할 것이다.

(3) 가능한 보의 설치를 줄여야 한다. 경안천 상류의 보는 대부분 수중 생태계를 고려하지 않은 농업용수 공급을 위한 저류보로 설치돼 있다. 이는 생태계 단절과 어류 서식 장애, 상습정체 구역의 형성으로 인한 오염 물질 과다 축적, 조류 발생과 물고기 폐사(斃死) 등의 원인이 되고 있다. 하천의 자정능력을 높이고 생태계를 복원해야 한다는 측면에서 물고기가 자유롭게 왕래할 수 있도록 저류보를 없애야 할 것이다. 그러나 치수 기능도 간과할 수 없으므로 자연 상태를 고려한 어도(魚道)와 보 그리고 수문을 설치하는 방안도 모색해 나가야 하겠다. 보의 상류 바닥에 정체(停滯)되었다가 흐르는 물이 순환할 수 있도록 개선하면 수질은 물론 쾌적한 수변 공간이 확보될 것이다.

(4) 하천 제방의 유실을 막아야 한다. 자연형 하천을 조성하다 보면 우기에 이르러 침식과 퇴적이 일어나 제방이 유실되기도 한다. 안정성이 확보되도록 충분한 검정(檢定)을 거친 연후에 지형에 맞는 공법을 적용해 나가야 할 것이다. 또한 조성한 제방이 그 기능을 다 하고 있는지 점검하여 부적절하다면 개선해 나가야 하겠다. 식생 구조를 최대한 살려 궁극적으로 손실되는 일이 없도록 유지 관리가 지속해서 이루어져야 할 것이다.

# '우리누리' 활동을 통한 인성 기르기[*]

올해로 7년째에 이르는 활동이 있다. '우리누리'가 바로 그것이다. 사랑과 정을 함께 나누며 더불어 살아가는 우리들의 세상을 만들어 나가자는 취지에서 시작한 학급동아리의 문집 이름이었는데 지금은 아예 학급 명함이 되었다.

시심을 불러일으키고 무언가 쓰고 싶은 충동을 느끼면서도 이를 자기표현으로까지 이어가기란 그리 수월한 일만은 아니다. 대부분 마음으로 우러나는 감정을 느끼는 것만으로 만족해할 뿐 그 이상 드러내지 못하는 것이 현실이다. 말로는 이런저런 타당한 이유를 들어 괴변을 펼쳐내지만, 실상은 글로 표현하기가 어렵기 때문에 꺼리는 방식의 하나다. 이를 지켜보는 심정이 정말로 안타까웠다. 이대로 방관할 수만은 없다는 생각이 들었다. 특히 학창 시절의 열정과 이상을 아이들만이라도 부담 없이 펼칠 수 있도록 뒷받침해 주어야 하지 않을까 하는 마음에 선뜻 추진한 일이 '우리누리' 활동이다.

우선 아이들이 자기의 생각과 전달하고자 하는 뜻을 분명하게 드러내게 하려고 일상생활의 체험을 토대로 창의적으로 사고하고 참신하게 표현하는 능력을 기르게 하였다. 또한 정서적 안정을 도모함으로써 맑은 심성을 키워나가도록 이끌었다. 무언가 의사를 전달하고 싶은 마음은 있어도 표현력이 부족하여 주저하다가 마는 아이들을 어떻게 지도

---

[*] 경기도 용인교육청 『푸른 용인 교육』 2002년 여름호.

해 나갈까 하는 고민 끝에 나온 산물이 바로 문집 활동이다. 우선 이들에게 주어진 상황들을 경험으로 체득하고 습작하게 함으로써 글쓰기를 좀 더 가까이 접하게 하였다. 그런 다음 독창적인 자신만의 생각을 표현해 보도록 가닥을 잡아나갔다.

궁극적으로 논술 능력을 기르는 데 실제적인 도움이 되도록 하였고, 자기중심적인 편협함에서 벗어나 인성과 인격을 함양시키는 방향으로 물꼬를 터 나갔으며 나아가서는 학창 시절의 추억을 고스란히 남겨 주고자 문집 발간을 추진하게 되었다. 또한 선·후배 간에 돈독한 우의를 다짐으로써 자부심과 긍지를 갖고 동아리 활동이 이루어졌으면 하는 바람에서 '우리누리'를 펼치게 되었다.

이러한 동기와 취지 그리고 목적을 가지고 시작한 '우리누리'의 활동 분야는 다양하다. 우선 체육대회와 단합모임, 체험학습 등 학급의 기본적인 행사를 비롯하여 봄과 가을에는 시화를 준비하여 전시하고, 환경 의식을 고취 시키기 위한 봉사단 활동도 펼쳤다. 이러한 일련의 체험 내용을 토대로 문집과 시집을 발간하고 있다. 올해는 현재 시집이 세상 보기를 한 상태이며 지금은 문집 만들기가 진행 중이다.

처음에는 관심을 가지면서도 자신들의 이야기를 글로 써내야 하기에 선뜻 내키지 않는지 서로 눈치만 보며 관망하는 태도를 보였다. 일부 동아리들의 경우 생각은 있어도 표현력이 부족하여 글쓰기를 부담스럽게 여기기도 하였으나 대부분 능동적인 자세로 참여하기에 이르렀다. 무언가를 표현하고 싶은 생각이 있음에도 마땅한 글로 담아내지 못해 머뭇거리다 말거나 심혈을 기울였다지만 어설프게 드러나 있기도 하였다. 그러나 분명한 것은 원고 속에 퇴고의 흔적이 묻어나 있어 시나브로 늘어가는 글 재능을 엿볼 수 있었다. 게다가 이야기마다 그들만의 순박한 재치와 우스갯소리가 구수하게 배어났다.

특히 시화전을 함에 있어서 표현하고자 하는 내용을 함축시키지 못하고 열거하기에 급급하거나 이미 제시한 언어를 되풀이하는 수준에 머물러 우선 기초 다지기부터 해나가야 했다. 생각을 정리한 다음 여기에 운율을 살려 차분히 창작해 나가도록 하였고 적절한 시어 선택이 이루어지지 않았다 싶으면 다시 고쳐나가도록 한 결과 그 반복의 회수가 많게는 10여 차례에 이르러서야 겨우 내용이 담기게 되었다. 가까스로 시가 완성되었다 해도 여기에 머물지 않고 그림 그리기에 들어갔고 역시 아이들에게는 버거움으로 다가왔을 것이다. 시화전 준비를 함에 있어 부족한 인내와 끈기는 물론이고 참을성을 비롯해 차분히 주어진 일을 추진해 나가는 능력을 길러주고자 함도 있음을 지속으로 주지시키며 때에 따라서는 방과 후에도 남아서 준비를 하였다. 막바지에 이르러서는 선배들이 도와줌으로써 선·후배 간의 정도 쌓아나가도록 하였다.

그 결실로 여리고 어설프기만 하던 생각의 주머니가 점차로 굵직해지고 행동에도 믿음직함이 배어 나 있어 대견스러웠다. 내용도 예전에는 딱딱하고 말도 안 되는 소리로 일관하여 고개를 내 젖게 하였는데 꾸준히 노력한 결과로 매끄럽게 표현한 부분이 상당히 있어 글쓰기 능력이 향상되었음을 엿볼 수 있었다.

처음 시작할 때마다 예년과 같이 해낼 수 있을까 하는 우려도 많이 했으나 동아리들이 담임의 취지를 알아주어서 의외로 수월하게 원고의 수집, 정리와 함께 탈고가 이루어졌다. 무엇보다 앞선 기수의 후원과 격려가 할 수 있다는 용기를 갖게 했다. 시화전 행사에 선배들이 참여한 가운데 전시가 이루어졌고, 선·후배가 한자리에 모여 정을 나누는 계기도 되었다. 그뿐만 아니라 서로 간에 자부심과 긍지를 갖고 유대를 맺으며 건전한 동아리 활동으로도 자리를 잡아가고 있다.

이번 봄에는 '봉사하는 마음에 사랑이 가득하다'라는 주제로 제10회 시화전을 하였다. 교내 체육대회에 즈음하여 전시하였을 뿐만 아니라 월드컵 성공개최를 기원하는 전진 대회가 펼쳐진 수원 서호공원에서 전문인력 봉사단 활동의 하나로 선을 보여 참여한 학생들은 물론 시민들의 정서 함양에 기여도 하였다.

부담을 갖고 글을 쓰던 아이들이 이제는 생각하는 폭과 깊이가 더해져 어느 정도 의도하는 목적을 달성하기에 이르렀다. 여기에 머무르지 않고 좀 더 적극적으로 표현 능력을 길러나가는데 동아리들이 힘써 주었으면 하는 기대를 해본다.

# 환경 봉사, 활동을 마치며[*]

　이 세상에서 가장 아름다운 미소를 떠올려 본다. 예쁘다고 해서 지을 수 있는 그런 것이 아니기에 더욱 좋은 인상으로 다가온다. 지금의 기분이 바로 이러하다. 그러니 흥에 겨운 웃음이 입가에 머무는 것이리라. 바라만 보아도 정겨운 내 아이들의 놀이판에 시선을 모아 박자를 맞춘다. 몸은 햇발 내리는 곳에 앉아 있지만, 마음은 어느결에 인술의 손을 잡고 태현을 부르며 어깨동무하자고 한다. 그러면 진규 녀석이 앙증스럽게 다가와 제 이름도 불러 달라며 애교를 부린다.

　처음 이들을 만났을 때의 기억이 생생하다. 제 생각이 앞설 뿐 남의 말을 받아들일 줄 모르는 아이들이었다고 할까. 제 기분에 따라 행동하고 절제는 아예 생각조차 하지 않는 그런 태도였는데 어느 시점부터인지는 모르겠지만 시나브로 변해 가는 모습이 조금씩 윤곽으로 나타났다. 그러니 이를 지켜보는 즐거움이야 행복 그 자체 아니겠는가. 나의 품에 안기는 아이들이 마냥 좋게만 느껴진다. 아니 막연하게 느끼는 감정이 아니라 표현 그대로 솔직함이다. 이들의 능력이 어떠하냐가 아니라 함께 어우러져 호흡하려는 의지가 엿보여 더 마음이 끌린다. 어쩌면 이미 예고한 활동을 무리 없이 받아들이려는 자세가 기특해서 정이 느껴지고 베풀고 싶어지는지도 모르겠다. 어쨌든 올해의 우리누리 활동은 그렇게 시작되었다.

---

[*]　2002 경기도 청소년자원봉사대축제 지도자 도지사 표창장 소감문.

봉사의 개념은 그만두고 관심조차 없는 아이들에게서 자발적인 실천을 끌어내기까지의 과정이 문득 떠올려지며 풍선 터지듯 공중으로 흩어져 간다. 우선 우리누리 홈페이지를 방문하게 하여 그동안 선배들이 일구어 놓은 일들을 알아보게 함으로써 활동에 동기를 유발하였다. 그런 다음 아이들의 의식변화를 알아보기 위한 소감문 쓰기와 함께 봉사활동의 첫발을 디디는 절차를 밟았다. 우리누리 업적에 흠이 가지 않도록 열심히 하겠다는 반응 속에 처음 실행한 봉사활동에서 아이들의 태도는 기대 이상으로 진지하였다. 솔선하는 선배들을 따라 요령을 터득해 가는 모습이 어찌 그리도 대견스러운지 흐뭇함이 어깨를 으쓱하게 했다. 그러나 몇몇 녀석들의 경우는 시간 채우기에 관심을 두거나 눈치를 보며 하는 척하였다. 아직은 봉사의 진정한 의미를 모르니 그럴 수밖에 없지 않은가. 이들에게는 봉사에 대한 의식의 전환이 필요하다는 판단이 들었고 그래서 틈틈이 정신을 강화하는 교육을 하기에 이르렀다. 특히 봉사자로서 갖추어야 할 자세와 태도에 대한 소양 교육을 용인시 자원봉사센터와 연계하여 실시하였다. 그리고 경기도청소년자원봉사센터에서 주관하는 전문인력 봉사단 환경 분야에 참여하여 경안천의 실태 및 맑은 환경 가꾸기의 필요성, 오염 원인과 개선 방안의 모색, 수질과 대기 오염의 현황에 따른 문제 해결 방안 등에 관한 초청 강연을 함으로써 환경에 대한 인식을 새롭게 하고 봉사에 임할 수 있도록 이끌었다. 또한 내 고장 야생화의 아름다움과 소중함을 일깨우기 위해 2박 3일간 들꽃 체험 교실을 찾아 전문인력 봉사단으로서 자연환경 보호 방안에 대하여 생각하는 계기를 마련해 주었다. 그리고 용인 의제 21에서 실시하는 환경 교실에 참여하여 산과 하천의 생태 탐사는 물론 오·폐수, 쓰레기 처리장 등 시설 견학을 통한 현장 교육을 함으로써 환경 실태와 그 문제점을 인식시키는 의식 교육을 효과적으로 전개하였다. 그리고 이와 동시에 실천력을 동반한 봉사활동에 들어갔다.

우선 연간 계획으로 현대아파트 뒤편 경안천 상류 지역을 환경시설 보전 전담 구역으로 정하고, 3개 조로 편성하여 하천 정화와 함께 주차장 및 제방 풀숲에 버려져 있는 광고용 전단, 스티커, 담배꽁초, 유리 조각, 캔 등의 오물을 지속해서 주웠으며, 다리 밑과 같이 구석진 곳에 방치되거나 무단으로 투기한 각종 쓰레기를 종류별로 분리해서 수거하는 등 환경 파괴 방지와 쾌적한 생활을 위하여 내 고장 하천 가꾸기 운동을 펼쳐나갔다.

또한 용인시 주민자치 환경과, 용인시 자원봉사센터, 바르게살기운동 용인시위원회 등 공공기관이나 지역사회 단체와 연계하여 월드컵 대비 친절·질서·청결을 위한 기초 지키기 캠페인 활동을 주기적으로 전개하였으며, 전문 인력봉사단 발대식을 겸한 월드컵 성공개최를 위한 전진 대회에 참가하여 수원 서호공원에 100여 점의 시화 작품을 전시함으로써 시민과 학생들의 정서 함양에 이바지하는 문화 봉사와 함께 행사 뒷마무리 청결 활동도 펼쳤다.

봉사단의 특색 사업으로는 1인 1 나무 갖기 운동의 하나로 경안천 제방 도로변에 내 나무 '무궁화'를 심고, 물 주기와 풀 뽑기 등 지속해서 관리해 온 결실로 꽃이 만발하게 피어 이곳을 찾는 사람들에게 잠시나마 여유를 가질 수 있는 공간을 제공하였다. 그리고 수도권 상수원의 하나인 경안천의 발원지를 1박 2일의 일정으로 야영을 겸하여 찾아 나섬으로써 인간 생활에 없어서는 안 될 물의 소중함을 일깨우고, 한 방울의 물이라도 아낄 줄 아는 문화 시민으로서의 환경 보전의식을 고취했으며, 오폐수처리시설 견학과 함께 전문 강사를 초빙하여 수질의 현황, 오염의 정도와 원인을 알아보고, 하천의 자연도 평가도 하였다. 또한 생태조사 과정을 통해 학생들 스스로가 어떻게 하면 하천을 보호해 나갈 수 있는지에 대한 해결방안을 모색하면서 정화 활동을 전개하였다.

장마철에는 하천 유실의 원인 중 하나가 되었던 다리에 걸린 수초를 제거하고 떠내려온 쓰레기를 수거하는 등 경안천 수재 지역의 복구와 청결 활동도 펼쳤으며, 용인시청 환경 관련 주무 부서와 협조체제를 구축하고 경안천 지킴이 활동을 정기적으로 해나감으로써 문제점을 제시하고 해결방안을 모색하는 등 수질 개선을 위한 홍보와 하천 정화를 지속해서 해나갔다.

향토문화 유적 답사를 겸하여 처인성을 비롯해 서리 고려 백자 요지(窯址), 이한응 열사 묘소 등을 순례하며 환경정화를 함으로써 애향심을 길러주었고, 용인시민의 날을 비롯하여 지역문화 축제 한마당, 환경음악회 등 각종 행사 시에 시화 작품을 문예회관, 종합운동장, 하천 둔치, 시립도서관 등에 전시하여 시민들의 환경 의식을 고취했으며, 경안천 지킴이 활동을 통해 수집한 자료를 모아 생태 환경 실태와 야생화 사진을 볼 수 있는 기회를 제공함으로써 환경의 소중함은 물론 보전의 필요성을 인식시키는 계기를 마련하는 활동을 펼친 우리 아이들이 어찌 자랑스럽지 않다고 하겠는가?

이 아이들에게 좀 더 자발적인 봉사 의식이 심어졌으면 하며, 이것이 이들을 이끌어 나가는 보람이 지 않을까. 내일은 또 어떤 모습으로 변해갈까. 최소한 뒷걸음질하는 아이가 없기를 바라며 잔소리를 해댄다. 이 담임의 단호한 꾸중이 듣기 싫을 만도 한데 눈길 마주치기라도 하면 뭐가 그리도 좋은지 웃음을 그칠 줄 모른다. 다그쳐 연유를 물으며 본색을 알아챘는지 하나도 무섭지 않다고 한다. 오히려 의중을 알기에 약간의 사투리 섞인 말투가 친근하게 느껴진다고 한다. 그럼 은근히 미안해지고 그래서 덥석 껴안아 가슴을 맞댄다. 그리고 하나가 되어 오물을 줍고 수거한 쓰레기를 분리한다. 이것이 이네들과 나와 이루어지는 대화의 시작이자 끝이다. 아이들과 마음을 나눌 수 있다는 그 자체가 즐거움이요, 행복이다. 이들의 인성이 다듬어져 가는 모습을 지켜보는 것이 요즘 나의 유일한 소일거리가 되었다.

봉사로 칭찬받는 것이 어색함으로 다가온다. 그러나 약간의 아쉬움은 남는다. 아이들의 노고에 어울리는 의미 있는 격려가 주어졌으면 하는 바람이 그것이다. 애들아, 수고했다. 믿고 따라주어 고맙고, 사랑과 정을 함께 나누며 더불어 살아가자는 우리누리 정신을 잊지 말자꾸나. 이 담임은 너희들을 무척이나 사랑한다.

# 함께한 세월, 자취는 남아[*]

　동아리와 함께 봉사라는 이름으로 활동한 지가 어언 10년의 세월이 되었다. 처음엔 단순히 학교 주변과 마을 골목길의 쓰레기를 줍는 정도였다. 어떤 거창한 명분을 내세우지도 않았고 그저 지저분하다 싶어 마음에서 우러나 손길을 내밀었다. 칭찬을 듣고자 함도 아니었다. 의당 치워야 한다는 생각이 실천으로 이어졌을 뿐이다. 봉사단이라는 형식적 틀을 갖출 필요도 느끼지 못했다. 우리가 살아가는 삶터이니 깨끗이 해야 함은 당연하다 싶었다. 시간에 연연한다거나 요령을 피워 미적거릴 까닭도 없었다. 사제동행으로 교외에 나가는 자체가 즐거움이었다. 거리의 청결 정도는 자연스럽게 해야 할 일상으로 여겼다. 일부러 봉사 거리를 찾아 나서지도 않았다. 의견을 내어 무리가 없으면 모두가 따랐다. 그렇게 우리누리는 세상 보기를 했다.

　경험이 부족해 어설픔이 많았지만 나름대로 만족도는 컸다. 조금씩 이력이 쌓이면서 지역사회에 눈길을 두었고, 수도권 상수원의 하나인 경안천의 오염이 심각함도 알게 되었다. 그래서 계획한 첫 프로그램이 내 고장 하천 가꾸기였다. 이것이 오늘의 '경안천 지킴이' 활동이다. 초기엔 하천에 나가 오물이나 수거하는 수준이었다. 환경이나 봉사에 대한 전문성도 없이 착한 심성 하나로 열심이었다. 해가 거듭될수록 보완

---

[*] 청소년위원회가 주최하고 한국청소년자원봉사센터가 주관한 2005 대한민국 청소년 봉사상 환경보전부문 우수상 수상 지도교사 소감문.

된 모습으로 거듭났다. 전담 구역을 정하여 매월 정기적으로 정화도 펼쳤다. 이러한 활동이 알려져 자연스레 우리누리 환경봉사단이라는 이름으로 얼굴 내밀기를 하였다. 주변의 권함 속에 자원봉사센터에 등록함으로써 전문 봉사단의 길을 걷기에 이르렀고 그해 우수 봉사단체로 선정되어 용인시장으로부터 표창도 받았다.

환경 관련 공공기관과 단체의 후원 속에 다양한 프로그램을 개발하여 밝은 빛을 냈다. 푸른 거리 조성의 하나로 제방에 무궁화를 심었고, 하천의 실태를 알아보기 위해 발원지 찾기도 하였다. 봄과 가을에는 환경이나 봉사에 관련된 시를 지어 전시도 했다. 또한 환경 실태를 촬영하여 시민에게 알리면서 개선하자는 캠페인도 벌였다. 봉사단원은 물론이고 지역 주민 모두에게 환경 보전과 봉사 의식을 일깨우기 위해 힘썼다. 이를 통해 봉사단의 면모를 체계적으로 갖추어 나갔다. 지역사회가 안고 있는 현안을 찾아내어 고쳐나가자고 건의도 하였다. 장마철 범람으로 둔치가 유실되었을 때는 수해복구에 앞장섰으며, 봉사단체와 연계하여 하천 살리기 운동도 벌였다. 그 결실로 시장상을 비롯해 도지사상, 청소년개발원장상이 주어지기도 했다.

여기에 머물지 않고 영역을 넓혀 1산 1하천 가꾸기에 시선을 모았다. 중앙공원인 노구봉을 대상으로 실태 조사와 함께 활동 거리 개발에 들어갔다. 먼저 산책로와 약수터, 현충탑 주변 정화에 이어 시설물을 관리하였고, 건조기에는 산불 예방감시 활동을 펼쳤으며, 추석 무렵에는 무연고 묘지를 찾아 벌초와 벌목을 했다. 또한 야생 꽃길을 조성하여 가꾸었고, 외래식물 뽑기도 전개해 나갔다. 봉사단의 지속적인 노력의 결과로 전국 중고생자원 봉사대회에서 동상을 받았고, 매년 실시해 오던 향토문화유적답사 정화 활동으로 전국자원봉사대회에서 우수상을 받는 쾌거를 거두기도 했다.

지역사회 어우러지기도 가졌다. 물의 날을 비롯해 환경의 날, 지구의 날 등에는 지역사회 단체와 연계해 하천을 정화하고 의식을 일깨우는 환경 캠페인도 펼쳤다. 양로시설을 방문해 말벗과 안마를 해드렸고, 동사무소 등에서는 업무 보조로 봉투 접기, 우편물 발송 작업을 하였다. 농촌체험을 겸하여 일손 돕기로 농작물의 잡풀을 뽑아냈다. 그리하여 경기도 교육감 표창을 받았다. 모두 봉사 단원의 자발적인 참여가 있었기에 가능하였다. 이제는 전문성을 갖춘 환경봉사단으로서 역할을 충실히 이행하는 단계에 이르렀다. 그간 쌓아온 업적은 고스란히 후배 단원에게 자부심과 전통으로 이어져 가고 있다. 이제 좀 더 전문성을 발휘해 거듭나야 할 시점에 섰다.

경안천 지킴이, 노구봉 가꾸기, 마을 골목길 정화, 환경 보전 캠페인 등은 내 고장 삶터 가꾸기로 매월 매주 정기적 활동이 되었으며, 향토 문화 유적 답사 또한 자율등교일에 실시하고 있다. 이를 한데 묶어 환경사랑 봉사 실천 교육프로그램으로 진행도 하였고, 이제는 환경 보전 실천 다짐으로 쓰레기 줍고 버리지 않기 서명 운동을 펼치는 등 의식화에 주력하고 있다.

봉사단의 작은 움직임이 지역사회 나아가 지구 환경에 조금이나마 도움이 되었으면 하는 바람으로 손길을 내밀 거라 다짐해 본다. 생각이 바뀌면 태도 변화가 일어나고, 의식이 깨쳐야 실천도 기대할 수 있기에 동아리와 인연을 맺은 그 순간부터 봉사 정신을 집중적으로 강화해 나갔다. 선뜻 자발성을 발휘하는 이네의 행보에 오늘의 우리누리가 존재함이다. 날로 서광을 드리울 수 있음도 그 중심에 봉사단의 손길이 다사롭게 전해옴에서다. 그러하니 칭찬을 아끼지 않음이다.

그럴듯한 미사여구로 뿌듯한 보람을 느꼈고 깨달은 점도 많았다는 투로 자랑삼지는 않으련다. 정말 그리 드러내어도 되는지는 성찰해 보아야 하기 때문이다. 당연히 해야 할 일을 가지고 무슨 특별한 업적이라도 남긴 듯이 떠벌림은 그 자체가 욕됨이란 생각에서다. 다만 동아리 구성원에게 환경과 봉사에 대한 의식을 심어주고자 했으니 실천을 독려한 흔적만을 미안함으로 간직하고자 한다. 어느 정도로 가치가 있고, 영향이 미쳤을지는 모르겠다. 다만 지금, 이 순간, 이네의 뇌수에 맑고 깨끗한 삶터가 펼쳐졌으리란 확신은 변함이 없다.

끝으로 인간 삶에 있어서 가장 큰 행복은 자연 친화적인 환경 속에서 스스로 그러하게 살아가는 것이라 한다. 쓰레기를 줍고 버리지만 않아도 구태여 정화를 떠올리거나 구호를 내세울 필요가 없는 이런 것이 바로 우리가 추구하는 참살이가 아닌가 싶다.

# '우리누리' 10년의 역사를 쓰다

작심삼일이란 말이 있다. 그만큼 뜻을 두고 이루어 간다는 그 자체가 힘들다는 이야기다. 그래서일까. 어디 해보라는 식이었다. 처음엔 의욕적으로 해내지 못할 것이 없어 보이지만 조금 지나면 제풀에 지쳐 그만둘 것이라 했다. 심지어는 주목받고 싶어서 그런다고 비아냥거렸다. 이런 소리를 듣기가 싫어서 오기로 지금에 이른 것은 아니다. 누가 뭐라하든 가야 할 길이다 싶어 나름대로 의욕을 가지고 추진하였을 뿐이다. 어떤 계산의 마음이 있었더라면 미루어 짐작하고 섣불리 단정까지 서슴지 않는 이네의 호언에 일조하였을 것이다. 이와는 무관하기에 오로지 옳음의 한길만을 바라보고 행하여 오늘에 이르렀다. 무려 10년이라는 성상이 우리누리의 역사와 더불어서 함께하였다.

그간의 희노애락(喜怒哀樂)이 뇌수에 머물러 감회를 새롭게 한다. 일을 추진함에 순탄함만 있다면 못해낼 것이 없다. 누구나 다 할 수 있으니 대수롭지 않은 일상이라 해도 지나치지 않다. 그러니 의미를 부여하거나 가질 필요도 느끼지 못함은 당연하다. 관심도 두지 않으려니와 시샘의 눈총을 받지 않아도 되었을 거다. 솔직히 참고 견디어내야 하는 고충이 너무도 많고 컸다. 마치 시험대에 오른 듯이 장애 요인이 의외로 많아 중도에 포기하고픈 생각도 여러 번 했다. 그만큼 힘겨웠고 인내와 끈기가 더욱 요구되었다. 그때마다 마음을 다잡아 한 발짝 더 내디딜 수 있었음은 전적으로 동아리의 힘이다. 이들마저 곁에 있지 않았다면 가까이 다가설 엄두도 내지 못했을 것이다.

해를 거듭하여 감에 따라 활동이 어느 정도 괘도에 오르고 판을 벌여 신명 나게 놀아갈 무렵으로 기억된다. 사람의 일에 갈등이란 항상 존재한다. 내적이라면 그런대로 감당해 내어 풀어볼 엄두라도 낼 수 있다. 문제는 생각지도 않은 외부의 은근한 압력이다. 전폭적인 지지나 후원은 처음부터 바라지도 않았거니와 그냥 내버려 두면 잘해 나갈 텐데 가당치도 않은 꼬투리로 빌미 삼아 흔들기에 곤혹스러움을 겪기도 했다. 때로는 사욕의 손길을 서슴없이 내밀어 심기가 불편한 적도 있었다. 물론, 이런저런 연유를 들추어 누가 이러했다고 험담 늘어놓으려 함은 아니다. 다만 그러함에도 불구하고 초지일관해 온 결실이 시선을 붙잡기에 좋아서 살짝 풀어진 넋두리다.

매번 되뇌어도 싫지 않은 '우리누리', 사랑과 정을 함께 나누며 더불어 살아가는 우리 세상 만들어 나가자는 취지로 뜻을 같이한 동아리의 모습이 기수와 상관없이 환한 미소로 다가온다. 일일이 손잡아 안부를 나누고 싶은 심정 또한 간절하다. 각양의 분야에서 제 나름의 역할 다하며 지내고 있다는 소식이 사뭇 반갑다. 청출어람이 죽순처럼 돋아나 햇살 가득 온 누리를 비추기에 기쁨으로 충만하다. 그 어디에서 무엇을 하든 일취월장에 안녕이 깃들길 축원해 본다.

문득 떠오르는 얼굴이 있다. 폭풍의 세월을 어렵사리 극복하고 늦깎이로 배움의 길을 걷기에 대견스러운 친구다. 그때 제대로 이끌어주었더라면 하는 아쉬움이 늘 남았는데 어느 날 들려온 한 통의 전화는 가르침의 즐거움을 간직하게 하였다. 중도에 그만두었던 배움을 늦깎이로 다시 갖고자 하였고 학적을 어렵사리 찾아 기꺼이 복학의 절차를 밟았던 적이 엊그제 같은데 벌써 두 해가 지나 한 해만 더 견디어내면 졸업이라 기특함에 마냥 좋아 아른거린다.

　동아리 활동을 펼침에 있어서 특별히 어떤 욕심을 갖고 일을 벌이지는 않았다. 주어진 여건을 좀 더 나은 방향으로 만들고자 했을 뿐이다. 인격을 갖춘 사람다운 사람이 되기를 바랐다. 대접받지는 못할망정 최소한 무시당해서는 안 되기에 창의적인 사고로 능력을 길러나가도록 했다. 최소한 자기 생각을 일관되게 갖고 살아가기를 바랐다. 의사 표현을 논리적으로 분명히 하라고도 하였다. 이를 위해선 글을 많이 읽고 생각해 써보라 하였다. 경험을 쌓는 활동에도 주력했다. 환경을 보전하기 위한 봉사도 추진했다. 그 과정에서 시행착오도 겪었지만, 동아리가 원만히 잘 따라주는 협조로 많은 성과를 거두었다.

　해마다 시장상은 기본이고 한국 청소년개발원장을 비롯해 경기도 지사와 교육감으로부터 표창장을 받았다. 전국 중고생 자원봉사대회 동상과 전국자원봉사대회 우수상을 받는 즐거움도 한껏 느꼈다. 특히 올해는 청소년위원회 위원장으로부터 대한민국 청소년 봉사상을 받는 기쁨도 만끽했다. 모두가 동아리의 자발적인 협력이 있었기에 가능하였다. 참으로 대견스럽다고 아니할 수 없다.

　무엇보다 선후배 간에 끈끈한 정이 쌓이고 동기 간에 우정이 돈독해져 감을 지켜보는 눈길이 따뜻하다. 일련의 활동을 통해 바람직한 인성이 길러지고 함께 더불어 하는 공동체 의식과 애향심이 싹트리라 확신한다. 여기에 머물지 않고 자기 성장의 밑거름으로 작용하길 바란다. 그리하여 우리누리가 추구하는 세상이 열렸으면 좋겠다.

# 환경지킴이 봉사단, '우리누리'

2012

　환경봉사단 우리누리 17기 발대식을 가진 지도 벌써 여러 날이 되었다. 매년 이맘때면 절차를 밟듯이 새로 맞이한 아이들에게 환경에 관한 이야기와 함께 봉사의 필요성을 강조하고, 그래서 올해는 너희가 봉사단 활동을 할 거라며 선언부터 한다. 그리고 시간만 나면 의식화에 돌입하여 환경 사랑 봉사 실천을 설파하기 일쑤다. 그래서일까? 어느 해부터는 의당 그러려니 받아들이더니, 이젠 오히려 더 적극적으로 앞서서 참여하는 모습이다. 더욱이 이번 단원은 지난해에 같이 어우러진 경험이 있는 동아리여서 구태여 설명하지 않아도 알아서 척척 앞장선다. 그러니 이를 지켜보는 마음이 흐뭇해 미소가 지어지고 봉사하는 재미가 쏠쏠하다. 이러한 장을 마련하길 잘했다고 하는 자족에 마냥 즐겁기도 하다.

　세상에 드러내고 활동한 지도 어언 열일곱 성상에 이른다. 처음부터 봉사할 목적으로 만든 단체는 아니었다. 아이들에게 글쓰기를 지도하려는 의도에서 글감을 찾아 체험학습을 시키려고 지역사회에 눈길을 두었는데, 그래서 봉사에 관심을 기울이다 보니 오늘에 이르렀다. 초기에는 학교 주변의 오물 줍기로 시작한 활동 거리가 점차로 영역이 넓어져 남동 마을 길과 중앙공원 산책로 그리고 경안천 상류 지역을 전담하여 1산1하천1마을 지킴이 정화를 삶터 환경 가꾸기로 매주 금요일 방과 후에 추진하고 있다. 환경 보전과 기초질서 지키기 캠페인을 비롯해 노구봉 산책로 꽃길 조성, 무궁화 가꾸기, 환경 실태 야생화 사진전 등을 실시하였고, 태안 유류 유출 사고 현장에도 두 차례나 다녀왔다. 토요일을 활용해서는 향토유적답사 순례 정화로 문화재 주변의 오물을 수거하면서 관리 실태를 조사하였다. 또한 환경의 날을 맞이하여서는 경안천 발원지 찾기와 물줄기 탐사를 통해 하천의 생태 환경을 살펴보았고, 이외에도 현충일 즈음에는 현충탑 주변의 시설물을 관리하였으며, 봄철 건조기에는 중앙공원 산불 예방감시, 추석맞이로 무연고 묘지 3기를 벌초하는 등의 활동도 펼쳤다.

끊임없이 발생하는 쓰레기를 주워내기만으로는 쾌적한 삶터로 만들기에는 근본적인 해결이 되지 않는다는 판단에 오물을 줍고 버리지 말자는 구호와 함께 의식을 일깨우자는 생각에 환경 사랑 봉사 실천을 주제로 시화를 마련해 지역사회 문화 행사와 연계하여 매년 정기적으로 전시를 하였다. 지난해에는 용인 중앙도서관과 수원 영통의 매미공원에 전시하여 오가는 시민의 관심을 끌어냈으며, 제7회 용인시 청소년동아리 축제 전시 부문에서 우수상을 받았다.

오늘은 물의 날을 계기로 아이들과 더불어 경안천 정화 활동에 나섰다. 물줄기를 따라 상류로 거슬러 올라가면서 하천과 제방 주변의 오물을 수거하는데 삼삼오오 무리 지어 쓰레기를 주워나가는 모습이 마치 모였다 흩어지는 새의 무리 같다. 무어라 종알거리며 때로는 가볍게 장난도 치면서 우정을 다지는 광경이 무척 친근하게 다가온다. 사랑과 정을 함께 나누며 더불어 살아가는 아름다운 우리 세상 만들어 나가자는 취지로 결성한 환경봉사단 '우리누리' 동아리, 여기에는 우려와 염려 가득한 학교폭력은 없다. 정으로 다진 인성만이 무럭무럭 왕성하게 자라나고 있다고 은근히 자부한다.

환경의 중요성을 인식하고 봉사의 필요성을 느끼면서도 실천 의지가 미약한데다 봉사를 한다 해도 시간 채우기에 관심이 가 있는 것이 현실이다. 환경 봉사는 표시도 나지 않으면서 더럽게 쓰레기나 줍는 정도로 여기고 꺼림도 사실이다. 환경은 우리 삶의 총체적 개념임에도 자연 생태계의 파괴와 오염 실태만을 염두에 두고 문제점을 거론할 뿐이다. 또한 봉사에 대한 인식이 부족하여 방관적인 태도로 일관한다. 형식에 치우칠 뿐 아니라 프로그램도 부실한 실정이다. 따라서 자발성에 바탕을 두고, 지속해서 추진해 나갈 수 있는 실천 위주의 진정한 봉사가 절실히 요구된다고 하겠다. 특히 교육 차원의 학생 봉사는 체험학습을 겸하여 의도적으로 접근해야 한다는 점에서 생각이 바뀌고 태도가 변화될 수 있는 프로젝트를 구안하여 실행해야 할 필요성이 대두되기에 '우리누리'의 존재 가치가 더욱 크다고 하겠다.

수도권 상수원인 경안천 상류의 물줄기를 찾아 환경 실태를 살펴보면서 오염 물질을 수거해 나감으로써 하천의 중요성과 정화의 필요성을 깨닫고, 조상의 얼이 담긴 향토유적 순례를 통해 문화유산의 소중함을 일깨우는 계기가 되어 애향심이 길러졌으면 하는 바람이다. 또한 실천적인 환경 보전 의식의 함양으로 더불어 사는 공동체, 살기 좋은 지역사회가 구현되기를 기대해 본다.

애들아! 이번 토요일에는 경안천 발원지로 가자꾸나!

# 봉사는 무슨? 그러해야 하는데

2012

눈을 지그시 감고 이번엔 어떤 내용으로 소감을 말해야 할지 고민에 빠져 한참이나 상념에 머문다. 예의상으로라도 분명 무어라고 몇 마디 정도는 해야 하는데 선뜻 주절거리기가 두려워 머뭇거려진다. 그리고 자신에게 묻는다. 정말로 봉사하긴 하였는지, 그간 해온 일이 봉사인 게 맞는지 되돌아보아진다. 옳다 싶어서 손길을 내민 일을 가지고 말이다. 의례적으로 건네는 인사가 아니라 그냥 나 자신에게 겸연쩍다. 이런 걸로 낯 내세워도 되는 거냐고 자문하고 싶다.

우리의 옛 선인들은 봉사란 말을 쓰지 않았다. 살아가는 일상이 지극 정성으로 예를 다해 함께 더불어 하는 일이었으니 구태여 쓸 필요를 느끼지 못했다. 그것도 자원이란 말까지 덧붙여 가면서 의미를 두지 않았다. 모든 행동을 양심에 기반한 판단에 따라 자발적으로 삶 자체에서 늘 해왔기 때문이다. 이를 두고 스스로 원해서 한다는 등의 조건을 달았겠는가. 그저 공경과 섬김의 마음에서 우러나 우러르는 생활을 해 온 것이다. 그러니 그 어디에도 봉사란 말이 없다. 그래서일지는 모르지만, 자원봉사에 대한 풀이를 하나같이 외국어에서 빌려 인용하는데 의아하지 않을 수 없다. 우리에겐 정말 내세울 만한 유례가 없어서일까. 그야 남의 것이라도 본받을 가치가 있다면야 의당 배우고 익혀야 하겠지만 그 본래의 의도하는 바가 다르다면 굳이 끌어다 쓸 당위가 있겠는가 싶다.

일반적으로 자원봉사의 유래를 말할 때 '자유 의지'라는 뜻의 라틴어인 볼런터스(Voluntas)를 어원으로 삼아 자원봉사활동 정신을 볼런터리즘(Voluntarism)이라 하고, 자원봉사자를 볼런티어(Volunteer)라 부르며, 마치 자원봉사의 시원(始原)이 서구인 듯이 단정 지어 신봉하라는 인상을 은근히 각인시켜 주는데 왠지 달갑지만은 않다.

　받들어 섬김은 중세 유럽의 봉건제도와 밀접한 관련이 있어 보인다. 제후와 기사의 관계에서 계약 성립이 바로 봉사가 아닌가 한다. 영지와 봉록을 주고 대신에 충성을 맹세하는 데에서 힘의 논리에 따라 배반과 배신이 이루어지고 이를 견제하려다 보니 조건이 붙어 계약에 따른 봉사라는 말이 생겨났다고 본다. 기사도나 신사도가 바로 그러한 예가 아닐까 싶다. 더 나아가 노블레스 오블리주(Noblesse oblige)도 마찬가지이다. 명예에 맞게 의무를 다하라는 계약에 따른 약속 지키기인 것이다. 그런데 목숨을 걸고 전투를 벌이다 죽거나 영토를 넓혀도 계약에 따를 뿐이라면 누가 최선을 다하겠는가. 형식적으로 임하여 위기 상황에 몸을 사렸음은 뻔하다. 그래서 애쓴 공적의 경중에 따라 보상이 주어졌을 것이다. 계약에 없는 대우에 대해 성립된 또 하나의 계약이 자원이지 않을까. 스스로 원해서 봉사료를 주었으니 계약 이외의 그 어떤 대가도 바라지 말라는 뜻에서 조건이 붙지 않았나 싶다. 이는 봉사자의 자세에서도 무대가(無代價)로 나타난다.

　그에 비하면 우리는 문헌 어디에도 봉사란 말이 없는 듯하다. 왜일까? 필요성을 느끼지 않아서였다. 우리 민족의 형성단계로 거슬러 가보면 씨족이라는 혈연으로 맺어져 싸움이 나면 목숨을 걸었고 그에 따른 본성으로 자연스레 보상이 주어졌다고 본다. 생산력을 가진 장정이 전쟁에서 다치거나 죽기라도 하면 부족이 이들은 물론 그의 자식과 부모를 보살피고 받들어 섬긴 데서 봉사가 유래하였는데 이를 효(孝)나 예(禮)라 칭하였다. 우리의 인사말에 특정한 용어가 없이 '잘 지내느냐', '건강은 어떠하냐?', '안녕하시냐?' '밥은 먹었냐?' 등의 안부를 묻고 살피는 일상의 말에 봉사가 녹아들어 있다고 하겠다. 그러니 봉사라는 말이 기록으로 없음은 당연하다. 이는 공동체로서의 협동심과 단결력이 필요한 농경문화와도 관련이 있음이다. 그래서 대가를 바라지 않고 서로 돕는 두레와 향약, 품앗이가 있지 않은가. 이 모두가 우리 민족이 예로부터 스스로 원해서 받들어 섬기는 심성을 길러왔기에 가능했고, 이어받아야 할 진정한 전통으로써의 미풍양속이 봉사인 것이다.

그러니 나의 봉사는 특별함이 없는 일상생활의 한 부분일 뿐이다. 아니 그러하길 바라는 마음으로 행할 뿐이다. 어떤 이가 말하길 선생님은 왜 시설 봉사를 하지 않느냐고 묻기에 그런 데는 그 분야의 전문가 몫이라서 혹여 폐를 끼치지 않을까 해서이기도 하지만 대부분이 그곳에 시선을 두고 있으니 저라도 사람들이 살아가는 삶터 환경에 관심을 기울여야 하지 않느냐고 웃어넘겼다. 학년 초에 언뜻 들으니 한 학생이 왜 하필이면 더러운 쓰레기나 주우라는 거야 하면서 투덜대기에 그랬다. 네가 버린 만큼만 주워내라고, 그리고 앞으로는 절대 버리지 말라 하였다. 세상 사람 모두가 그리한다면 환경지킴이는 없어도 될 것이다. 그때쯤이면 아마 나의 능력을 살려 재능봉사로 글을 읽고 쓰는 일을 하지 않을까 하는데, 그러려면 일상으로 버리지 않는 생활을 해야겠다. 그러해야 하는데… 다들 그랬으면 좋겠다.

# 뒤늦은 나의 행보, 자리 옮김

2013

인생이란 참 알다가도 모를 일이다. 50을 지천명이라 했거늘 하늘의 뜻을 알 만도 한데 아직도 모르겠다. 아니 모를 일이다. 예순을 바라보는 망륙(望六)을 이제 막 지난 나이에 이르러 맞이한 뒤늦은 나의 행보, 그러니까 그간 몸담았던 사립인 태성중학교에서 공립인 조원중학교로의 자리 옮김은 내 삶에 많은 변화를 요구했고 또한 그리되어 가고 있는 듯하다. 24년이라는 성상을 머물며 희로애락을 누리고 겪었던 기억을 뒤로하고 떠나온 지도 어언 몇 개월이 훌쩍 지나 한 학년을 마무리하는 즈음에 와 있다. 가타부타하기보다는 이젠 추억의 한 장면 장면이 아련해진다. 그래도 그때가 좋았고 함께 해온 지인들이 더욱 가깝게 느껴진다. 그간 지내오는 사이에 시나브로 정도 들었고, 때로는 먼 일가보다 가까운 사촌이요 형제와도 같다는 생각이 든다. 그만큼 살아온 생의 반 가까이 같은 울타리에서 지내왔는데 헤어짐이라는 현실에 한마디로 이제 그립다. 어느 날이든가 아침에 출근하는데 무심결에 용인 방향으로 가고 있음을 뒤늦게야 알아 되돌려 수원으로 향한 적이 있다. 그만큼 내 몸이 태성에 맞추어져 있음이다. 교직 생활의 기틀 또한 그곳에서 다져온 습성이 초석이 되었다.

그래서일까. 이곳에서도 버릇처럼 저질러진 일이 한둘이 아니다. 그간 환경 봉사에 관심을 기울여온 터라 환경봉사단 '우리누리'를 조직하여 발대식을 하고, 수원시 자원봉사센터에도 단체 등록을 하였다. 또한 장안구청과 연계하여 조원동 주민자치센터와 협조체제를 구축하고 환경정화에 필요한 물품을 지원받는 등의 조치로 봉사활동 거리를 찾지 못하는 학생들에게 지속해서 지역사회에 이바지함은 물론 자기 계발도 할 수 있는 토대를 구축하였다. 그리고 주어진 환경을 가꿈에 있어 손길을 건네거나 않거나는 그 청결함에 큰 차이가 있게 마련이다. 시킴 속에서는 그 어떤 변화도 가져오지 못함을 알기에 미약한 힘이나마 일조하고자 교정을 쓸고 분리수거를 자청으로 해오는 동안 기대한 변화의 흐름을 느끼는 즐거움도 쏠쏠히 맛보기에 이르렀다. 백 마디 말보다 꾸준한 실천력이 사람의 마음을 움직이게 한다는 지론이 틀리지 않음을 입증해 주어 더욱 뿌듯함으로 다가왔다. 최소한 내 학교를 귀히 여기지는 못할망정 은연중에 천시하지는 않게 되었다고나 할까. 아무 데나 쓰레기를 버리고 방치하여 보고도 못 본 체하고 외면하는 모습이 점차 줄어들고 있음은 희망적이다. 줍기 싫거들랑 버리지나 말라는 호소가 허공에 떠도는 메아리가 되지 않기만 해도 다행으로 변화의 시작이라고 본다. 청결 의식의 부재로 보였던 학년 초에 비하면 지금은 학교 환경이 많이 달라져 있음을 실감한다. 비단 누가 앞장서 솔선했기에 나타나는 성과라 말하기보다는 조원의 구성원 모두가 조금씩 보이지 않는 태도 변화를 가져왔기에 가능했던 우리의 모습이라 하겠다.

사실, 조원중학교 아이들은 기존에 내가 대해온 태성의 학생들과는 상당히 달랐다. 그야 의당 아이들이야 버릇이 없고 천방지축이라서 아직 사람 사는 이치를 다 모르기에 가르침을 주어 깨닫게 하려고 교육을 하는 거라지만 되바라짐의 정도부터가 차이를 보였다. 사제 지정을 생각하기에 앞서 단지 학교에서 교과의 내용을 전달하는 월급쟁이에 지나지 않는다는 투로 대하는 듯해 마음이 편치 않았고, 이래서 어떻게 가르침을 펼치고 사람다운 사람으로 거듭나게 할 수 있을까 하는 회의(懷疑)도 들었다. 아이들과 교감하며 다양한 현장 체험활동을 펼쳤던 태성에서의 함께 더불어 사는 맛을 이곳에서는 묘연할 것 같다는 생각이 들기도 했다. 집중하여 본받아도 부족할 인생의 성장기에 가르침을 주는 선생을 대하는 아이들의 태도는 절로 고개가 설레설레해졌고, 낙심도 컸다. 그간 부인해 왔던 공교육이 무너졌다는 현실을 실감하기에 넉넉함을 주었다. 아무리 중2라지만 그래서 이때는 전두엽이 어떻고 하여 교통정리가 되지 않고 뒤죽박죽인 상태라 이해해야 한다지만 그 지나침은 한마디로 무질서를 넘어 난장판의 인상을 주었다. 그러니 실망감은 두 배 세 배로 무척이나 컸다. 그런데 위안이랄까. 동료 선생님들의 말에 따르면 다른 학교에 비해 그래도 이 아이들은 괜찮은 측에 속한다는 것이었다. 그렇다면 나는 태성이라는 온실에서 학생들을 가르쳐왔단 말인가. 그간 함께한 아이들이 얼마나 유순한 아이들이었는가를 새삼 느꼈고 고마움이 새록새록 느껴졌다. 마치 마당을 나온 암탉처럼 이 상황을 헤쳐 나가기 위한 몸부림이 절실히 필요했다.

먼저, 아이들과의 소통이 관건이라는 생각에 이런저런 활동 계획을 구안해 보았다. 태성에서처럼 아이들이 따라주면 얼마나 좋을까? 그러나 그런 기대는 첫날부터 속상함으로 다가왔다. 몇 마디 하지도 않았는데, 전달할 사항도 미처 다 못했는데 종례가 늦다고 학원가야 하는데 왜 보내주지 않느냐고 투덜대며 인상 쓰는 모습을 보니 숨이 막혀 왔다. 그래서 말문을 닫고 그냥 가라 한 기억이 생생하다. 그 후로 말보다는 실천으로 교실 청소를 하고 창을 닦고 환경 정리를 묵묵히 하면서, 광교산 등정과 학교 주변 산책로를 거닐면서 아이들과 어울림 상담으로 이야기를 나누었고, 그러는 과정에서 다는 아니더라도 마음을 열고 함께 하는 아이들이 점차 늘어나기에 이르렀다. 그것은 고스란히 학급의 분위기에 변화를 가져왔다. 점심에는 여건상 학급의 급식이 교실에서 이루어지기에 아이들의 배식을 지켜본 후에 함께 밥을 먹었는데, 이도 아이들과 조금씩 가까워지는 계기가 된 듯하다. 이러한 나름의 노력을 알아주기라도 하듯이 어제보다는 오늘 쪼끔 더 소통이 이루어지고 있어 감사하다.

또한, 공동체 의식과 애향심을 함양시키고자 매주 금요일에는 교외 봉사로 학교 주변 산책로와 마을 길, 공원, 공터의 오물을 수거하는 정화 활동을 펼쳤고, 토요일에는 오감 체험을 통한 창의 지성 기르기로 지역사회 문화 행사에도 참여하였다. 이는 아이들에게 정서적 안정감으로 작용하였으리라고 본다. 여기에 한려수도로의 수학여행은 사제 간에 서로를 알고 이해하는 마음 나눔의 따뜻한 계기를 주었다. 이러한 일련의 활동들은 고스란히 학교생활에 윤활제의 역할을 하였다. 그러나 아직도 저 잘났다고 고집을 내세워 제 생각만을 관철하려는 녀석들이 있어 안타깝다. 제게 손해보다는 크든 작든 득이 될 텐데 미적거리다 멀어지는 모습이 답답하다. 그렇다고 아예 시야를 벗어나 있는 것도 아니고 주위에서 맴도는 행위가 얄궂어 밉살스럽다. 어쩌면 그간에 관심받지 못한 어색함에 망설임으로 멈칫거리는지도 모르겠다. 저들이 마음을 조금만 열면 만사형통인데 뭐가 그리도 도도한 척하는지 어리석게만 보인다. 그야 자기 나름대로는 방황 자체가 큰 홍역과 같은 가슴앓이를 하는 것이겠지만 길어질수록 인생에 도움이 되지 않음도 깨달았으면 하는 바람이다. 이 담임이 진정성을 의심하지 말았으면 한다. 사랑과 정으로 보듬어 위로하고, 관심 기울일 때 따라주었으면 정말 좋겠다.

어쨌든 시간은 유수처럼 흘러 1학기를 마치고 2학기마저 마무리하는 시점에 이르렀다. 마음과 뜻을 함께하는 아이들의 호흡 맞춤은 시를 짓고 첨삭지도를 통해 그림을 그려 시화전을 갖게 했다. 그리고 알토란같은 생각과 체험을 글로 표현하고 다듬어 문집을 내는 단계에 성큼 다가와 있다. 막막하다 못해 먹먹했던 체증이 이제 조금은 혈류가 흘러 숨통 트임으로 나타나 마냥 미소 지어진다.

이 모두가 2학년 2반인 내 자식들이 한마음으로 호흡을 맞춰 일군 화음이기에 더욱 값지고 교육하는 즐거움이 새록새록 하다. 자리 옮김이라는 행보는 참 큰 부담이었다. 이를 이나마 적응할 수 있게 해준 애들아, 고맙고, 사랑한다. 최선을 다하마!

# 나를 "덕용 쌤"이라 불러주는 아이들

2014

　지금이 아니면 추억의 저편으로 아련해질까 봐 잠깐의 스쳐 갈 법한 일이지만 풀어내어 볼까 합니다. 오늘은 친목을 도모하는 날이기도 해서 평소와 다른 출근을 하였답니다. 아마도 정겨운 임들과의 만남에 더불어 어우렁더우렁 함께하다 보면 술술 풀어보자는 제안이 있을게고 그 결의의 행위로 주(酒)님을 입맞춤 속에 내 몸에 영접하는 영광이 혹시나 이루어지지 않을까 하는 은근한 기대(?) 가졌던 욕심을 부인치 않으렵니다. 어쨌든 곁에 두고 즐겨서 부리는 애마저 선심으로 아량을 베풀 듯 아내에게 선뜻 건네고 대중교통을 이용키로 하였지요.

　평소보다 조금 이른 아침, 환해져 가는 밝기에 내몰리듯 서둘러 정류장에 도착하니 이미 버스는 대기 상태였답니다. "어이쿠! 좋았어." 하는 "아-싸"의 마음으로 눈길 먼저 가는데 이래서 승차할 수 있을까 할 정도라 순간 주저하다가 다음 차는 늦겠다는 은근한 압박에 주저 없이 어떻게든 타야겠다는 행동을 기꺼이 실행에 옮겼지요. 그러니 만원 버스에 오르기 위한 의지로 뭉친 몸부림을 여실히 드러냈고 짐작건대 셀 수 없는 곱하기의 눈길이 집중되었으리라고 봅니다. 거의 억지로 탑승하여 문에 기대어 요지부동으로 숨 고르기 하는 사이 몇 차례 앞뒤로 흔들거림이 있었습니다. 그에 따라 조금은 공간이 여유로워져 자연스레 자리의 재배치가 이루어졌지요. 연세 지긋한 운전기사님의 경륜에 맞는 재치 가득한 솜씨를 느낄 수 있었답니다. 이때다 싶어 약간의 틈새를 활용해 영역을 확보하고자 작은 체구를 들이밀려는 그 순간이었습니다.

"선생님!" "김덕용 선생님!" 예서제서 동시로 들려오는 이구동성이 나를 놀람 속에 벅차도록 존재의 가치에 사로잡히게 하였답니다. 의심의 귀를 확인시켜 주는 듯이 재차 들려오는 "덕용 쌤" "쌤" 그리고 반겨 맞이하는 앳된 목소리들이 시선을 붙잡았습니다. 레이더의 추적처럼 시선을 두니 한동안 떨어져 지내왔던 알토란같은 내 자식들이 얼굴 윤곽을 점점 확연히 드러내었지요. 지난 인연이 잘남을 칭찬하기보다는 못남을 더 꾸짖은 기억으로 남아 야속도 하였으련만 반가움 넘쳐나는 멜로디로 귀청에 맴돌았지요. 이는 이내 가슴과 뇌리를 뭉클하게 하였고 일렁이는 여울에 파묻일 듯 잔잔히 내 안에 스며들었답니다. 그리고 생각의 여지도 없이 토해내지는 "누구야! 누구야! 너 누구지. 그래 잘 지내고, 진짜, 반갑구나." 인사로 건네는 몇 마디 안부였지만 이 순간만큼은 사제의 정을 오롯이 느낄 수 있었답니다.

스스럼없이 자신의 상황을 이야기하며 의견을 묻는가 하면 어느 땐가의 충고를 아직도 간직하고 있다며 명심하겠노라는 약속의 말이 저를 순간이지만 그때 그 장면으로 인도하였답니다. 말문을 잇지 못하고, 곁에 있어 바라만 보아도 좋은지, 그냥 그저 내 손을 깍지로 맞잡고 한동안 그 상태로 있었지요. 제 학교에 가까운 정류장에 이르러서야 가방을 추스르며 귀속에 대고 작게 "감사합니다."로 마음을 전하며, 꾸벅 인사와 함께 내달아 하차하더니만 손을 흔들어 보이는 모습이 나를 절로 울렸답니다. 글썽이는 눈동자를 어디에 둬야 할지 주저하다가 그만 지그시 감고서 감정을 다독여 겨우 진정 국면에 이를 즈음, 이번에는 또 다른 아이가 다가와 "졸업 때 전화로 축하 말씀해 주신 것, 정말 고맙습니다." 하며 훗날 찾아뵙겠다는 말이 나를 또 속으로 울먹이게 하였지요. 떠나가는 아이들에게는 나의 심정을 겉으로 보이지 않으려 의연한 척으로 표정 관리를 하였지만, 게 중엔 눈치 빠른 녀석도 있어 혹시 들키지나 않았을까 조심도 됩니다만 뭐 어떻습니까. 이게 나의 진정인 것을요. 가장 마지막에 내리는 아이와 작별 인사를 건네고 학교에 도착하기까지 30여 분간은 그들과 함께한 지난 시간의 공간에서 실컷 놀기를 재연하였지요. 그 와중에도 몇 번 더 울컥하는 복받침에 가슴 벅찬 눈물이 나올 것 같아 마음을 추스르기가 힘겨웠고요. 그리고 떠오르는 상념이 불현듯이 허전함으로 엄습해와 괜한 쓰라림이 될까 봐 노파심마저 듭니다. 혹시, 혹시! 저들이 나의 마지막 제자가 되지 않을까 하는 두려움 말입니다. 선생은 담임을 맡아 해야 한다는 개인적인 외고집이, 지금 이처럼 틀리기를 바란 적은 없습니다. 그만큼 선생에게 있어 아이들은 소중함. 그 이상이라 생각합니다. 가장 든든하고도 확실한 내 편이 바로 나와 함께하며 마음을 나누는 아이들이니까요. 천군만마에 비할 바가 아닌 그 이상의 가치가 있는 존재이지요.

오늘 문득 주례를 선 제자의 내자로부터 선물 받은 넥타이에 손길이 가서 자연스레 맺더니만 후일, 회고의 한 자락에 또렷이 남길만한 넉넉한 일이 있을 것임을 미리 예견한 듯도 같아 보입니다. 시간이 조금은 지났음에도 훈훈한 여운이 아직도 나의 전신 곳곳에 새록새록 솟아나 증폭의 깊이가 무한에 이른 듯이 충만하다 하겠습니다.

3부

/

/

오감으로

마음 담아내기

# 시 놀이를 왜 하는 걸까

2000

　시 쓰기가 힘들고 어렵다고들 한다. 한마디로 그렇다. 아니, 단순히 그 정도에 그치는 게 아니다. 때로는 풀리지 않는 한 소절의 시구를 완성하기 위해 밤을 지새워야 한다. 고도의 정신적인 노동과 인내가 절실히 요구된다. 그러니 버거울 수밖에 없지 않은가. 그런데 아이들은 일반적으로 너무도 쉽게 단순히 생각하고 가볍게 행동하는 듯하다.

　사물을 바라보는 태도에 깊이라든가 진지함이 없어 보인다. 그저 편함만을 좇아 조금이라도 복잡하다 싶으면 회피로 꺼리기 일쑤다. 세상이 단순하지 않다 보니 가능하면 거리를 두어 번잡에 얽매이지 않으려 하는 모습이다. 이것이 우리가 살아가는 시대의 보편적인 현상이라고 단정을 지어 치부(置簿)하기엔 무리가 있겠으나 무심으로 외면하는 경향을 띰은 사실이다.

　여러 현상 중에 이것 하나쯤이야 하는 세태의 이기적인 셈법이 부른 결과임을 알면서도 요행에 기대어 은근히 운명마저도 맡겨 버린다. 이로 인해 우리의 정신이 날로 황폐해지고 정서적 불안마저 생겨나는 것은 아닌지 모르겠다. 그래서일까. 남에게는 올바르게 처신하라고 충고까지 불사(不辭)하면서 정작 자신은 실천할 수 없기에 말로 때우려는 것은 아닐까. 문득 '선자무변(善者無辯)이요, 변자무선(辯者無善)이라.'라는 문구가 떠오른다. 어진 자는 말이 없는 법이다. 구차히 변명을 늘어놓는 만큼 추함만 더 보일 뿐이다. 언변으로 한몫하는 사람치고 신실한 이가 별로 없다고 한다. 실천력이 뒷받침되지 않는 말을 앞세우다 보면 이미 내뱉은 장담을 합리화시키려고 또 다른 거짓으로 감언을 하게 되어 급기야 그 인격의 바닥을 보이는 예도 주변에서 흔히 목도(目睹)해 온 터다. 생각은 생각 속에서 생각을 생각하게 하는 생각이다. 생각한다는 것은 살아 움직임의 증표이기도 하다. 단지 맹목으로 목숨 연명하는 정도가 아니라 꿈과 이상을 담아내는 원천과 같이 삶을 좀 더 풍요롭게 하고 마음의 양식을 살찌우기 위해서라도 사색(思索)을 가까이해야 할 것이다.

누군가 물음을 던지지 않을까. 하루가 다르게 바빠져만 가는 세상에 언제 생각하고 드러낼 여가(餘暇)가 있느냐고 말이다. 주변을 살펴볼 여유는 그만두고라도 오로지 직진으로 질주만을 거듭하는 작금의 소용돌이 속에서 살아남아 버티기조차 힘든데 생각이 뭐가 그리 중요하냐고 항변으로 핀잔에 푸념을 늘어놓는 이도 있을 것이다. 맑고 곧은 정신으로 의지를 표명해 보았자 무시되어질 것이 뻔하기에 아예 환경 변화에 맞춰 되는대로 살아감이 무리가 없다 싶어서일까. 이러한 안주(安住)가 현실적으로 통하는 처세술임을 구태여 설명하지 않아도 미루어 알 듯하다.

이렇듯 살아가느라 분주해서인지 조급함으로 한숨 돌릴 겨를이 없다. 그러면 뭐 하나 싶게 진득함이나 느긋함을 취하려 해도 의지대로 갖기가 힘들다. 그래서인지 인내와 끈기마저도 부족한 듯이 보인다. 빠른 물살에 휩쓸리듯 너나 할 것 없이 그저 즉석에서 해결의 실마리를 찾고 매듭을 지으려 한다. 그러니 부득이 성급함을 우선으로 삼는가 보다. 아니 그래야만 현실과 타협하면서 그나마 살아갈 수 있는 현명한 처신일는지도 모른다. 이런 마당에 답답하리만치 더디고 다소는 생산적이지 못한 시를 쓰자고 이 야단이니 미치지 않았나 의구심도 가져본다. 느긋하게 생각할 틈을 주지 않는 세상의 흐름에 맞춰 빠름에 길이 들여진 아이들에게서 시 짓기를 기대한다는 자체가 모험과도 같은 무모한 일은 아닐는지 헤아려 퍼즐 맞추기를 찬찬히 해 본다.

세월도 참으로 빠르다. 시 창작을 통해 시화 전시를 하기로 뜻을 모아 계획을 세워 추진해 온 지 얼마 지나지 않은 듯한데 벌써 결산을 보아야 할 시점에 와 있어 아쉬움이 그 어느 때보다도 크다. 특별히 욕심을 가지고 시작한 것은 아니지만 아이들에게 조금이나마 시 쓰는 재미를 느끼게 해주었는지 궁금증이 가시질 않는다. 혹여 이네들의 심중에 부담만 주지는 않았는지 되돌아 반성도 거듭해 본다. 생각이 가볍고 단순한 것을 선호하는 아이들, 인내하며 기다릴 줄조차도 모르는 녀석들에게 깊이 관조하고 사색하라거나 참고 견디어내라는 주문이 빚어낸 결과는 과연 어떤 모습으로 펼쳐졌을까. 이에 대해 성급히 단정을 지어 이러하니 좋다고 자랑으로 삼아 흡족해하진 않으리라. 먼 훗날 어느 적당한 때에 이르러 자연스럽게 그 결실을 만끽할 수 있으리라는 연유에서다. 아직 설익은 과일처럼 치밀하다거나 세련된 맛은 없지만, 어제보다 오늘에 이르러 조금은 더 짜임이 갖추어지고 의미하는 바도 확연해져 시적인 상념이나 생각 전반에 진솔함이 묻어나 있으니 이로 족하지 않은가. 이들과 시로 놀이를 언제까지 할지는 모르겠으나 이제 맛을 들여놓았으니 언제든 계기가 찾아들면 한 연의 시행 정도는 거뜬히 읊어내지 않을까 기대가 은근하다. 이 중엔 그 어느 날에 이르러 사제이기도 하지만 시를 매개로 한 방향을 같이 바라보는 동인으로서의 길을 나란히 걷는 그림을 시상으로 채색해 본다. 부단히 일구어 가꾸다 보면 꿈은 현실이 되어 성큼 나타나지 않을까 하는 상상이 그럴싸해서 그런지 재미가 쏠쏠하다. 그랬으면 참말 좋겠다.

# 봄의 소리 들리는 산과 들

2003

겨우내 꽁꽁 얼었던 산과 들에 햇볕이 내리고 이내 아지랑이 피어오르면 시나브로 대지의 움직임이 바빠져 온다. 아직도 잔설이 계곡 주위에 남아 있는데 양지쪽에는 벌써 푸릇한 기운이 감도는가 싶더니 이내 꽃이 피었다는 소식도 전해 온다. 그 중엔 눈을 뚫고서 의연히 핀 꽃도 있다고 하니 자연의 오묘함은 알다가도 모를 신비로움 그 자체다. 겨울이라는 휴면의 시간이 결코, 아깝지 않은 준비 기간이었다고나 할까. 봄 기운이 드리워지기도 전에 벌써 꽃망울을 머금고 맹아를 펼쳐 보이는 자태가 신비로움 속에 머물게도 한다. 그동안 안으로 다져온 내실이 햇살을 받아 고스란히 표면으로 부상되는 듯도 하다. 마치 화려한 외출을 꿈꾸어 오다 그 기회를 얻은 처녀의 설렘과도 같이 흥성한 분위기가 완연한 봄을 부른다. 무슨 품평회에라도 온 듯이 마냥 즐겁고 반가움이 전신을 휘감는다. 다소는 들뜬 기분이라 경계의 빛은 이내 느슨하다 못해 인심 후하게 아량을 베풀기 바쁘다. 이 봄날을 위하여 겨울은 그리도 모질게 담금질을 했는가 보다. 이 모두가 봄볕에서 오는 실(實)이어서 좋다. 서로 다투어 피는 들꽃, 정말 다툼일까. 화기애애한 다정스러운 속삭임은 아닐까. 잠시 헤어졌다가 만나는 재회의 반가움에서 오는 신바람 나는 즐거운 합창이라 볼 수는 없을까. 이러한 자연의 화음에 귀를 기울이고 눈여겨볼 수 있음은 또 얼마나 큰 행복이며 축복일까. 그래 은둔의 자리를 박차고 일어나자. 온기 잃을까 꽁꽁 닫은 마음의 문을 활짝 열고 활력 넘치리만치 심호흡 한번 후련하게 해보자. 양팔 벌려 기지개도 켜 보고 산과 들로 발걸음을 옮겨 보자. 자연의 순박한 진리를 한껏 누려보자. 아직 찬기 어린 냇가의 졸졸거리는 물에 가식의 때를 씻어내 보자. 맑은 총기로 교환 의식을 겸허히 받아들이자. 새 생명이 펼치는 아름다움에 편승하여 자연이 말하는 그러한 세상을 가꾸어 가자. 산과 들의 주인들이 무언으로 전하는 메시지에 마음을 열고 눈빛으로 보듬어 보자. 이 자연의 경이로움에 순애(殉愛)하는 심정을 고스란히 묻어내었으면 좋겠다. 그리하여 모든 이에게 사랑을 바탕으로 한 정감들이 새록새록 돋아났으면 한다. 이런 바람이 봄바람을 타고 내게로 온다. 그래서 들로 산으로 봄맞이 떠나본다. 분명 거기엔 우리의 산야에 자생하는 꽃들이 있으리라. 복수초, 수선화, 냉이, 민들레, 씀바귀, 개나리, 진달래, 벚꽃, 목련 등 헤아릴 수 없이 많은 꽃이 나를 반겨 맞아주리라는 기대에 발걸음이 박자를 탄다. 나무는 나무대로 새들은 새들대로 온갖 만물이 서로의 역할에 최선을 다하는 모습이 역력하다. 게으름으로 요령을 피우는, 그리하여 노동의 성스러움도 알지 못하는 이들에게 일침을 가하여 부끄러움을 느끼게 하는 듯도 하다. 쉼이 휴면으로 끝나는 것이 아니라 새로움을 잉태하기 위한 과정임을 생명은 여실히 보여 준다. 이러한 노작이야말로 배우고 익혀나가야 할 그리하여 삶의 정수에 투영시켜서 지주(支柱)로 삼음이 온당하지 않을까. 그래 이 봄의 찬가가 들려주는 온화한 속삭임이 정감으로 어리기에 넉넉함이 있어 눈빛이 맑아져 온다. 이러하니 그냥 바라보기 허전하여 눈길은 이내 우리의 꽃들에게 정을 담아내는 즐거움이 전신에 가득해 온다.

매번 되풀이되는 봄맞이가 싫증 나지 않음은 왜일까? 옷깃을 여미게 하는 꽃샘추위도 부담이 되지 않는 것은, 참다운 봄을 맞는 통과의례와 같은 절차이어서 일지도 모르겠다. 버들의 맹아가 수줍음 타듯 바람결에 푸릇한 자태를 슬며시 드러내 보인다. 이것이 완연한 봄의 빗장이라는 생각이 든다. 열리는 봄, 자연의 섭리에 따라 시나브로 펼쳐지는 따스한 온기는 대지의 새싹들에게 정을 건넨다. 그러면 좀 더 활개를 켜며 반갑다는 듯이 꽃 몽우리를 흔들어 보인다. 무슨 약속이라도 한 듯이 화반(花盤)을 이루며 천지를 수놓는다. 그 누구의 재기로도 근접 못 할 연출을 시도한다. 눈길이 이어가는 사이사이로 보이지 않는 화음이 조화롭게 다가온다. 흥겨움은 이내 발걸음을 가볍게 하여, 들로 줄달음치게 한다. 산등성이에도 가뿐하게 올라 무어라고 조잘대느라 분주하다. 아마도 봄과의 대화가 원만하게 이루어지는가 보다. 흡족한 뭔가를 얻어냈는지 능선과 능선 사이를 그네 타듯 오가는 모습이 아름답다. 이보다 더 천진함은 없으리라. 그 어느 것에도 구애(拘礙)받음이 없이 자연과 더불어 벗이 되어가는 무구한 동심의 세계가 내 안에서 살아 숨 쉰다.

　그래, 이제 들과의 만남을 가져보자. 그저 막연한 기대로 동경에 그치기보다는 봄볕을 따라 마냥 거닐어도 보자. 그러면 조금은 더 가까이 다가오는 봄의 찬가를 들을 수 있으리라. 자연이 건네 오는 미소 속에 마음의 눈을 살짝만이라도 내밀어 보자. 들판의 숨소리에 맞춰 살아가는 방식을 배우자. 꼭 봄이 아니라도 좋다. 사계가 주는 의미를 되새겨 보고 이들의 무대인 들이 얼마나 소중한 터전인지 느낌표를 찍어가며 감탄사를 연발하여 보자. 무어라 형용하여 표현할 수 없는 벅차오름으로 다가서는 봄, 들은 그렇게 봄볕을 보듬어 안고서 감미로운 춤을 춘다. 음률을 타듯이 말이다.

# 나의 문학적 사고

2004


오늘, 4시간의 수업과 3시간의 보충 수업 그리고 서너 건의 공문을 정리하는 것으로 하루의 일과를 마쳤다. 어둑해질 무렵에야 수업이 끝났다. 이미 교무실은 소등이 된 상태였고 내 자리가 있는 별실은 굳게 잠금장치가 되어 있었다. 숙직실에 들러 열쇠를 가지고 오려니 오늘도 남아서 할 일이 있느냐고 한다. 그냥 웃음으로 받아넘기며 돌아서는 발걸음이 가볍지는 않다. 자물통에 열쇠를 끼워 돌리니 철컥하며 물렸던 고리가 풀려 나온다. 딱 꼬집어 말할 수 없는 짓눌린 기분이 약간은 사그라지었다. 하지만 그도 잠시뿐이었다. 문을 여는 순간 갇혔던 공기가 탈출구를 만나 이때라는 듯이 빠져나온다. 순간 갑갑한 열기에 숨이 막혀옴을 느낀다. 벽면을 더듬어 스위치를 누르니 몇 번의 깜빡임과 함께 형광등의 빛이 환하게 밝아진다. 자리로 가기 위해 걷는 발걸음 소리가 진동을 일으켰다. 사무실에 남겨진 그 많은 것 중에 유독 시계가 요란을 떨었다. 길게 숨을 내쉬며 의자에 앉아 허공을 향해 바라보았다. 한참 후 책상 위에 널려져 있는 잡무거리를 주섬주섬 모았다. 그리고 시야에서 좀 떨어진 곳에 내던졌다. 이것만 보이지 않아도 숨통이 좀 트이는 듯했다.

이제는 오롯이 나와 관련된 것들만이 눈을 번뜩이며 면담을 요청해 왔다. 아우성치는 모습에는 이미 서열도 무시된 상태였다. 무엇부터 손을 대야 할지 망설여졌다. 이것을 생각하면 저것이 더 급선무로 다가왔다. 우선으로 처리해야 할 일이 몇 가지는 되었다. 하나같이 그동안 열심히 해왔던 것들이라 애착도 있다. 내 삶에 있어서 중심을 이루었기에 그만 손을 떼고 싶어도 그럴 수 없는 분신과 같다고나 할까. 나를 대변하기에 충분한 조건을 갖추어서 감히 무시할 수도 없다. 어쩌면 이미 운명지어진 필연적인 관계라 해도 누가 문제를 제기할 수 없는 것이다. 최소한 나를 아는 사람이라면 말이다. 이미 공인됐기에 어쩌면 나 자신도 소홀히 못하는 처지다. 그래서 때로는 버겁게 느껴진다. 가벼이 넘길 수 없으니 부담으로 다가오기도 한다. 그러나 분명함은 나 스스로가 이를 즐긴다. 이들을 대할 때는 신나고 흥이 생긴다. 존재 가치도 쏠쏠하게 느낀다. 이들과 함께하는 순간만은 가식도 허울도 없다. 가장 가까운 동질감도 느끼게 해 준다. 사고를 충만하게 해줄 뿐 아니라 가야 할 방향을 일러주기도 한다. 그래서 미친 듯이 지낸 세월만도 8년을 채우고 9년째로 접어들었다.

교사의 신분을 갖고 학생들과 어울린 지도 벌써 15년의 세월이 흘렀다. 3개월을 보탠다면 더 정확한 수치로 파악된다. 그동안 어떤 생각을 가지고 살아왔는지 되돌아볼 기회가 주어졌다. 어쩌면 내 인생의 전환점이지 않나 싶다. 그래서 상념에 드는 행위를 머뭇거림 없이 할 수 있는 것이다. 한마디로 많은 변화와 적응의 과정이었다.

교사 초년에서의 생활은 배움의 연장에 있었다. 초중고 12년에 대학 4년을 배우고 거기에 사회 경험 3년과 군 경력을 다 보태어도 모자람이 너무 많다는 것을 알아채기는 순식간의 일이었다. 그저 의욕이 앞선 기분만으로 덤벼들었던 첫 수업은 시작부터 횡설수설로 종지부를 찍었다. 공부 좀 하는 아이들은 처음부터 끝까지 말장난에 어안이 벙벙한 눈초리로 바라보았다. 도대체 무슨 말을 하는지 몰라 정신 나간 사람처럼 보이지 않았나 싶다. 교단에 섰다는 객기로 배경지식 총동원하여 아는 체를 주절주절 늘어놓았음은 당연하다. 이를 신기하게 듣는 땡땡이들도 있었는데, 대개 공부와 담을 쌓고 하루를 지루하지 않게 보내려는 데에 더 관심을 보였다. 그러니 나의 설교는 그들의 눈동자를 번뜩이게 하고도 남았다. 오히려 수업과 무관한 방향으로 이끌어 재미를 톡톡히 보려 하였다. 거기에 편승해 학습해야 할 내용은 뒤로하고, 유도 신문에 고분고분 답변하는 새내기 교사가 되고 말았다. 수업 진행의 주도권이 누구에게 있느냐는 중요하지 않다. 수업이 교사보다는 학생 중심으로 이루어져야 한다는데 더 무게를 두고 있기에 주도권 문제는 아무런 의미가 없다. 다만 학습 내용과 관련이 있는 수업 형태냐는 중요하다고 본다. 그런 점에서 아이들의 질문은 학습과 관련이 없었고 답변 또한 그러했다. 솔직히 말해서 아이들의 심리를 이용한 농땡이를 의도적으로 끌어냈다고 보아야 한다. 이미 계산되어 진 술수였다.

이렇게 되기까지는 속사정이 있었다. 향우회에서 마련한 술자리의 효력은 수업에까지 영향을 미쳤다. 선배 교사들이 환영의 뜻으로 권하는 건배 제의는 술의 쓴맛을 고스란히 내 몸에 축적했다. 자리를 털고 일어날 무렵에는 이미 인사불성이 되었고 이름 모를 어느 여관방에 홀로 놓였다. 방안 가득히 내뿜긴 술독을 다시 마시는 반복 속에 부신 눈살을 찌푸리며 시계를 보았다. 출근 시간이 한참 지난 뒤였다. 주섬주섬 옷을 챙겨 입고 부랴부랴 나오는 걸음이 갈지 자를 선명하게 그려댔다. 속 쓰림은 누구에게도 내색할 수 없는 고통이었다. 도저히 수업할 수 없는 상황이었다. 그렇다고 초임자의 처지에 시간을 옮겨달랄 수도 없었다. 그래, 해보자. 첫날이니까. 일단 학습할 내용을 한번 읽어 보고 간단명료하게 정리해서 핵심을 말해주자. 그런 다음, 상황을 보아 아이들의 관심거리를 끄집어내어 말로 때우리라 계산하고 수업에 임했다. 생각은 적중했다. 아이들의 질문은 고스란히 나의 의도대로 이끌려졌다. 거기에 취기 섞인 주절거림이 정당성을 발휘하며 설득력을 얻어갔다. 이렇게 첫 수업은 술기운을 빌어 객기마저 부려가며 진행되었다.

첫 단추를 잘못 끼우면 줄줄이 어그러지고 만다. 결국 다른 반에까지 이어졌다. 또한 나의 수업 형태로 자리매김하여 가끔은 교과와 무관하게 진행되는 경우도 생기게 되었다. 이때는 교사와 학생이 아닌 형과 동생이 되어 허심탄회한 이야기가 오가곤 했다. 그 누구에게도 털어놓을 수 없는 이성 교제라든가 진로 문제에 대하여 진지하게 상담해 주어야 할 때도 있었다. 그로부터 교사이자 형으로서 아이들을 대했고 호응도 좋았다. 부당한 일이 생기면 먼저 찾아와 의논하기도 했다. 이때면 이해하는 측면에서 적극적으로 진지하게 들어주었다. 필요에 따라서는 개선할 수 있도록 중재의 역도 맡아 했다.

준비도 안 된 상태에서 그것도 술이 덜 깬 상태에서의 수업으로부터 돌이켜 보는 계기를 가졌다. 첫 수업의 어설픔을 정당화시키고도 남을 만한 그런 수업 방식을 찾아야 했다. 그러기 위해서는 아이들을 알아야 했다. 무엇을 원하고 추구하는지에 관심을 기울였고 어떻게 가르쳐야 할지를 궁리했다. 아이들의 인성에 가장 가까이 접근할 수 있는 수업을 원했다. 아이들도 그것을 좋아했다.

어떻게 하면 밑줄 쫙 이라는 기존의 주입식을 탈피할 수 있을까? 그러면서도 효과적인 수업을 끌어낼 방안에 관심이 쏠렸다. 게다가 대두되고 있는 논술 문제도 해결해야 했다. 이에 대비할 만한 묘안이 요구되었다. 의도적으로 이끌면 꺼릴 것이 분명하다. 거부감을 느끼지 않도록 자연스럽게 접근시켜 나가려면 어찌해야 하나 고민도 많이 했다. 평소 생활 속에서 보고 듣고 느낀 점을 글감으로 써보게 해야겠다는 생각에 미쳤다. 그리고 기회만 생기면 실행에 옮겼다.

수업 중에 눈이라도 오면 밖으로 나가 눈싸움을 하거나 뒷산에 올라가 언덕에서 미끄럼을 탔다. 꽃이 피면 시를 짓게 하였고, 무더운 날에는 나무 그늘에서 떠오르는 형상을 글로 써보라 했다. 비가 와도 하던 수업을 멈추고 뜬금없는 일들을 벌였다. 개천에 나가 물고기를 잡거나 버려진 쓰레기를 줍게도 했다. 온갖 체험 다 해보아야 한다며 휴일에는 유적지를 찾아 나서기도 했다. 봉사단도 조직하여 환경정화 활동을 하도록 했다. 학생으로서 해볼 수 있는 경험이라면 서슴없이 추진해 나갔다. 학급을 맡아 할 때부터는 야영하면서 어느 조가 음식을 잘하나 품평회를 벌이기도 했다. 우려의 목소리도 있었으나 때로는 주도를 가르친다는 명분으로 술을 맛보게도 하였는데 이에 대해 이해해 주는 분위기였다. 뜻 있는 학부모는 함께 참여하여 아이들과 어울렸다. 자식들에게 선뜻 술도 권했다.

교사의 자질을 논하는 오늘의 규범적인 면에서 보면 나의 일탈은 위태로웠지만, 문제가 발생하지 않는 한 묵인되었다. 오히려 참교육의 실체를 보는 듯하다며 좋아했다. 정말 그런지는 시대 흐름에 따라 시각이 다르기에 모르겠다. 최소한 그 시기에는 용인되었고, 소신껏 꿋꿋이 실천해 나간 결실이라 보람을 갖기에 충분했다. 경력이 붙어 가면서부터는 나만의 색깔 있는 교육 방식을 터득해 나갔다. 몇 번의 시행착오도 있었지만, 정으로 더불어 사랑하는 우리 세상 만들자는 취지로 시작한 우리누리가 벌써 9기를 맞이했다.

창의적인 사고를 끌어내 글을 쓰게 하고 가다듬는 지도 과정을 거쳐 문집으로 발간도 하였다. 이야깃거리가 될만한 소재라면 뭐든 다루어 보라고 했다. 없으면 체험하도록 밖으로 나갔다. 창의성을 기를 수 있는 것이라면 뭐든 시켰다. 꾸밈없이 진솔하게 드러내도록 했다. 이름을 가지고 삼행시도 짓게 하고, 장래에 대한 희망이나 장단점을 찾아내어 정리해 보라고도 했다. 구양수의 三多說을 인용하여 책을 많이 읽고, 생각도 많이 하라고 했다. 그런 다음 글로 풀어내라고 하였다. 읽고 생각하여 쓰라는 말이 귀에 박히도록 해댔다.

시도 마찬가지였다. 대상을 바라보고 연상되는 이미지를 그려내라고 줄기차게 설파했다. 직접적으로 드러내지 말고 돌려서 말하라고도 했다. 다양한 표현 기법을 일러 주면서 개인지도도 해나갔다. 어설프다 못해 내용조차 담기지 않은 시답지 않은 시를 다듬어 나간다는 것은 정말 힘들고도 벅찬 일이었다. 아이들에겐 큰 부담으로 작용했고, 모두 꺼렸다. 그런데도 아랑곳하지 않고 시켜나갔다. 일단 1차와 2차 고치기를 거쳐 내용을 담아내게 했다. 부족하다 싶으면 3차로 이어졌다. 얼렁뚱땅 미적거리고 게으른 태도를 보이면 가차 없이 따끔한 야단이 가해졌다. 시적 언어로 그려낼 때까지 혹독하게 다그쳤다. 어떤 아이의 경우는 도저히 안 되어 포기 상태에 이르렀다. 그런데도 끝을 보도록 어르기를 수도 없이 해나갔다. 가까스로 내용이나 형식이 갖추어지면 일일이 교정지도를 했다. 시가 무엇인지 스스로 체득해 나가게 한 결실은 뿌듯함. 그 자체로 다가왔다.

여기에 머무르지 않고 시화전 준비에 들어감으로써 인내와 참을성 그리고 끈기를 기르게도 하였다. 밑그림을 그리고 시를 쓰게 하는 과정 역시 쉽지만은 않은 일이었다. 시와 그림이 조화롭게 어우러지지 않으면 다시 하라 했다. 처음에는 엉성하기 그지없던 구성력이 잘해 보려는 노력만큼 좋아졌다. 글씨 하나에도 정성이 담기도록 했다. 성질 급한 아이들은 다시 그리고 쓰기를 반복했다. 조금이라도 흐트러진 모습이 보이면 퇴짜 놓기를 다반사로 했다. 지독하리만치 고생을 시켰다. 그래서 아이들은 무척 고달파했다. 이런 것을 왜 하느냐고 할지도 모른다. 이에 대해 되려 반문하고 싶다. 일종의 편식하는 것과 마찬가지로 균형 잡힌 성장이라고 볼 수 없다. 좋아하는 것만 하게 된다면 교육의 불균형도 생기기 마련이다. 어려움을 이겨내는 극복 과정에서 얻어지는 결실이 더 크고 소중함은 기정사실이다.

　이러한 것을 고집스러울 정도로 일관되게 해 오고 있다. 한두 번도 아니고 벌써 여러 해 동안 말이다. 단절의 위기도 여러 차례 있었다. 고등학교에서 중학교로 옮겨오면서 진퇴유곡의 난처한 지경에 빠지기도 하였고, 식견이 부족한 관리자의 시기심에 어처구니없는 일을 당한 적도 있었다. 노골적으로 하지 말라는 억압에 설전을 벌이기도 했다. 영달에 도움이 되지 않는다는 속셈으로 실적을 내보이라는 투로 비아냥댔다. 인신공격해대는 수모를 당하기도 했다. 참고 견디어내기란 여간한 인내심으로는 어려운 고통이었다. 그래도 생각은 변함이 없었고, 끝까지 버티어 내었다. 어떤 구실로 방해를 놓아도 꿋꿋이 이겨냈다. 조건을 걸면 따라주었다. 때로는 무시해 버리기도 했다. 그러다 보니 심기 거슬리는 눈치에 시달려야 했다. 그래도 뚜렷한 명분이 있었고 든든한 후원자도 많았다. 아이들이 잘 따라 주었고 학부모도 기회만 있으면 행적을 이야기했다. 그동안 쌓아온 지역사회 활동도 효력을 발휘하여 입지를 세우는데 한몫을 톡톡히 해주었다. 학교만이 교육의 장일 수 없다는 생각에 아이들을 지역사회로 이끌었다. 시화 전시를 통해 문화 행사에 참여하는가 하면 자원봉사도 지속해서 해나갔다. 그러다 보니 자연 지역사회에 알려지게 되었다.

자원봉사활동으로 '우리누리'라는 명함이 이미 경기도에 알려졌고 지난해에는 전국에 소개되기도 하였다. 시장과 도지사로부터 상을 받았고, 전국대회에서 우수상을 받는 성과도 거두었으니 지역사회에서의 우리누리 입지는 확고하게 자리매김이 된 상태다. 당연히 학교에도 명예를 안겨주어 그 업적은 컸다. 이는 사고방식이 틀리지 않았음을 입증하고도 남았다. 관리자의 입맛에 맞는 아부를 하지 않은 것이 괘씸죄가 되어 미움을 샀지만, 뭐라고 항변할 필요도 없이 시간이 지나면서 자연스럽게 판가름이 났다. 고스란히 결과로 보여주었다. 누가 이기고 졌느냐는 관심 밖의 일이다. 다만 어떤 생각으로 어떻게 했느냐는 중요하다. 계획도 노력도 없이 칭찬을 듣고자 한다면 이런 심보는 달갑지 않은 암적 존재에 불과하다.

며칠 후면 제14회 시화전을 교내에서 할 계획이다. 시 창작 지도가 이제 거의 마무리되어 가고 있다. 아직 교정으로 첨삭해주어야 할 아이들의 시가 책상에 제멋대로 널려 있다. 마치 한 번만 다시 보아달라는 눈치라 한 편에 시선이 갔다. 문득 이 시의 주인이 떠오른다. 아무 생각 없이 있다가 마지못해 써 와서는 최선을 다했다고 한다. 제 이름조차도 틀려 가지고 온 줄 모르는 아이의 얼굴이 천진스럽게 다가왔다. 정신이 번쩍 들도록 야단을 쳐야 할 상황인데도 가까이 다가오라 해 놓고 틀린 철자를 지적해 고치라니까 머리를 긁적인다. 그리고 제 속을 알아챘다는 듯이 행간이며 횡설수설로 반복해 놓은 말들을 표시하면서 제대로 해보라고 부드러운 말로 타이르니 흔쾌히 대답한다. 그래도 이 아이는 자청하여 시화전을 하겠다고 했다. 의욕도 대단했으나 창의력이 부족하여 벌써 다섯 번째 지도해 준 것이다. 조금씩 나아지긴 했지만 거의 고쳐주는 수준에 머물렀다. 그래도 좋았다. 뭔가 해보려는 의욕만 있으면 그것으로 충분하다. 꾸준히 하다 보면 언젠가는 글눈이 트이고 창의력이 신장하여 그 누구도 흉내 낼 수 없는 독창적인 기법으로 제 개성을 살린 작품이 나오리라고 믿는다. 구태여 시인이나 글쟁이 작가가 아니더라도 자기 생각을 드러낼 줄만 알게 된다면 나의 소명은 거기까지다.

일전에 서울대학교 인문학부에 들어간 제자의 말이 인상적이다. 지원한 동기를 묻는 답변에 나를 소개했다고 하였다. 나의 문학적 사고, 그 가르침에 영향을 받았다는 내용으로 쪽수의 거의 다를 할애하였다고 했다. 이 말을 듣는 순간 눈물이 앞을 가렸다. 지금도 그때의 감회는 가슴에 뭉클함을 준다. 그래서인지 언제나 아이들 대하는 마음이 무겁다. 지난해에는 군대에 간 제자가 편지를 보내왔다. 내용을 보니 선생님이 생각나 시를 지었다며 보아달라고 했다. 괜찮다면 우리누리 시집에 실어 달라는 청도 했다. 그에 시는 상당히 나를 닮아 있었다. 내가 시도했던 어설픈 기법이 그대로 반영되어 마치 나의 시를 보는 듯했다. 거기에 나의 알량한 의식이 들어갈 자리는 없었다. 오히려 스승보다 나은 제자로 거듭나고 있음을 발견할 수 있었다.

2002년 시월 경이었다. 알고 지내는 이의 등단 소식을 접한 아내의 핀잔이 나를 부끄럽게 했다. 아이들에게 미쳐서 지낼 줄만 알았지, 자신을 돌아볼 줄 모른다며 함께 살아오는 동안 처음으로 바가지라는 것을 긁어댔다. 남들 다하는 등단도 못 하면서 무슨 시 짓고 글 쓰느냐는 것이었다. 시인의 명함도 없이 어떻게 지도하느냐는 말로 자존심을 자극했다. 신인 등단을 미끼로 자행되는 잡지사의 횡포에 회의를 가진 이후 한 번도 생각해 보지 않았던 등단에 관한 이야기를 진지하게 해댔다. 평소와 다르게 아내는 집요하리만치 신경질적인 어투로 공박해 왔다. 이제 진지하게 당신의 길을 갈 때가 되지 않았느냐는 권유로 설득하기도 했다. 아내의 말이 내심 너무도 고마웠다. 그러나 겉으로는 퉁명스럽게 쏘아붙였다. 한참 동안 신중히 되돌아보았다. 아내의 말이 틀린 것이 하나도 없다. 그래서 그동안 틈틈이 써놓은 시들을 아내 앞에 휙 내던지듯이 주면서 이 중에 몇 편 골라보라고 했다. 그리고 주저 없이 전자우편을 통해 잡지사에 보냈다. 그리고 연말경 어느 날 신인상 등단의 통보를 받았다. 이는 아이들의 글쓰기 지도에서 일관되게 가졌던 문학적 사고의 결실이자 문학의 길을 가는데 동기를 마련해 주고 결단을 내릴 수 있는 초석이 되었다. 오늘에 이르러 문학예술에 대한 참모습을 좀 더 심도 있게 익히고 펼칠 수 있는 계기도 이 문학적 사고가 있었기에 가능했다.

책상 위에 널브러져 서로 보아달라고 투덜대고 있는 이런저런 자료 중에 어느 것을 먼저 어루만져 주어야 할지 주저하다가 아이들의 시 원고를 먼저 살펴본다. 오늘을 있게 한 문학적 사고는 바로 이들과 함께 무르익어 왔기 때문이다. 이번 시화전도 아이들의 열성만큼 잘 되리라 확신하며 내일 지도해야 할 원고를 고치고 가다듬어 갔다. 그러는 사이 시계가 벌써 일어나라고 자꾸 야단이다. 문을 잠그고 숙직실에 열쇠를 건네며 나오는데 학교 앞에 버젓이 선 아파트 베란다에서 학교를 지켜보고 있는 엄마 그리고 딸과 아들이 손을 흔들어 대며 부재중인 아빠를 반겨 맞는다.

헤르만 헤세의 『데미안』을 읽고

# 고뇌하는 '싱클레어'에게

2004

　분명히 봄의 품에 안기었는데 겨울인 양 밤새 눈이 내려 수북이 쌓였다네. 하기야 청명 한식에도 눈발이 날린 적이 있는데 이제 갓 경칩을 넘기었으니 의당 내릴 만도 하지. 흠뻑 나리는 광경을 경이롭게 한참이나 지켜보다 접한 헤르만 헤세의 『데미안』, 그 속에서 만난 '싱클레어'의 고뇌, 마치 동병상련으로 다가와 머물기에 상념에 잠겼지. 그리고 친구처럼 느껴지기에 함께 생각하는 계기를 갖고자 절차 없이 적어 보았으니 읽어 보게.

　싱클레어, 살아가면서 갈등을 겪지 않을 순 없는 것이지. 크든 작든 말이야, 고통을 수반하기도 하지. 때로는 죽음의 문턱에 이를 그런 상황으로 내몰리는 일도 있지. 분명한 것은 당사자의 의지에 따라 그 정도의 차이가 난다는 것이야. 그런데 의지와 상관없이 겪을 수밖에 없는 갈등은 참으로 이겨내기 어려운 암흑과도 같다는 사실을 이미 알고 있겠지. 시간이 가고 세월이 흐르면 별로 중요하지도 않은 것들이 그 당시에는 무슨 큰일과도 같이 비중 있게 다가와 심중을 흔들어 놓지. 오직 자신만이 세상사를 해결할 수 있다는 듯이 호들갑을 떨면서 안절부절로 어쩌지 못하거나 그늘진 낯빛으로 우울 속에서 침묵하고 울상을 짓기도 하지. 그러다 제풀에 지쳐 포기 지경에 이르고 또 다른 문제에 이르면 예전에 미처 해결하지 못한 것까지 거론하여 헤집어 놓고 그럴싸한 포장으로 합리화시킴으로써 얼렁뚱땅 마무리 짓고자 하지. 그것은 누가 보아도 절름거리는 논리임에도 불구하고 현실의 이기와 타협함으로써 설득력 있게 허세마저 부리지. 이것이 또 다른 갈등을 불러오게 되고 급기야는 갈등은 갈등 속에서 연속되는 갈등을 맞이하게 되는 것이지. 너와 나의 외면의 갈등만이 아니라 자기 내면의 갈등이 더해져 종잡을 수 없는 나락으로 이어지지. 끝없는 갈등의 행진은 생을 다하는 그 순간까지도 어쩌면 영혼이 머무는 그곳에서조차도 갈등은 생성과 성장, 그리고 소멸의 과정을 반복하고 있는지도 모를 일일세.

대체 갈등이란 놈이 무엇이기에 우리의 심중을 요동치게 하고, 한 맺힘으로 이어지게 하는지. 답답함이 엄습해 올 때마다 긴 휘파람이 꼬리를 물고 파문을 일으킴은 당연하지. 그래서 마음의 안정을 찾아보려 하지만 나약한 의지에 기인한 우유부단함. 그래서 급기야 오해를 불러오고, 이는 또 자괴에 빠지게 하지. 스스로 문제 해결의 실마리를 찾지 못하고 타인에 의지하여 내맡겨지다가 방탕의 생을 펼치기도 하겠지. 그러다 문득 이게 아니다 싶어 흐트러진 육신을 추켜세워 반듯이 하려고도 하지. 다행히 중심을 잡고 허한 기운을 회복시킨다 해도 원래의 궤도로 진입하기란 많은 인내와 노력이 요구되지. 그런데 일이란 녀석이 의도한 대로 수월하게 따라준다면 뭐가 고민스럽고 그 골치 아픈 갈등이 생기겠는가.

문득 갈등이 어디에서 오는지 궁금하여 생각 속에 생각을 거듭해 보았네. 인간의 삶만이 아니라 모든 생명에게는 음과 양이 존재한다고 보네. 음은 선이요, 양은 악이라고 하지. 아니 그 반대이던가. 이마저 혼란스럽군, 그러니 갈등을 빚는 게지. 이 단순한 논리에도 선택해야 할 주저함이 있으니 이보다 더 큰 일에는 엄청난 갈등이 도사리고 있겠지. 어찌 되었든지 간에 정말 선은 선이요 악은 악일까. 선 속에는 악이 없고 악 속에는 선함이 존재하지 않을까. 선은 언제나 선이어야 하고 악은 늘 악이어야 한다는 주장은 설득력이 있다고 보는가. 그야 당연히 현실의 도덕적인 측면에서는 성문으로 자리매김하고 있고, 또 그래야 사회 질서가 서겠지. 하지만 그것이 어느 정도 지켜진다고 생각하는가. 겉으로는 교양 있게 모범적으로 사교술을 발휘하지만, 속으로는 파렴치한 이상의 교활함으로 사기 행각을 벌이고 있지는 않은지. 최근에 들추어진 시사를 보면 그 일면을 여실히 볼 수 있지 않은가. 사회적으로 명망 있는 지사의 반열에 속하는 지도급 인사의 비리가 부끄러움을 사기에 충분하건만 오히려 큰소리치면서 부인(否認) 속에 떳떳함을 설파하는 행각은 두 얼굴을 가진 이 사회의 모습을 대변해 주고도 남음은 누구나 아는 사실 아닌가. 어쩌면 이는 인간 내면의 본성에 기인한 당연한지도 모르겠네. 이것이 삶을 살아가는 보편적인 과정인데도 불구하고 저만이 고상한 척, 양심 바른 척, 떳떳한 척, 그럴싸하게 위선을 떨며 자기 위안을 찾아 자족하고 있는 것은 아닐까.

과연 어떻게 살아가는 것이 가장 이상적으로 현명한 삶일까 자문하여 본지도 여러 차례이건만 이렇다고 할만한 답을 가지지 못했다네. 그래, 안타까움에 술잔 기울이며 사색하다 보니 이젠 일상의 버릇이 되어 버렸지. 말로는 양심에 비추어 한 점 부끄러움 없이 떳떳하게 살아가리라 하지만, 오늘도 거짓된 말을 상황에 따라 적절히 보태고, 눈치껏 무단횡단과 담 넘기를 자행하였다네. 마음으로는 그러지 말아야지 하면서도 당면하여서는 일단 편함과 분위기에 휩쓸리게 되지. 세상은 혼자 살 수 없기에 더불어 살아야 하기에 때로는 어울림 속에 적당히 묻어가는 것이 오히려 타당성을 확보한다고 보네. 모두가 그러한데 나만 아니라고 양심을 논한다면 이 또한 바보이지 않겠는가. 로마에 가면 로마법을 따르고, 한국에 오면 한국의 법을 따라야 하듯이 그 사회 구성원 모두가 그러자 하는데 홀로 도덕군자인 양 한다면 그 누가 호응하여 잘한다고 하겠는가. 무리가 따르지 않는 선에서 적절히 타협하면서 살아가는 것이 바람직한 삶이지 않으냐는 말에 이의를 제기할 수 없음은 이해가 가리라고 보네. 그래서 데미안도, 그대 싱클레어도 세상 현실인 전쟁터로 나가지 않았는가.

문제는 나의 내면의 세계일세. 그대가 그토록 고민 속에 번뇌하면서 술로 밤을 지새우며 방탕의 날을 보내었던 것도 내면의 세계를 깨지 못했기 때문이라고 보네. 어쩌면 이것이 있었기에 성숙이라는 말을 접할 수 있다고 보네. 부모로부터 육신을 받아 태어나는 것은 생명을 가진 존재라면 다 하는 종족 번성 본능과 같은 것이지. 간과해서는 안 될 것은 그냥 먹고 자고 싸는 생물학적인 인간이 아니라 뭇 생명체와 구별되는 지성과 감성을 겸비한 인간다운 인간으로 거듭나야 한다는 것이지. 이 때문에 그토록 줄기차게 고민하지 않았는가. 어떠해야 진정한 인간일까. 거짓 없는 바른 양심의 소유자만이 참다운 인간일까. 조금이라도 흐트러져서는 안 되며 오로지 규율에 따라 행하고 순종하는 선한 목자가 되어야 만이 인간다움일까. 도덕적으로 허용된 규칙의 기준은 어디에 근거한 것일까. 혹여 부와 권력, 명예를 가진 자의 잣대에 비추어 대물림된 관습은 아닌지. 그렇다면 일순간에 혁명과도 같이 바꿀 수도 있겠지만 여기엔 감당하기 버거운 무리가 따를 것이니 점진적인 개혁을 해야 하리라고 보네. 그 과정에서 일어나는 갈등은 피할 수 없겠지. 그래서 우리가 현실의 벽 앞에서 몸부림치고 있지 않은가. 뛰어넘어야 할 장애물이 때로는 벅차고 힘겹지만 어찌하는가. 어차피 넘어야 만이 맞이할 수 있는 피안의 세계인 것을 말일세.

갈등이 일어나는 원인 중의 하나는 욕구가 충족되지 않았을 때라고 보네. 이루어내고자 하는 이상에 비해 그 실현된 결과가 만족스럽지 못하면 생기게 되지. 어떻게든지 목적으로 한 수준에까지 이르도록 하려니 부득이하게 발생하는 마찰이 갈등으로 나타나는 것이지. 원만하게 타협점을 찾거나 양보한다면 갈등은 심화하지 않겠지. 이는 외부의 압력에 의해 일어나기도 하지. 살아남으려는 방편으로 행하는 항거의 손짓말일세. 먹고사는 문제에 목숨을 걸고 투쟁까지도 불사해야 하는 처지가 바로 그러하지. 상대의 약점을 이용하여 자신의 부족함을 채우려는 크로머와 알량한 자존심에 대책 없이 당해야만 했던 싱클레어의 모습에서 여실히 볼 수 있었다네. 갈등 해소를 위한 노력은 당사자의 이해관계와 맞물려 심화 확대되고 파생돼 또 다른 갈등을 불러왔지. 스스로 해결할 수 없는 지경에 이르고 급기야는 정신 분열의 증세를 보였고, 그런데 의외로 쉽게 해결되었지. 데미안의 등장과 그로 인해 갖게 되는 또 다른 갈등은 바로 이것이 인간의 삶임을 여실히 보여 주었다네. 이뿐인가. 성장 과정에서 겪어야 했던 내면의 성찰은 예나 지금이나 한결같이 그 시기의 청년이라면 의당 맞닥트리는 문제라네. 이를 통해 성숙이라는 열매를 맺고 자신의 존재 이유를 아는 참인간으로 거듭나는 것이지. 싱클레어도 그중 한사람이라 생각하네.

내 어린 날의 기억 속에 선과 악의 양면성을 보고 갈등한 적이 있었지. 한동안 자책하며 지내기도 하였고, 지금에도 사색 거리로 삼는 경우가 종종 있다네. 할아버지의 임종을 보면서 슬픔에 젖어 있어야 함에도 속으로는 그때 유행하던 노래를 흥얼거리던 기억이 지금도 생생하다네. 군것질거리가 귀하던 시절, 혹여 사탕이라도 생기면 손자가 좋아하는 모습을 볼 욕심에 먼 거리도 마다하지 않고 찾아주셨는데, 오직 좋은 것만을 내어 주셨는데 마지막 가시는 그 자리에서 겉으론 슬퍼하면서 속으론 흥겨움을 갖다니. 있을 수 없는 그러나 존재하는 뇌리의 한 장면이라네. 그래서일까. 그때부터 인간 내면의 양면성에 대해 생각하다 보니 나름의 성숙을 가져오는 계기가 되었지. 한마음에 선악이 존재할 뿐 아니라 순간의 선(善)속에도 선과 악이 공존 공생함을 느끼고 깨달았지. 당연히 악(惡)도 마찬가지이고. 그러니 마음은 선하게 바른길로 가고 싶은데, 행동은 엉뚱하게 탈선의 방향에 있는 것이지. 이처럼 일치하지 않는 심신으로 인해 갈등해야만 했던 모습이 생생하네. 지금도 그렇다네.

싱클레어. 그토록 번민하고 갈등하였던 결론은 무엇인가. 알을 깨고 나오는 새처럼, 마음의 양면성을 깰 때 진정한 자유를 얻을 수 있지 않을까. 모두가 현실에 있고, 그 속에서 원만히 어우러짐을 가질 때 비로소 보이지 않는 구속으로부터 날개를 얻을 수 있다고 보네. 원칙에 입각한 시각도 필요하지만, 때에 따라서는 긍정과 부정이 조화롭게 버무려진 어느 쪽도 편중되지 않는 중용에 선택이 가장 합리적이지 않을까 하네. 이상도, 욕구도 모두 현실을 외면해서는 이룰 수 없지. 그러니 현실을 직시해야 한다고 보네. 그래서 그 처절한 전쟁터로 나가지 않았는가.

# 렉서스와 올리브나무

2005

사람이 살아가는 데에는 여러 가지 방법이 있다. 단적으로 옳은 길로 가느냐 틀린 길로 가느냐는 문제가 되지 않는다. 이는 전적으로 이를 판단하는 주관에 달린 것이다. 우리의 말 중에 앞으로 가든 뒤로 가든 서울만 가면 된다는 의미심장한 뜻을 지닌 격언이 있다. 목적지를 어떻게 가느냐는 방법론에 지나지 않지만 어쩌면 우리 대한민국 국민에게 주어진 현실적인 숙제일지도 모른다.

그동안 귀가 따갑게 들어왔고 입에 오르내렸던 단어 중의 하나가 바로 세계화라는 것이다. 이것에 대한 실체조차 제대로 인식하지 못한 채 그저 남이 생각하고 인식하니까. 이를 사용하지 않으면 왠지 상대적으로 뒤떨어진 듯한 기분에 앞장서서 세계화를 부르짖은 것은 아닌지 되돌아보게 하는 계기를 마련해준 책이 바로 이 렉서스와 올리브나무이다.

다소는 충격적이었고 마음 상하는 부분도 분명 있었지만, 이것이 바로 지속 가능한 세계화임을 인식시켜주는 교과서라 느끼고 깨닫게 해주기에 충분하였다. 단순히 '그렇구나'하는 인지의 정도에 머물지 않는 태도의 변화가 분명 있어야 하겠다. 썩은 부분은 과감히 도려내고 고쳐야 할 점이 있다면 주저하지 말고 개선 방향으로 초점을 맞추어 나가는 실천력이 이 시대에는 절실히 요구된다고 하겠다.

세계화를 무턱대고 부인하거나 미온적으로 대처하는 누는 한 번으로 충분하다고 본다. 우리 국민이 모두 겪어야만 했던 외환위기를 상기하면 할수록 분함이 치솟는 것은 너와 나만이 아닐 것이다. 아마도 이러한 국가적인 차원의 위기 상황을 호재로 여기고 개인적인 치부 축적에 혈안이 되었던 부류의 파렴치한 무리를 제외하고는 대한민국 국민이라면 누구나 갖는 정서라고 본다. 한마디로 우리의 어리석음을 여실히 보여 준 부끄러움 그 자체이다. 이를 조장하고 꾸민 장본인들은 오히려 제 살길의 돌파구로 이용하였건만 우리 국민은 애지중지하며 깊숙이 장롱 속에 넣어두었던 금붙이를 아낌없이 선뜻 내놓는 등 한마디로 마지막 자존심마저 고스란히 털려야만 했다. 우선 발등의 불부터 끄고 볼 수밖에 없는 국민의 심리를 최대한 이용한 정책 당국의 어설픈 해법은 결국 국민 모두를 빈익빈 하층민 노동자로 전락시키고 말았다. 세계화 시대에는 국가도 하나의 회사에 불과함을 인식하지 못한 지도층 인사들의 판단 오류는 급기야 건실한 대기업마저도 휘청거리게 했고 속살을 드러내도록 했다.

가장 명심해야 할 지피지기 백전백승이라는 문구를 눈앞에 두고도 읽어내지 못하는 썩어빠진 정신으로 국정을 논하고 칼 휘두르는 맛에 매료되어 넋을 놓은 아니 민족적 자존심마저 놓은 그 대가는 고스란히 이들을 지지하였거나 안 했거나 상관없이 국민이 모두 수모를 감수하여야만 했으니 그 처지가 가련하고 부끄럽다. 그르친 모든 현안을 국민의 이름을 도용하여 합리화시키기에 급급해하는 모습이 또한 가증스럽건만 이를 책임질 당사자가 발뺌으로 일관하는 작태가 그리 좋은 몰골이 아니었음은 우리 국민 모두 기억하고 있다. 게다가 신용등급이 뭐 간데 투명 경영이라는 어설픈 명분으로 속살을 다 드러내는 수치를 보이도록 해야만 했는지, 지금도 의아스러움은 가시지 않는다. 남을 알고 나를 알면 백 번 싸워도 다 이긴다는 말처럼 나를 나체화 시켰으니 남이 나의 약점을 알아 다방면으로 공략해 오는데 이를 견디어낼 재간이 있겠는가. 그러니 어쨌든 외형적으로나마 건실해 보이던 기업들이 추풍낙엽처럼 쓰러져가지 않았는가. 우리 경제의 기반이 되어야 할 기업의 몰락은 곧 국가의 존립을 위협하는 상황에까지 이르러갈 것으로 보인다. 실제로 자본의 흐름을 한눈에 알 수 있는 우리의 증시를 보더라도 어느 특정 국가의 흐름에 따라 널뛰기를 하는 모습을 보게 될 때마다 울분을 토하다 못해 각혈할 정도이니 한숨이 절로 나오며 누군가에게 눈총 세례를 보내게 된다.

이러한 일련의 과거지사를 생각하면 힘이 쭉 빠지고 나의 일을 남에게 맡겨야만 하는 오늘의 우리 현실이 참으로 비참하다는 생각이 든다. 게다가 돌파구의 하나로 제시되었던 벤처 산업의 육성이 답보 상태에 이르고 있는 오늘의 현주소를 생각하여 보더라도 탐탁스럽지만은 않다. 그렇다고 이대로 주저앉아 버릴 수만은 없지 않은가. 재건해 나가는 능동적인 자세와 태도가 요구된다. 구구절절한 이유와 변명은 저만치 던져버리고 한국인이라는 이름으로 모두가 동참하는 "오~필승, 코리아"를 외쳐야 할 때가 바로 지금이다.

이제 다시 써야 한다. 세계화의 의미를 좀 더 진지하게 살펴 우리의 것으로 해석하고 재조명해 나가야 한다. 내 양심에 비추어 한 점 부끄러움이 없는 판단과 실천이 뒤따르고 앞에서는 끌고 뒤에서는 온 힘을 다해 밀어 나가야 한다. 중간에 요령을 피우거나 일명 농땡이를 피우는 작태는 그만두어야 한다. 이 글에서 말하는 올리브나무처럼 대한민국의 구성원 모두가 한마음 한뜻으로 뭉쳐나가야 한다. 서로에게 이로움을 줄 수 있는 방향으로 생각을 모으고 함께 더불어 살아가는 공동체가 되어야 하겠다. 그리하여 우리 나름의 국가적 경영이 이루어지고 세계에 내놓아 손색이 없는 방향으로의 전환이 이루어져야 하겠다. 국민이 믿고 따를 수 있는 신뢰를 바탕으로 한 정치, 경제, 문화 전반이 조화롭게 이루어졌을 때야 만이 세계화는 우리의 것이 될 수 있는 것이다.

국민의 혜안을 소모적인 일에 몰두하도록 유도하는 누는 한 번으로 충분하다고 본다. 강의 물줄기처럼 유유히 흐를 수 있는 길라잡이의 역할이 얼마나 중요한지 새삼 거론하지 않아도 되리라고 보며 나라를 경영하는 지도층 인사의 투명한 마음에 우리 국민의 시선이 모이고 있음을 명심해 봄도 좋을 듯하다.

밝고 맑은 사회로의 길은 멀면서도 가깝다. 나라를 경영하는 이의 판단에 달린 것으로 그를 믿고 따르는 국민 아니 민족의 운명까지도 좌우한다 해도 과언이 아니다. 세계화 시대가 요구하는 사회는 그 구성원 각자의 도덕적인 양심에 바탕을 두며 사회 각 분야 지도급 인사의 처신에 달려 있다고 본다.

세계화 시대에는 오히려 더 누구나 그렇다고 객관적인 타당성을 바탕으로 한 개성시대라고 본다. 그래서 그 옛날 우리의 새마을 운동이 세계인의 눈길을 끌었는지도 모르겠다.

# 사랑과 평화, 미처 못한 이야기[*]

을유년 새해가 밝아 옵니다만 닭은 아직도 잠결에 뒤척입니다. 바야흐로 서광이 비치리라는 기운만 무성하게 전해올 따름입니다. 그것도 마음으로부터 오는 소망에 불과합니다. 날로 살기가 어렵다는 푸념만이 공중파를 누리느라 그늘이 드리워졌습니다. 찬란히 빛을 발하는 번화가에서 어두운 골목으로 조금만 시선을 모두면 행복한 거지가 추위에 떨고 있습니다. 이미 저녁거리를 해결한 탓에 배부른 돼지의 모양으로 사색을 즐기는 나상의 자세를 흉내 내고 있습니다. 아주 열심히 사느라 분주한 세인의 어리석은 행위를 물끄러미 바라보며 조소하는 듯도 합니다. 사늘한 바람이 쓸리듯 횅하니 지나갑니다. 옷깃을 여미고서 고개를 깊이 떨군 사람들이 사는 동네의 풍경이 고달픔으로 가득합니다. 그 누구도 이네의 가슴에 따스한 손길을 건네지 않습니다. 산등성이의 판자촌엔 달이라도 뜹니다만 고층 숲에 가려진 시멘트 벽돌 사이에는 어둠의 그림자가 그윽한 눈길을 쏟아냅니다. 부랑하는 이가 호화로운 음식점 뒤란에 마련된 쓰레기통에서 허겁지겁 만찬 거리를 쇼핑하느라 여념이 없습니다. 혹여 기름진 고깃덩이라도 만나면 오늘 하루 살판나는 세상이 펼쳐져 축제라도 열 분위기입니다.

나 아니면 안 된다는 무대의 주인공이 너무도 많습니다. 그 누구도 조연에게는 갈채를 보내지 않습니다. 오직 하나의 별만이 존재해야 한

---

[*] 2005. 1. 14. 중등 자원봉사 직무 연수하면서.

다는 듯이 영웅 만들기에 혈안입니다. 기호를 좇아 마음이 가는 대로 생각하고 행동하는 산물이 꼬리를 물어 세상의 얼굴이 되어갑니다. 삶의 목표라도 되는 듯이 무지개를 그려냅니다. 어느 순간 허상에 불과하련만 지금은 조명 아래 관심받기를 선호합니다. 오늘 이 순간의 존재 가치는 너와 내가 우리로 함께 공존한다는 그 이상의 것이 아니라는 듯이 만남과 헤어짐이 너무 쉽게 자행됩니다. 책임과 의무는 그 어디에도 공간이 마련되지 않았습니다. 권리만이 목청을 돋우는 대로 커져 있는 상태입니다. 오직 물질이 존재하는 세태의 칼날에 공중분해의 처절함을 겪을지 모른다는 우려는 안중에도 없습니다. 그러니 미래가 안개 속에 갇히어 실상을 보기 어렵기만 합니다.

이들에게는 손에 손잡고 하나가 되어 정을 나눌 목자가 절실합니다. 선한 사랑으로 더불어 마음에 위안을 주고 장래를 밝게 열 손길이 우리 누리에 가득히 펼쳐졌으면 합니다.

우리네 소망은 그다지 크지 않습니다. 그런데도 언저리로 제쳐지는 경향이 농후합니다. 세상에 존재하는 한, 어느 하나 소중하지 않은 것이 없는데 서열을 정하고 우열을 가리는 의식이 기득권을 발휘합니다. 드러내놓고 문제를 거론하자니 망망대해에 갇힌 외로운 섬이 되어야 합니다. 조금이라도 이의를 보이면 그 즉시 따가운 눈총이 횡행합니다. 왜 이리 비뚤어진 시각이냐며 의도와 다른 방향으로 매도마저 합니다. 음흉한 술책을 은근히 드러내 제 입맛에 맞는 꼭두각시가 되기를 강요하면서도 겉으론 아닌 척 시치미를 뗍니다. 약간만 시선을 달리해도 훤히 들여다보이는데 말입니다. 제 본심이 들통났으니 어떻게든 합리화시키려 떼거리로 억지를 부립니다. 불합리함이 오히려 정설인 양 그러하다 논리를 폅니다. 이해할 수 없는 근거를 들어 그리도 모르느냐며 바보를 만듭니다. 얄팍한 식견을 앞세워 다 아는 듯이 설쳐대는 이가 너무도 많습니다.

벼는 익을수록 고개를 숙인다는 옛말을 되새겨봅니다. 정말 제대로 알기나 한지 좀처럼 믿음이 가지 않아서 의구심을 갖는데 '왜 믿지 않느냐'며 핀잔이 가해집니다. 이처럼 나만이 최고라는 이기가 사방에서 독을 품어냅니다. 모든 일의 시작과 끝은 오직 나로부터 기인한다는 편협한 독선이 엄청난 폐해를 부르고 급기야 삶의 바탕을 뽑아내려 합니다. 이를 지켜보려니 매스꺼움이 한숨에 의지하여 구토증을 발산합니다. 언제부턴가 이대로 두고 볼 수 없다는 의분이 목젖을 넘어 혀끝에 머뭅니다. 극에 달하여 더는 다독일 여력이 없음을 알아야 합니다.

한 나라를 다스리는 왕은 유아독존이기에 외롭습니다. 나 혼자 잘났다고 설쳐대는 이도 마찬가지입니다. 인간관계가 자본에 의해 쥐락펴락 움직이는 듯이 보이지만 그 이면에는 그 무엇과도 바꿀 수 없는 힘이 자리하고 있습니다. 이는 정과 통합니다. 정에 끌리어 쌓이면 사랑으로 이어집니다. 사랑은 배려하고 섬기는 마음에서 옵니다. 순간의 감정은 정이랄 수 없으니 사랑도 아니랍니다. 한눈에 반했다고 함은 외면의 도취에 불과합니다. 그러니 작은 거슬림에도 상처를 받고 흔들림이 심하면 헤어짐을 부릅니다. 날로 삭막해져 가는 세태와 무관하지 않습니다.

번화한 거리에는 외로움이 없어 보입니다. 모두가 흥겨움에 술렁거릴 뿐입니다. 그러나 무리로부터 조금만 떨어지면 그 틈새로 쓸쓸함이 스며듭니다. 그래서 더욱 견고한 파당을 지어 묵수(墨守)로 연연하는지도 모르겠습니다. 이처럼 생각하고 행동하는 이유가 무엇인지 점검의 시간을 잠시나마 가졌으면 합니다. 어떻게 살아감이 진정한 행복인지 우리는 알고 있습니다. 추구의 과정이 다르기에 부득이 상충하는 부분도 생깁니다. 다만 이익의 최대 뒤엔 손실이 존재함을 간과해선 안 될 것입니다. 그래서 조화와 균형이 필요합니다. 이를 이루기 위해서는 존중하는 자세가 요구됩니다. 하나를 얻으면 되돌려 줄 줄 아는 미덕이 윤택한 삶을 지탱케 하는 원동력입니다. 내가 존재함은 이 사회가 필요로 해서입니다. 그러니 나의 능력을 모든 이에게 이로움이 되게 해야겠습니다. 여기엔 편협한 파당이나 독선의 설 자리가 마련되어 있지 않습니다. 오직 함께 더불어 살아가는 손길이 펼쳐질 따름입니다.

이 순간 하던 일을 잠시 멈추고서 내가 나와 가족, 그리고 이웃, 더 나아가서 지역사회와 지구촌을 위해 무엇을 할 수 있을지 생각해 봅시다. 이미 드러난 문제를 지적하여 탓하기 전에 해결을 위해 가장 최선으로 어떤 선택이 옳은지 성찰합시다. 여기에 모두가 똑같이 은혜로움을 맛볼 수 있다면 족할 것입니다.

사랑과 평화는 생명의 삶과 함께하는 동반자입니다. 제 몫을 다해 나가는 그 자체가 행복입니다. 선생은 학생을 위하여, 시장은 시민을 위하여, 대통령은 국민을 위하여 배려하고 섬기는 마음으로 봉사할 때 삶의 궁극적인 목표인 행복은 잔잔한 미소를 머금고 우리의 가슴, 가슴마다 살포시 안기리라 믿습니다. 이것이 함께 더불어 정을 나누며 사는 이유이자, 복지 공동체로 가는 지름길이라 여깁니다.

# 새로운 시작으로 거듭나기

2006

새로운 시작이다. 하나에 하나를 나란히 세우니 11의 숫자가 성큼 눈앞에 나타난다. 너와 내가 만나 우리가 되듯이 그렇게 우리누리는 새로이 거듭나기 위해 어깨를 맞대고 섰다. 매번 맞이하는 동아리이건만 이번의 인연은 뭐라 딱 꼬집어 말할 수 없는 특별함이 있다. 구태여 그 근거를 들라 한다면 중학교에서 함께 더불어 활동을 펼친 지가 올해로 딱 10년이기 때문이랄까. 그래서인지 거두어지는 결실도 기대 이상으로 풍성히 다가와 만족의 깊이가 더하다.

거슬러 과거로 돌아가 시작 당시의 일을 떠올려 보니 격세지감이다. 무에서 유를 만들어 냈다고 함을 거론하기 전에 하나같이 모두가 실험적이었다고나 할까. 1기의 활동은 마치 첫걸음마를 내딛는 어린아이처럼 어설프기 그지없었다. 글쓰기를 지도하는 선생이나 따르는 학생이나 오로지 열정만으로 무모하게 덤빈 흔적이 또렷이 엿보인다. 그저 이렇게 하면 되려니 했다. 우물 안에서 하늘을 보고 판단하는 편협함 그 자체였다는 생각도 들지만, 한편으로는 그 당시엔 그것이 최선이었고 옳은 길이라 믿었다. 그래서 그렇게라도 어설프게나마 시행착오 속에 힘들긴 해도 어려움 가리지 않고 추진해 나갔던 것이다. 그러했으니까 오늘날에 이르러 전통의 맥을 잇고 있음만은 성과의 경중을 떠나서 나름으로 가치가 있으며 무릇 갈채를 받아도 마땅하다. 다소는 쑥스럽고 어색할지라도 위안과 함께 드러내어 뽐내고 싶은 심정도 사실이다.

　겨우 몇 자 가까스로 끄적거려 내용도 없는 글을 연결해 놓고는 무슨 대단한 성과라도 얻은 것처럼 득의양양으로 호들갑이었던 동아리들의 얼굴이 여기저기서 기수 서열도 잊은 채 나타났다 사라지곤 한다. 그중엔 한동안 머물며 회상의 고리를 제공하는 녀석도 있다. 조금은 더 길게 문장을 만들고 내용도 어느 정도 담아내느라 끙끙대던 모습이 선하다. 점차로 글쓰기가 나아져 이 정도면 되었다고 하면 해방감을 느낌에서인지 무척 좋아했었지. 그리고 그 1기의 일원인 홍근이가 올해 드디어 졸업을 맞이하게 되었다. 학교를 중도에 그만두어야만 했던 때의 담임으로서 항상 그늘로 남아 안타까움에 개운치 않았는데 몇 해가 지난 어느 날 연락을 취해 와 마치 묵은 숙제를 푸는 듯하였던 개운함은 지금에 이르러서도 뿌듯한 자부로 이어지는 듯하다. 뒤늦게나마 복학하고자 하는 뜻이 가상하여 기쁜 마음으로 선뜻 절차를 밟아나가던 순간의 행복, 걸림돌로 작용했던 제약도 그러하게 타당한 순리 앞에 길을 터 주었지…. 그리고 수월하지 않았을 늦깎이 학교생활을 이제 마치고 졸업이라니 흐뭇함에 거듭 감회가 새록새록 돋아난다. 축하한다.

　그러고 보니 인생 선배들이 줄기차게 이야기했던 처음이 중요하다는 말이 실감 난다. 그때 그 어설픈 초석을 세상에 내놓지 않았다면 오늘의 우리누리가 존재나 했을까. 그런 면에서 1기의 노고는 형식의 틀을 갖추고 내용의 알참을 떠나 치사 받을 만도 하다.

　이어진 2기의 역할 또한 오늘을 있게 한 중역이었다. 고등학교에서 중학교로의 자리 옮김은 한마디로 의외였고 받아들일 수밖에 없었다. 그간의 행적을 그대로 멈추게 하고 공간 이동을 통해 출발점에 서야만 했던 심사는 이들을 만남으로써 거듭나는 충전의 동력을 얻을 수 있었다. 어쩌면 이것이 우리누리에 신선함을 담아내는 계기가 되었는지도 모른다. 어쨌든 날로 새로움을 모색한 것으로 기억된다. 더구나 시기의 눈초리는 해일을 일으켰고 따라서 항해가 순탄치만은 않았다. 마치 시련이 창조를 잉태시키는 산파 같다고나 할까. 담금질할수록 단단해지는 쇠처럼 우리누리는 의연히 탄탄한 성장을 해왔다.

문득 언제나 항상 그대로라는 말이 떠오른다. 변절이 없다는 점에서 믿음직해서 긍정적이나 불변인 만큼 변화에 적응하지 못하는 면도 있어 흠이다. 반대로 고리타분한 속성을 고집스럽게 지키려는 수성 또한 달갑지 않으나 너무 쉽게 세태에 물들어 가는 모습도 그다지 좋지 않음은 누구나 가지고 있는 견해다. 이처럼 어떤 행보든 양면성을 가질 수 있다. 오늘의 우리누리가 시선을 두고 가는 방향 또한 장단점이 있고 상승과 하락을 겪기도 할 것이다. 그러나 분명함은 가장 이상적인 삶이 펼쳐질 수 있도록 최선을 다한다는 점은 확실하다. 이기에 바탕을 둔 계산을 배제한 보편성에 객관화된 순리를 따르려 한다.

강산이 변한 세월이다. 그래서 더욱 거듭나고자 한다. 선배 때 이랬으니까 너희도 그 뒤를 따르라는 것이 아니다. 바람직하다면 자연스럽게 이어가야겠지만 구태의연한 낡은 생각이라면 과감히 버리련다. 아니 동아리들이 먼저 그래 주길 바란다. 매년 새로이 맞이하는 새내기라서 그저 어설프기만 하다. 아니 아무것도 모르는 철부지와도 같다. 생각도 없는 듯하다. 즉흥적으로 행동하고 기분에 따라 좌충우돌이다. 그런 녀석들의 생각 머리가 활동해 나감에 따라 교통정리가 되어가는 일신우일신의 발견이 기쁨으로 즐거움으로 행복으로 이어진다. 열심히 참여해 준 동아리 모두에게 감사하는 마음이 밀려온다.

# 점검해 보아야 할 시점

2007

문득, 어릴 적에 선물로 받았던 연필 1타(打)가 떠오른다. 이 정도 수량이면 의례적으로 형제간에 골고루 나눠 쓰기 마련이다. 그런데 그때는 오롯이 내 몫이었고 모두 그렇게 인정했었다. 기쁨에 신나서 웃음 지으며 꺼내 보니 각기 다른 색상에 그림이 그려져 있었다. 그만큼 마음에 들었고 좋았다. 처음엔 욕심이 생겨 나눠 쓸 줄 모르고 나만의 비밀 창고에 몰래 감추어 두고 틈틈이 꺼내어 애지중지로 보곤 했다. 그러던 어느 날, 무슨 변화의 바람이 불어선지 형제들에게 후한 선심을 발휘하였다. 나중엔 한 자루가 남았는데 그마저 몽당 해져서 더 이상 쓸 수가 없게 되었다. 그래서 다 쓴 볼펜에 끼워서까지 썼었다. 그리고도 버리기 아쉬워 필통에 넣어서 한동안 가지고 다니기도 했었다.

그래서일까. 올해로 12년째에 이르는 우리누리 활동과 자꾸만 연관되어 진다. 그때의 연필처럼 마냥 귀하게 여겨진다. 그리고 욕심부리지 않고 나눔을 가졌듯이 나를 믿고 따르는 아이들에게 성장의 디딤돌이 될 수 있도록 지도해 나가리라 거듭으로 다짐한다. 의욕을 갖고 잘해 보려 했고 배려하는 마음도 가졌었다. 매 순간 나름대로 충실히 임하였고 최선을 다했었다. 그 결실이 안팎으로 풍성하여 만족감에 사로잡히기도 했다. 이러다 혹시 보잘것없는 성과를 앞세워 자만에 빠져 헤어나지 못하지나 않나 우려스러워졌다. 그래서일까. 해가 거듭되어 감에 따라 자꾸 되돌아보아진다. 무얼 하든 재미가 있어야 하는데 겉치레 형식으로 보이기에 연연하느라 즐거움을 잊어버리지나 않았는지 가만가만 지나온 나날의 속으로 들어가 떠올려도 본다.

　말로만 그럴싸하게 인성을 운운하면서 사제동행을 강요하고, 체험학습이라며 하기 싫은 봉사를 억지로 시키지나 않았는지 거듭으로 자문한다. 교육이라는 알량한 명분을 내세워 이래라저래라 지시하고 때로는 오지랖 넓게 관심이 아닌 간섭을 거리낌 없이 자행하지나 않았는지도 점검해 보아야 할 시점이란 생각이 든다. 사실 근자에 이르러 회의 (懷疑)가 마음을 붙들고 놓아줄지를 모른다. 항상 초심을 잃지 말자고 하면서도 독단으로 진행을 일삼지 않았는지 분간이 되지 않는다. 다만, 모든 활동에 아이들을 중심에 두었고 주체로 내세웠음은 자부한다. 조금이라도 도움이 되겠다 싶으면 계획을 세우고 실행에 옮겼다. 언제부턴가는 아이들이 먼저 하자고 안을 냈다. 시행착오를 겪으며 수정에 보완을 거듭하는 동안 다양한 프로그램이 개발되었다. 이제는 프로젝트 개념으로까지 발전하여 현재의 모습으로 자리 잡았다.

　해마다 조금씩 더해지다 보니 이제는 이를 다 경험하기엔 버거워 보인다. 자율적인 참여로 진행하였지만 부담스러웠을지도 모른다. 하기 싫어도 모두 하는데 빠질 수 없어 마음에 내키지 않지만 무리하게 했을 때도 있었으리라고 본다. 그래서 상시로 시간적 여유가 있을 때 자유로이 동참하도록 권하였다. 그런데도 마지못해서 했다고 함은 서로 불행스러운 일이 아닐 수 없다. 사랑과 정을 함께 나누며 더불어 살아가는 아름다운 세상 만들고자 하는 취지가 바로 우리누리 활동의 목표인데 말이다. 솔직히 활동 초기에는 의도적으로 실행에 옮기라고 일부러 시킨 것이 사실이다. 따라서 평소에 일상으로 하던 일이 아니라 내키지 않는 데다 적응이 안 된 상태라 꺼려지고 힘들기도 했으리라. 왜 해야 하는지 필요성이나 까닭도 모르고 그저 하라니까 그냥 했을 수도 있다. 그랬던 아이들이 이 담임의 마음을 알아서일까. 아니면 어쩔 수 없다는 판단에서일까. 어쨌든 잘 따라 주었고 나름대로 즐거운 마음으로 활동에 임하는 모습을 보니 흐뭇했다. 지도하는 보람도 느꼈다.

지난해에 못지않게 활동에 관심을 두고 동참하는 분위기가 이어져 무척 고마웠다. 더욱 잘 이끌어 달라는 뜻으로 알고, 양보다는 질에 가치를 두고서 실속 있게 추진해 나가리라 다짐도 했다. 그간 이들 동아리가 기대에 부응이라도 하듯 튼실하게 자라주었다. 아니 그 이상으로 만족도를 높였다. 다만, 숲이 우거지면 나무가 자라지 못하기에 가지를 쳐 주듯이 '우리누리'라는 나무도 이제 제법 재목감으로 모습을 갖추었다. 그러니 군더더기는 과감하게 정리해야 할 것이다. 그래야 더욱 건실하게 거듭나리라고 본다. 그런데 막상 가지치기를 실행하려고 보니 쳐내기가 만만치 않다. 차근히 선별에 들어가 보면 하나같이 소중하다. 그간 제 몫을 톡톡히 한 녀석들이라 매몰차게 내치기가 아무래도 쉽지 않다. 그래서 고민이 되고 회의에 빠진다. 주저하기를 몇 번이나 반복으로 했는지 헤아릴 수가 없다. 그렇다고 이대로 또 미룰 수도 없는 실정이다. 이러다 어느 것 하나 제대로 못 하고 중도에 지쳐 모두를 포기해야 할는지도 모른다. 그런 국면을 맞이하기 전에 진일보 측면에서 어떤 결론이든 내야 한다. 질적인 가치를 생각해야 할 시점이기에 더더욱 가지치기가 절실하다. 어쨌든 오늘에 이르기까지 힘들어도 묵묵히 따라준 아이들에게 진심을 담아 "고맙다" 말하고 싶다.

# 김덕용의 뉴질랜드 길

## • 첫째 날, 인천국제공항을 출발하다

보건복지 가족부 한국 청소년 진흥센터에서 주관하는 2009 청소년 활동 정보 통신원 해외연수에 경기도센터 우수통신원으로 선정되어 11월 22일(일)부터 26일(목)까지 4박 5일 일정으로 뉴질랜드의 오클랜드 Youth Line 본부와 로토루아 Youth Centre를 방문하였다. 이번 연수는 외국의 청소년 관련 활동 프로그램과 운영 체계 및 정보 서비스 운영 현황 등을 파악하여 국내 청소년 활동 정보제공 사업 활성화에 반영하고자 마련하였다.

첫째 날인 22일, 서울 잠실의 롯데월드에서 인천국제공항으로 가는 리무진을 탔다. 승객보다는 여승무원이 눈에 더 띄어 아! 정말 비행기를 타러 간다고 하는 실감이 났다. 88대로를 질주하여 가는데 한강의 무수한 다리며 남산 타워, 끝없이 이어진 아파트, 63빌딩, 국회의사당 등의 전경이 삭막한 아름다움으로 펼쳐졌다. 환경오염의 산물이랄 수 있는 쓰레기더미로 이루어진 난지도에 어울리지 않는 골프장을 연상하는 사이 고속도로로 진입하여 논스톱으로 공항까지 1시간 30여 분 정도 소요되었다. 시간이 좀 이르다 싶어 내부를 둘러보며 집결 장소인 3층 출국장 A카운터로 갔다. 초면이라 잘은 모르겠지만 움직임으로 보아

연수에 참여하는 일행일 듯싶은 사람들이 모여 있었다. 첫 만남이었지만 청소년 활동 정보제공과 관련하여 동질감에 이미 알고 지낸다는 듯이 자연스럽게 반가움의 인사를 나누었고, 자기소개와 함께 화기애애함으로 하나가 되었다.

연수에 참여한 인원은 총 24명이었고, 인솔총괄은 한국 청소년 진흥센터의 강헌석 단장, 진행에 김은주씨가 하였다. 그리고 다섯 조로 나누어 서울, 대구, 경기, 울산, 전남 순으로 센터의 실무 담당자가 조장이 되었다. 나는 3조에 속했고 여기엔 경기센터의 김정선씨가 조장, 그리고 충남의 이민정씨, 경남의 최성임씨가 같은 조로 편성되었다. 성임씨는 김해청소년문화의집에서 근무하고, 민정씨는 한남대 학생으로 연수에 참여한 통신원 중에서 가장 최연소였다. 나는 무안 쑥스럽게도 최고령이었다.

연수에 참여하는 각 지역의 우수통신원이 약속한 14시 30분을 기준으로 모두 모이자 공식적으로 발대식을 했다. 취지와 일정을 안내하고 유념해야 할 사항 등을 공지한 후 잠시 휴식 시간을 가졌다. 이때를 이용하여 국민은행 환전소에 가서 뉴질랜드 달러로 100NZD를 88,421원을 주고 바꾸었다. 환율이 1NZD에 884.21원이었다. 보통 N$라고 표기하는데 동전에는 5, 10, 20, 50￠, $1, $2짜리가 있고, 지폐는 $5, $10, $20, $50, $100 가 있지만 $50와 $100는 잘 사용하지 않는 큰돈이라 한다. 3시 30분쯤에 단체로 이동하여 수화물 수속을 밟았다. 무게는 20kg으로 제한했다. 10㎖를 초과하는 화장품, 치약 등과 같은 액체 물품은 기내 반입이 제한되었다. 특히 1인당 총 1리터가 넘는 경우 압수 조치가 취해질 수 있다고 했다. 해외에서는 소주가 양주에 못지않은 일명 금값이라 요 녀석과 안줏거리로 김을 먼저 챙기는 모습에 배려

의 마음이 깃들어 있어 바라만 보아도 흡족했다. 은근히 엄습할지도 모
를 생각에 걸맞은 묘약을 준비하다니 친목 도모에 신경 썼음을 엿볼 수
있어 기특하고 역시 좋았다.

휴대전화를 로밍하는 사람도 있었지만, 대다수는 하지 않았다. 다만
응급상황에 대비하여 알아두어야 할 것 같아 이용 방법을 숙지했다. 공
중전화로 한국에 전화를 거는 경우 '00+82(한국국가번호)+0을 뺀 한
국의 지역번호+전화번호'를 누르면 되었고, 요금은 1분당 $3이었다. 한
국으로의 수신자부담을 이용하려면 '080-044- 8043 +1111+#'을 누
르면 한국 교환원이 연결된다고 했다.

출국장으로 갔다. 신종인플루엔자
로 전 세계가 긴장하고 있는 터라 혹
시나 하는 눈길이 느껴졌지만 그러려
니 했다. 간단한 소지품 검색과 출국
심사를 마치고 면세점 쇼핑을 하며
시간을 보내다가 30분 전에 탑승구
에 모였다. 그리고 드디어 비행기 안
으로 들어갔다. 오클랜드로 가는 대
한항공으로 편명이 KE129이었다. 좌
석번호는 49H로 창가 바로 안쪽이라

밖이 보이는 자리여서 행운을 얻은 기분이었다. 출발 예정 시간인 17시
20분이 조금 지나자 기체가 천천히 움직이기 시작했고 안전벨트를 매
라는 승무원의 상냥한 안내방송이 나왔다.

활주로 진입과 함께 으르렁대는가 싶더니 앞으로 박차고 나가는 새
처럼 머리를 쳐들었다. 순간 발을 접고 창공으로 날아올라 고도를 높였

다. 창은 이미 어둠으로 불빛만을 고스란히 보여 주었다. 휘황한 공항의 모습은 서서히 멀어져 갔다. 그리고 저기가 내가 사는 수원이 아닐까 하며 내려다보는데 야경이 무척이나 아름다웠다.

정상 궤도 진입이 이루어지자 이륙하느라 가졌던 긴장을 풀고 승무원이 권하는 맥주 한 캔을 마시며 기내에 비치된 책자를 보다가 가지고 온 시집을 꺼내어 읽는데 생각보다 이른 식사가 나왔다. 두 가지 메뉴로 불고기 스테이크와 비빔밥이었는데 아무래도 한식이 나을 듯싶어 택했다. 역시나 탁월한 선택이었다. 거의 비슷하지만 그래도 우리 입맛에는 비빔밥이라는 평이었다. 커피로 입가심을 하고 한참 후에 맥주 한 캔을 부탁하여 마셨다. 문득 기내를 분주히 오가며 승객의 시중을 드는 여승무원의 모습이 눈에 들어왔다. 그리고 생각의 주머니를 풀어냈다. 리무진을 타고 오면서 본 멋진 환상이 탈바꿈하여 현실로 나타났다. 그러니 시가 아니 나올 수 있을까. 허무해서….

시상이 떠올라 두어 마리 대략 잡으며 상념 하다가 시집도 읽고 했는데 어느 순간 사르르 잠이 들었고, 얼마나 시간이 흘렀을까. 나만을 위하여 나름으로 마련된 공간이 안락과는 거리가 멀게 감옥인 양 옥죄어와 순간 답답증에 눈을 떴다. 벨트를 풀어낸 지 오래건만 참아내는 인내의 한계점에 도달한 듯 화장실 간다는 핑계로 자리에서 일어나 서성거려도 보았다. 하지만 오랜 시간의 기다림은 운신의 폭을 더욱 좁게 했다. 무려 11시간이나 가야 하니 체념으로 잠을 청해보지만 그리하여 조금 더 연장해 눈을 감고 있어 보는데 이젠 참다못한 허리가 고통을 호소한다. 어휴! 제발 빨리 좀 가라 시간아!

## • 둘째 날, 오클랜드에서 로토루아로 가다

지루함에 지쳐 얼핏 선잠이 들었는데 승무원의 꾀꼴 소리에 몸을 일으키고 의자를 바로 세웠다. 중국 국적의 승무원이 서툰 우리말로 인사하며 따뜻한 물수건을 건네주었다. 펼쳐서 얼굴에 가져다 대는 순간 시간을 없애느라 시달린 피로가 완화되는 느낌이 들었다. 그렇게 둘째 날이 서서히 밝아 왔다. 창 가리개를 젖혀보았다. 아직은 어둠의 세계였다. 어디쯤일까 가늠하면서 물로 목을 축였다. 그리고 아침밥이 나왔다. 오므라이스보다는 역시 비빔밥이라는 생각에 주문하여 먹고 커피를 마셨다. 어떤 종류인지는 모르겠지만 조금 쓰다는 감각으로 혀끝에 전해졌다. 바삐 움직이던 승무원들도 이제 어느 정도 안정이 되어갈 무렵 드디어 남태평양 남반구에 있는 뉴질랜드 상공에 이르렀다는 비행 안내가 스크린에 나왔다. 밖을 내다보았다.

어둠이 조금씩 걷히는가 싶더니 금방 구름이 다가오며 기체(機體)가 흔들렸다. 벨트를 착용하라는 안내방송이 나왔다. 비행기는 구름바다 위를 항해하는 배 마냥 출렁거렸다. 그리고 이내 잔잔한 물결을 가르듯이 순풍을 맞이했다. 첩첩 운산이 펼쳐진 광경은 감탄사를 절로 나오게 했다. 오클랜드 상공이라는 기장의 인사말과 함께 점점 고도가 낮아지나 싶었는데 기압 차로 인해 귀가 멍해지는 느낌이 과히 좋지 않았다. 침을 삼켜도 보고 손바닥을 귀에 댔다가 떼어 보기도 했으나 한동안 그대로이더니 점차 정상적으로 돌아왔다.

뉴질랜드는 한국보다 3시간이 빠르다고 한다. 특히 서머타임이 시행되는 10월부터 3월까지는 4시간이 빠르다. 그래서 시간 조정이 필요했다. 한국시간으로 4시면 뉴질랜드는 8시가 된다. 드디어 구름층 아래로 내려오자 낮게 깔린 구름 사이로 바다가 펼쳐졌다. 짙푸름이 한참이나 이어지더니 이내 해변이 나오고 육지가 펼쳐졌다. 이곳이 뉴질랜드의 관문인 오클랜드라 생각하니 감회가 새로웠다. 모두 사진 찍기에 여념이 없었다. 당연히 감탄사도 여기저기서 터져 나왔다. 첫인상은 푸르다는 것이다. 전부 다 녹색이니 말이다. 외곽의 주택가를 지나 공항으로 이르는 동안 잘 정돈된 도시의 풍경은 서울의 모습과는 아주 대조적이었다. 살기 좋은 곳에 대한 개념 정립을 어디에 초점 맞추고 해야 할지 잠깐 고민이 되었다.

현지 시각 8시 30분 즈음하여 공항 활주로로 진입하며 제동 걸리는 힘을 느끼면서 다 왔다는 해방의 기쁨이 기분으로나마 전신을 가볍게 했다. 몸은 방금 비행기로 날아왔는데 마음은 날아갈 듯했다. 다들 빨리 내리고 싶은 심정을 행동으로 보여 주었지만, 입국 절차는 더디기만 했다. 미리 써둔 입국신고서를 가지고 출구로 나와 세관검사와 농산물 검역을 받았다. 언어소통이 원활하지 않다 싶으면 몸동작과 표정을 동원하여 별다른 어려움 없이 통과하였다. 현지 가이드를 만나 인사를 나누고 화장실을 이용해 옷을 갈아 입었다. 기후는 이제 막 봄에서 여름으로 접어드는 시기라 한낮은 반소매 차림이 적당하다고 했다.

오클랜드 공항을 빠져나와 에덴동산으로 갔다. 휴화산 지역인데 시내가 한눈에 다 보이는 곳이었다. 그저 마냥

좋은 기분으로 기념 촬영도 하며 일행 간에 대화도 나누면서 일체감을 형성해 나갔다. 어느 집단이든 분위기를 좋게 만드는 사람이 있기 마련이다. 나한석씨가 바로 그런 사람이다. 대전의 가수원도서관에서 근무한다고 했다. 처음엔 오지랖 넓다는 인상이었는데 그러려니 하고 익숙해진 면도 있지만, 약방의 감초마냥 자칫 서먹할 법한 분위기를 살리는 역할을 톡톡히 해냈다.

　오클랜드 시내 조망을 마친 후 전용차를 타고 유황의 도시인 로토루아로 향했다. 가는 길에 오클랜드 대학가를 지나게 되었다. 우리처럼 대학이 따로 있지 않고, 곳곳의 건물에 강의실이 있어 시내 자체가 대학이라고 했다. 한참을 사뭇 달려가다가 '뉴코아' 한식당에서 중식을 하고 거리를 잠시 걸은 다음 다시 이동하였다. 뉴질랜드는 새로운 젤란트란 뜻의 네덜란드의 지방 이름이란다. 원래는 원주민인 마오리족이 1,000년 전에 하와이키에서 와카 호우라를 타고 이 땅에 와서 보니 길고 하얀 구름이 많아 마오리어로 "아오테아로아"라 했다고 한다. 그리고 수도는 웰링턴이지만 인구의 4분의 1 이상이 오클랜드에 살며 경제, 교통, 문화의 중심지라고 한다. 3시간 정도 지나자 로토루아에 도착했다. 일단 숙소인 Kingsgate Hotel Rotorua에 여장을 풀고 폴리네시안 스파로 가서 온천욕을 즐겼다. 다양한 온도로 탕이 갖추어져 있어 취향에 맞게 입수하면 되었다. 노천이라 호수를 보는 재미도 쏠쏠했다. 유황 냄새가 다소 역겨웠으나 맡을 만했다. 해 질 녘이어서 약간 쌀쌀하다는 느낌이 들었다. 저녁 식사는 한식당인 '종가집'에서 하였다. 찌개가 얼큰하여 반주로 소주를 곁들였는데 타국에서 마시는 우리 술이라 그런지 색다른 별미였다. 숙소로 돌아와 간단하게 간담회를 가진 다음 밤거리를 산책하며 담소도 나누었다. 아쉬운 점은 근무시간 이후엔 상점 문이다 닫힌다는 것이다. 조금만 늦어도 물건을 살 수가 없다. 만약에 한국이었다면 닫던 문도 열고 하나라도 더 팔려 할 텐데 말이다. 이것이 생활방식의 차이이자 이들의 문화임을 알 수 있었는데 어느 쪽이 옳고 그르다고 하긴 곤란하다는 생각이다. 하루 이틀 사는 것도 아니니 규칙은 있어야 하겠지만 그렇다고 조금 늦었다 해서 팔지 않는 것도 너무 인정이 메말랐다는 느낌이 든다. 넘치지도 부족함도 없는 중용의 미덕이 딱 맞는 지혜가 아닐까 싶다.

## • 셋째 날, 로토루아에서는 "Kia Ora!"가 인사란다

마오리어로 "키아 오라!"는 "안녕하세요"라는 뜻인데 로토루아에선 흔히 하는 인사말이란다. 뉴질랜드 최대의 관광도시로 호수와 숲이 어우러져 아름답다. 게다가 유황온천이 살아 숨 쉬는 곳이다. 양털 깎기 쇼도 볼만하다.

호텔에서 아침 식사를 하고 시내로 나갔다. War Memorial Park에서 새에게 모이를 주며 한가로이(?) 호수에 있는 섬을 바라보면서 전설을 떠올렸다. 마치 로미오와 줄리엣을 연상시켰다. 호숫가에 사는 흰스터 부족과 호수 안의 모라이아섬에 사는 아래하 부족 간의 싸움 속에 아래하 부족 추장 딸인 히네모네와 흰스터 부족의 젊은이 두타니카는 처음 본 순간 서로 사랑하게 되었다. 자유롭게 만날 수 없었지만 두타니카는 밤이 되면 호숫가에 나와 피리를 불었고, 히네모네는 카누를 저어 호수를 건너왔다가 새벽이 되면 섬으로 돌아가곤 했다. 히네모네의 아버지가 이 사실을 알고 카누를 모두 태워 버렸다. 그러나 히네모네는 표주박 수십 개를 허리에 동여매고 호수를 헤엄쳐 갔다. 목숨을 건 딸의 사랑에 아버지는 인정했고, 비로소 두 사람의 사랑은 이루어졌다. 그리고 두 부족도 화해했다. 이들의 사랑을 노래한 「Pokarekare ana」는 지금도 마오리족의 민요로 전해온다고 한다. 혹시 「연가」를 들어봤는지 모르겠다. "비바람이 치던 바다 잔잔해져 오면 / 오늘 그대 오시려나 저 바다 건너서 / 저 하늘에 반짝이는 별빛도 아름답지만 / 사랑스러운 그대 눈은 더욱 아름다워라…" 「포카레카레 아나」를 번안한 노래라고 한다.

할 줄 모르는 노래를 떠올리며 공원과 거리를 둘러보다가 버스에 올랐다. Rotorua Youth Centre를 방문했다. 청소년 활동 현장을 답사하고 관련 자료를 수집하면서 운영사례와 시스템 현황을 경청하였다. 기념 촬영을 한 후 스카이라인의 곤돌라를 타고 올라가 Luge Ride를 탑승하고 뷔페로 중식을 했다. 시내와 호수, 섬 등을 조망하며 지루할

정도의 시간을 보냈다. 아까웠다. 잠시 낮잠을 즐기다(?)가 내려와 한참을 달려 아그로돔 양털 깎기 쇼를 관람하였다. 다양한 종류의 양과 가공법에 대한 설명을 듣고 양털 깎는 시범을 보았다. 소젖 짜기, 우유 먹이기 체험을 하고, 밖으로 나와 양몰이 하는 광경을 지켜보았다. 돌아오는 길에 공장지대의 이상한 곳으로 데려갔다. 말로는 농업 관련 기관의 무엇이라 했는데 모두 거짓인 듯했다. 녹용에 대한 설명이 그럴싸하였는데 나중에 알고 보니 결국 장사하는 곳이었다. 대행사 대표에게 뭐라 하기도 그렇고 해서 참는데 입이 근질거렸다.

심기 불편함을 다독이며 일행과 함께 버스에 오르니 Goverment Garden으로 갔다. 내려서 거닐었다. 앞에 건물이 있어 물으니 로토루아 박물관이라 했다. 1906년에 지어진 튜더양식으로 예전에는 관청이었다고 한다. 그리고 옆에는 1933년에 지은 블루배스(Blue Bath) 온천박물관이 있었다. 주변엔 지하에서 김이 모락모락 피어오르는데 온천물이 끓고 있어 난방 걱정은 없을 듯해 부러웠다. 정원의 아름다운 정경을

찾아 촬영하느라 잠시지만 훌쩍 시간을 보냈다. 여기저기 좋은 곳을 찾아가다 보니 어제 들른 폴리네시안 스파와 호수가 바로 곁에 있어 반가움에 몇 장면을 담아냈다.

숙소로 돌아와 현지 식생활 체험을 하였다. 땅에 구덩이를 파고 지열로 구워진 전통음식으로 항이디너 식사를 했다. 주로 양과 돼지 고기찜에 각종 채소와 감자, 옥수수를 구워낸 뷔페식이었다. 다 먹고 나자 마오리 민속춤을 공연했다. 마오리족의 전통 인사법은 특이했다. 코를 살짝 떼었다가 대기를 두 번 반복하면서 '키아 오라'라고 했다. 춤의 내용은 남녀의 사랑 이야기로 〈포카레카레 아나〉를 불렀다. 최선을 다하는 모습이 멋져 보였다. 노래와 춤을 따라 하며 동작을 익히는 체험도 했다. 혀를 최대한 내밀어 무섭게 표정을 짓는데 상대를 위협하는 행위라 한다. 실제 민속촌에 가서 관람하는 줄 알고 기대했는데 이게 전부라는 말에 허탈했다. 연수 진행이 형식적으로 미흡함이 뻔히 보이는 듯하여 실망감이 컸다. 저녁에 간담회를 하면서 건의하였지만 위탁받은 대행사 측은 별다른 반응을 보이지 않았다. 그저 입장만을 변명하다시피 하면서 자리를 피했다. 역시 마음이 언짢았다. 주관하는 기관에서 연수를 보낼 때는 시간 낭비하며 허술히 하길 바라지는 않을 텐데 현지를 모른다는 전제에서인지 그동안 다니다 보니 바로 옆에 있는 곳을 돌고 돌아 지그재그로 먼 듯이 하였는데 전체적으로 로토루아의 윤곽을 잡아보니 바로 옆이라는 사실에 경악하지 않을 수 없었다. 조금만 성의껏 짜임새 있게 코스를 잡아 안내하였더라면 하는 섭섭함이 가시질 않았다. 가져온 소주의 위력을 빌어 잠을 청하니 스르륵 꿈결마저도 느끼지 못했다.

## • 넷째 날, 속 보이는 상술에 마음만 상하다

넷째 날, 순간 눈이 떠졌다. 새벽 햇살이 창문을 투과하여 잠을 이루지 못하게 했다. 아니 일부러 벌떡 일어나 주섬주섬 옷을 입었다. 아침 운동을 할 요량으로 밖으로 나오니 은근히 확인하고픈 욕구가 치밀었다. 그래서 달리다 걷다 하며 그동안 소개로 다닌 지역을 찾아 나섰다. 아침 기온이 약간 쌀쌀했다. 여행객이 투숙하는 거리를 지나 한참을 가다 보니 대형 상점이 나오고 이미 와봤던 상가가 나왔다. 폴리네시안 스파와 호수, 가버먼트 가든과 박물관이 모두 한곳에 옹기종기 있었다. 동트는 빛살에 명암이 대비된 장면을 촬영하며 도로로 나오니 첫날 저녁 식사를 했던 종가집이 눈에 띄었다.

주변을 둘러보며 대로를 따라 사뭇 걸음을 재촉해 주택가로 접어들었다. 문득 홈스테이하고픈 생각이 들었다. 사뭇 걸으니 청소년 놀이시설과 진료하는 곳이 있었다. 다치면 바로 치료할 수 있도록 배려한 것으로 추측하며 걸음을 재촉했다. 이미 환해진 상태라 서둘러 달리는데 학교가 나왔다. 벽면엔 학생들의 그림 솜씨가 꾸밈없이 그대로 나타나 있었다. 외관상으로 볼 때 괜찮은 곳이라는 느낌이 들었다. 초여름이라 그런지 주택가 주변에는 다양한 꽃이 만발하게 피었거나 막 망울을 터트렸다. 숙소에 도착하니 벌써 아침 식사가 끝나가는 중이었다. 곧바로 식당에 가서 토스트와 빵, 키위, 음료수 등으로 요기를 했다. 그리고 샤워를 한 다음 짐을 챙겨 카운터로 나와 체크아웃하고 버스에 올라탔다. 로토루아에 내해 이제 좀 알 듯해 만족스러웠다

먼저 레드우드 산림욕을 하러 갔다. 이곳 수목원에 들어서는 순간

울창하다는 느낌이었다. 메타세쿼이아의 그윽한 송진 향과 피톤치드의 신선함을 맛보며 잠시 산책을 즐겼다. 다양한 색상으로 코스를 구별해 놓아서 길을 잃을 염려는 없었다. 지나가듯이 둘러보아서 삼림욕의 맛만 본 듯해 역시 대행사의 한계를 엿볼 수 있었다. 나무의 성장 속도가 한국의 11배 정도라니 놀랍고 부럽다. 빠른 만큼 재질이 약한 단점도 있는데 다행히 지형상 큰 피해는 없다고 한다.

서둘러 '테 푸이아' 마오리 민속촌을 방문했다. 로토루아에서 가장 크고 유명한 지열 지역이자 간헐천이 있는 곳으로 마오리족의 문화를 가장 가까이서 볼 수 있다고 했다. 그런데 전통이 현대적(?)이라 마을을 꾸며놓긴 했으나 시설이나 규모가 작아 볼거리가 별로 없었다. 물이 솟아오르는 '포후투'로 갔다. 마침 수증기와 온천수가 치솟아 올랐고 유황 냄새가 코끝을 마비시켰다. 평평한 바닥에 누우니, 마치 우리의 온돌처럼 따뜻한 맛이 피로를 풀어 주는 듯했다. 입구에서 단체로 기념 촬영을 했다.

다른 날과 달리 이른 아침에 출발을 서두르더니 속셈이 있었던 모양이다. 일정에 없는 이불을 만드는 공장으로 데려갔다. 제안도 했으니 이런 데로 가지 않겠지 했는데 마치 패키지 관광을 온 듯해 언짢았다. 열나게 설명하는 틈에 밖으로 나와 거리의 풍경을 살펴보았다. 여기도 사람 사는 곳임은 분명했다. 다만 이들은 우리에게 없는 여유가 있어 보였다. 일하기 위해 사는 걸까? 살기 위해 일하는 걸까? 어쩌면 달걀과 닭의 관계일지 모르지만, 삶의 방식이 다름은 분명했다. 역시 문화의 차이라고 해도 될지. 풀리지 않는 숙제인 듯하다. 한참을 여기저기 기웃거리다가 돌아오니 모두 끝난 모양이었다. 이어서 시내에 있는 면세점으로 갔다. 역시 한국인이 운영하는 가게였다. 다양한 물건이 있었으나 토산품에 관심이 갔다. 간단히 설명을 듣고 가까운 지인에게 선물할 마누카 꿀을 몇 개 사서 나왔다.

시내에 있는 맥스 식당에 가서 점심으로 스테이크를 먹고 버스를 타러 가면서 보니 호수의 공원이었다. 그리고 곧바로 출발하여 요트의 도시 오클랜드로 향했다. 가는 동안 가이드는 이민에 대한 정보를 소개하며 준비해야 할 사항들에 관해 이야기해 주었다. 이어서 대행사 대표의 명함에 맞게 유학에 관한 내용을 가지고 이야기를 하면서 은근히 자신이 운영하는 유학본부를 자랑하며 영업을 했다. 아무리 잘 들어 주려 해도

이미 신뢰를 잃어 미덥지 못한 터라 다 거짓처럼 느껴졌다. 도움이 되는 사실 부분도 있겠지만 듣다 졸다 하였다. 중간에 한인이 하는 휴게소에 들러 농가도 둘러보고 잠시 쉬었다가 달리고 달려 방문하기로 한 시간에 맞춰 Youth Line 본부로 갔다. 역시 청소년 활동 현장과 시

행하는 프로그램에 대한 설명도 듣고 운영하는 사이트에 탑재된 정보 서비스 내용과 시스템 현황에 대해서도 알아보았다.

공식방문을 마치고 스카이 타워 전망대에 올라 시내 전역을 조망하였다. 빌딩 숲 저편의 항구에는 수를 헤아릴 수 없는 요트가 질서 정연하게 정박하여 있었다. 마침 무슨 경기라도 하는 듯이 바람을 타고 나아가는 장면이 흥미로워 한참이나 시선을 붙잡았다. 바로 아래를 내려다보니 어찔하여 조금 멀리 눈길을 두었다. 한쪽으로 돌다가 에덴동산을 발견하는 순간 오랫동안 헤어진 친구를 만난 듯이 반가웠다. 지상으로 내려와 위를 보니 번지점프를 할 수 있는 시설도 갖추어져 있었다. 이곳이 오클랜드 중심가임을 말해주듯이 오가는 사람도 많았지만, 한국의 번화가만은 못했다. 그만큼 인구가 적어서일까? 라는 생각을 하며 부근에 있는 한식당인 '미가'로 가서 저녁밥을 먹었다. 특별히 주문한 생선회에 반주로 소주를 가볍게 곁들였더니 기분이 좋아졌다. 그간 연수 일정에 맞춰 함께한 일행 모두 수고했고 서로 함께 해줘서 고맙고 무탈하여 감사하다는 뜻으로 잔을 부딪쳤다.

해 질 무렵, 숙소인 Spencer Hotel로 가는데 땅거미 지는 황혼이 너무도 아름답게 펼쳐져 장관이었다. 방 배정을 받고 잠시 휴식을 가진 다음 최종 간담회를 했다. 연수 활동에 대한 서로의 의견을 나누고 앞으로의 발전 방안에 대해 모색하였다.

## • 다섯째 날, 마무리를 잘해야 끝도 좋은 법이다

늦어도 7시에 체크아웃을 하고 출발해야 한다고 했다. 그래서 6시 30분 이전에는 기상을 해야 했다. 그런데 늦잠을 잤다. 그간에 피로가 누적되었나 보다. 정신력으로 버티어 왔는데 그만 깜빡 새벽잠이 들었다. 그래서 부랴부랴 세면하고 호텔 식당에 가서 간단히 빵과 주스를 가져다 먹고 버스에 올라탔다.

우선 지난밤에 내 것으로 알고 일행들이 챙겨준 주인 잃은 마누카꿀의 임자를 찾아주었다. 분실한 입장에서 얼마나 맘고생을 했을까마는 잘 간수하지 하는 생각이 들면서 그나마 다행이라 여겼다. 그간 며칠이지만 함께한 마음을 엿볼 수 있어 흐뭇했다. 대구의 자원봉사 전문지도자인 하종후 씨는 룸메이트로 연수 내내 허리가 아파 고생하여 볼 때마다 안타까웠다. 비행기에서 운신을 못 한 것이 탈이 난 모양이다. 처음엔 견딜만했는데 점점 더 심해지더니 자세부터가 불편스러웠다. 잠시 쉬면 괜찮으련만 여건이 그러하지 못하니 답답한 모양이다.

3년 전에 호주로 연수 갔을 때의 일이 떠올라 동병상련으로 더욱 안쓰러웠다. 조심조심 고비를 넘기나 싶었던 고뿔이 인천에서 출발하는 그때부터 기침까지 동반하여 정신이 없었다. 나름 감기약도 챙겼지만, 어쩔 도리 없음이라 함께 참여한 일행 모두에게도 미안해하였었다. 어떻게 든 낫게 하려고 애쓴 한국 청소년 진흥센터 류일선 팀장의 노력 덕분에 그나마 호전되어 함께 할 수 있었다. 이러했기에 종후 씨의 아픔은 남의 일 같지 않았다. 마치 나에게 닥친 것처럼 안쓰럽고 안타까웠다. 국내에서야 가까운 응급실에라도 가고 하루 쉬면 되겠지만 타국의 낮선 도시에서는 이도 저도 못 하고 그저 호전되기만을 바라는 상황이기에 뭐라 위로할 말이 없었다.

생각에 잠기다 주위를 보니 공항으로 가는 버스가 서행하고 있었다. 평소엔 막히지 않는데 출퇴근 시간에만 지체된다고 하였다. 차창으로 보이는 많은 승용차 중에는 한국에서 건너온 익숙한 이름도 눈에 띄었다. 대부분이 중고라고 한다. 그래도 여기 사람들은 남을 의식하거나 거리낌 없이 타고 다닌다. 실용성을 중히 여김을 알 수 있었다. 이들은 틈만 나면 차의 엔진 상태를 점검한다고 했다. 이러한 생활 태도는 본받을 만도 하다. 우리라면 어떨까. 조금만 흠집이 생겨도 벌써 새 차로 바꾸었을 텐데 최소한 10년 이상이 되었다고 하니 검소함은 본받을 만하다.

좀 일찍 서둘러서인지 공항에 도착하니 한산하다는 느낌이 들었다. 일단 수화물을 부쳤다. 그리고 연수자 모두 끝날 때까지 기다렸다. 그러면서 면세 범위라든가 미리 신고해야 할 사항 등에 대해 가이드의 재확인이 있었다. 서로 챙겨주는 가운데 빠트린 물건이 없나 점검도 하였다. 소지하고 있는 화장품과 같은 액체류를 비닐봉지를 주며 담아내라고도 하였다. 모두 잘 챙겼거니 했다.

한참 서성이며 시간을 보내다 출국장으로 갔다. 입국에 비해 간단했다. 소지품 검색과 출국 심사를 마치고 나와 기다리는데 일행 중에 문제가 생겼다고 했다. 인하 사대부고 교사인 한종윤 씨였다. 사둔 물건을 수화물로 부치지 않은 모양인데 모르고 들고 왔다는 것이다. 사정을 이야기해도 받아들여지지 않아 결국 압수 조치가 취해졌다. 이를 어쩌나 하는 안타까운 마음이 들었다. 더는 여지가 없어 포기할 수밖에 없었다고 한다. 그러니 챙기라고 할 때 좀 세심히 살피지 않고 왜 그랬나 하는 생각밖에 뭐라 위로할 말이 없었다. 함께 아쉬워하는 말만 되풀이할 뿐이었다. 당사자는 얼마나 속상할까 하는 마음에 곁에서 들어주는 것밖에는 어쩌지 못했다. 면세품이라도 구매함이 어떠냐고 권해 보았지만, 의미 없는 일이었다. 한동안 충격이 가시지 않을 테니 시간이 좀 지나야 진정이 되지 싶었다. 더는 쇼핑할 마음도 없다 싶어 탑승구로 가기로 했다. 아직도 시간이 한참이나 남아 기다리는 지루함을 참아내야만 했다.

인천으로 가는 비행기는 대한항공으로 편명이 KE130이었다. 좌석번호는 36G로 안쪽이지만 그래도 통로가 옆에 있어 그나마 덜 불편하리란 생각이 들었다. 드디어 탑승하였다. 출발 예정 시간은 9시 10분이었다. 11시간가량의 비행은 인내심을 요구하였다. 18시 10분경에 이르러서야 인천 공항에 도착했다. 입국 절차를 밟은 후 수화물을 챙겨 나왔다. 간단한 해단식과 만남에 감사, 헤어짐에 대한 서운함을 뒤로 하고 각자의 삶터로 흩어져갔다. 수원으로 가는 리무진을 탔다. 그리고 가족의 품에 안기며 뉴질랜드 연수를 마쳤다.

# 이상적인 교편(教鞭) 잡기

2012

어쩌다 가끔 이지만 선생 노릇 하기 힘들지 않냐는 질문을 받곤 한다. 아예 이미 답을 알고 있다는 듯이 모순된 교육제도를 비롯해 아이들의 행동 몇 가지를 지적하며 개탄의 목소리를 높이면서 어떠해야 한다고 해결의 실마리를 제시하기도 한다. 긍정적인 반응으로 듣고 있으려니 모두가 그럴듯하다. 그런데 교육 현장에서 적용이 안 되는 이유는 무엇일까? 말로 해서 듣지 않으면 때려서라도 가르쳐야 한다고도 하는데 학생에게도 인권이 있음을 들어 체벌보다는 말로 타일러 지도해야 한다고 한다. 그야 당연히 그러해야 함은 자명하다. 그 어떤 타당성으로도 인권을 침해하는 행위는 금물이다. 문제는 이해와 배려로써 아무리 이끌어도 따르지 않는 경우이다. 무반응인데다 오히려 눈 부릅뜨고 제 의견 내세워 고집스럽게 대드는 모습은 이미 사제관계의 범주가 아니다. 아이가 이러한 반응을 보일 만한 무언가 빌미를 선생이 제공하지 않았느냐는 측면에서 학생의 입장을 충분히 고려한다 해도 안하무인은 있게 마련이다. 그래도 이해를 바탕으로 대화로써 아이를 대하면 분명 좋은 변화가 있을 거라는 전문가의 조언도 타당해 보인다. 그런데 아이들이 생각을 바꾸고 태도 변화가 일어나기까지는 기다림의 시간이 너무나 길다. 아니 그러다 시기를 놓쳐 좋지 않은 방향으로 발을 디디면 그땐 늦지 않느냐는 우려도 없지 않다. 세 살 버릇 여든 간다는 선인의 경험에 따른 말처럼 초기 대응이 중요하다. 습관 들이기 나름이라 했듯이 아이들에게 좋은 버릇을 길러주어야 하지 않을까 싶다. 그래서 다소 인위적이지만 훈육다운 교육이 절실히 필요한 것이다.

그간 학교 현장은 인성이 아닌 지식 기르기 일변도의 주입식 교육에 열을 올렸고, 조금의 변화를 모색한 시늉이 학생 중심이었다. 일방적으로 진행하는 방식의 문제점을 보완하여 스스로 공부할 수 있도록 이끌어야 한다는 측면에서 설득력 있는 방안임은 분명하다. 그러나 아직 지적으로나 인성적으로 성숙하지 못한 학생들이 자발적으로 학습해 나가기를 바란다는 것도 어긋난 톱니바퀴처럼 무책임한 대책이다 싶다. 자기 주도적으로 공부할 수 있는 능력을 갖추었다면 더 바랄 나위 없이 좋은 대안임에는 틀림이 없다. 근본적으로 학생들이 학교에 와서 배워야 하는 이유는 무엇일까? 단순히 지적 수준을 높이기 위함은 아니다. 만약에 그렇다면 교육 방송이나 인터넷 교육매체를 통해 또는 학원으로 가서 습득하면 된다. 학교의 기능 중에는 지식교육만 있는 것이 아니다. 사회를 배워나가는 장이기도 하다. 사람과 사람과의 관계만이 아니라 조직과 집단에서의 역할을 익히고 형성해 가는 곳이다. 공동체 내에서 모나지 않게 어울림이 좋은 아이들을 길러내야 할 책무가 학교에 있는 것이다.

학교는 그간 축적되어온 선험적 지식을 단기간의 교육을 통해 익히도록 제도화한 곳으로 단순히 지식 습득만이 아니라 인성 기르기도 포함된다고 하겠다. 그런데 우리 교육은 입시부터가 지식만을 요구하는 듯하다. 논술이나 면접, 사정관제 등으로 인성적인 면을 들여다본다고는 하지만 결정적인 순간에는 지적인 면에 기인한 서열에 가점을 주고 있음이 사실이다. 그러니 의당 인성은 나중에 길러도 된다는 식이다. 아니, 마치 공부만 잘하면 저절로 생기는 것처럼 여기기도 한다. 실천이 따르지 않는 이론적인 도덕성에 의존 하다보니 좋은 머리로 법망을 피해 가는 지도층 인사의 처신이 이를 십분 입증하고 있어 눈살이 찌푸려진다. 법대로 하자를 논하기 전에 인간성에 기초한 사람 사는 노릇이 아니기에 지탄받아 마땅하다 하겠다. 그간에 우리 교육의 현주소를 명백히 보여 준 예이기도 하다. 그래도 그때엔 교편을 잡았기에 잘잘못에 대한 가름으로 훈계라도 했지만, 오늘날에는 인권 운운과 체벌이 능사가 아니라는 논리로 꾸지람보다는 칭찬으로 사기 북돋움을 주면 스스로 깨우쳐 반성하고 바르게 될 것이라는 논리를 편다. 잘 될 아이는 떡잎부터 다르다는 말을 구태여 인용하지 않더라도 야단을 쳐서라도 바로잡아야 할 경우가 있게 마련이다. 한 번만 따끔하게 혼을 내면 바로 잡힐 텐데 그러지 못하게 하니, 또한 임의로 그렇게 했다가 문제가 생기면 덤터기 씌우는 현실이니 절차에 따라 조치만 취할 뿐이다. 정작 바르게 성장하도록 이끌어야 할 대상인 학생의 상태가 더욱 나빠져 가고 있을지도 모름을 간과해서는 안 된다. 그런데 이도 저도 모두 못하게 교편을 묶어두고 있으니 날로 삭막해져만 가는 교육 현장이 안타깝다.

구구절절 설득력 있는 이론이지만 실제 교육 현실과의 사이에 괴리가 있다면 그래도 악법도 법이니까 따라야 할까? 가장 이상적인 교편 잡기는 묘연한 것인지도 모른다. 참교육에 대한 자문을 거듭해 온 지도 한두 해가 아닌데 아직도 지도 방향조차 잡기가 쉽지만은 않다. 이 모두를 아우르는 교육 방식은 어떤 모습일지 궁금하다. 형체를 살짝이라도 엿보았으면 좋겠다는 바람을 갖고 연구 결과를 기웃거려 보기도 했지만, 그간의 모형에 충실한 흔적만을 보여 줄 뿐이었다. 다만 그 나름의 특징지어지는 배울 점을 모아 시행착오도 겪으며 나의 교육관에 취사 선택으로 접목하여 실행해온 방식이 오늘날 교육계의 입에 오르내리는 혁신 교육으로 배움 중심이 아닌가 싶데, 같은지는 더 두고 보아야겠다.

세상의 그 모든 지식을 선생이 다 알 수는 없다. 더구나 살아가는 이치까지 다 깨닫기란 어쩌면 불가한 소망일지도 모른다. 성인이나 현자가 아닌 다음에는 그저 얄팍한 지식전달자에 불과할 뿐이다. 그러니 선생도 모르면 배워야 하고 때로는 학생들과 함께 알아가는 데서 더 발전적인 교육이 펼쳐지리라고 본다. 온고지신이라는 말이 있듯이 옛것이 무조건 나쁘지만은 않다. 분명 배우고 익혀야 할 그 나름의 가치가 있다. 그렇다고 여기에 안주하기보다는 이를 바탕으로 새로운 것을 알아가는 지혜 또한 필요하다. 나날이 새롭게 발전하는 일신우일신(日新又日新)해야 함도 당연한 이치라 하겠다. 그러한 점에서 주입식이 꼭 나쁜 것만은 아니며, 때로는 학생 중심의 자기주도 학습도 이루어져야 한다. 더 나아가 선생과 학생이 함께 배우고 익혀 알아가는 탐구 체험의 교육 방식으로 나가야 할 것이다. 이를 토대로 나름 설정하여 추진한 방향 모색의 하나가 바로 '우리누리'라 하겠다. 사랑과 정을 함께 나누며 더불어 살아가는 아름다운 우리 세상을 만들어 나가자는 목표를 갖고 전인 교육을 실행하고자 교내만이 아니라 교외의 다양한 체험학습과 연계하여 아이들의 실정에 맞게 개발한 프로그램을 보고 듣고 느끼는 오감으로 체득하면서 수정 보완해 온 결과물이 바로 일련의 활동이다.

글쓰기로 표현 능력을 신장시켜 주고자 하는 교육적 의도에서 글감을 찾아 학교 밖으로 나가 체험 거리를 마련 하다보니 주변의 환경에 관심이 가서 오물을 줍는 정도로 시작한 정화 활동이 점차 지역사회로 영역을 넓히게 되었고, 급기야는 환경봉사단을 결성하기에 이르렀다. 이에 따라 매주 금요일 방과 후에 실시하는 삶터 가꾸기를 비롯해 환경 사랑

봉사 실천이라는 프로젝트를 통해 환경을 생각하는 의식과 봉사 실천력을 길러나갔다. 또한 향토유적을 정기적으로 답사하면서 개선할 점을 시청 관계 부서에 건의하는 등의 지킴이 활동을 통해 문화유산의 소중함과 애향심을 고취해 나갔다. 이를 토대로 시를 창작하여 고치기를 거친 후 삽화를 그려 시화 작품을 마련해 전시도 하였다. 이 과정에서 인내와 끈기는 물론 전체적으로 조화롭게 기획하여 구성하는 능력과 글쓰기 첨삭지도로 창의적인 표현력을 길러나갈 수 있도록 이끌었다. 그 결실로 시집과 문집을 펴내는 성과를 거두었다. 이 모두가 아이들이 일심동체로 협력한 모습이기에 더욱 흡족하고 뿌듯하다. 자식 기르는 재미가 이 정도면 족하다 싶다. 애들아, 사랑한다.

# 정말 문득 뜬금없이

2013

정말 문득 뜬금없이 떠오르는 상을 쫓아 정신 나간 듯이 매달려 상념의 고리를 잡고 빠져들어 한동안 헤매다 보면 알아볼 수 없는 암호 문자가 아라비아 알파벳 상형으로 빼곡히 그려져 눈앞에서 선명히 아는 체를 한다. 그런데 문제는 뭔 말인지 알아내겠냐며 해독의 실마리를 간간이 내비치지만, 이성을 강조하는 현실의 시각으로는 도통 이면의 세상을 알 도리가 없다. 게다가 유창하게 술술 풀려나가던 그럴싸한 시구가 절절히 하나도 생각나지 않는다. 그래서 그만 그 좋은 시상을 밀쳐두고 마는 경우가 종종이다. 그야 글쟁이 기질보다는 먹고사는 문제를 더 중시하여 선생의 길로 들어선 것부터가 싹이 그름을 엿볼 수 있는 대목이기도 하다. 더구나 나잇살로 보아 이제 혹함이 없을 법도 한데 아직도 좀 더 안주하려는 은근한 욕심에 발목이 붙들렸다는 핑곗거리와 함께 편함을 곁에 싸고도는 추세다. 그러니 미련스러운 미련에 얽매여 결단의 기회마저 놓쳤는지조차 모르고 세월아 네월아 할까 봐 그것이 진짜로 두렵다.

부귀에 공명은 그만두고라도 성취감이나 자기만족이 어떻고 하는 명분 나부랭이를 내세울 여지도 없다. 분명한 것은 나의 행보다. 마음과 다른 언행이 습관처럼 자리를 잡아 타당성 없는 명분 내세우기로 그럴싸하게 포장히고 있음을 자가하면서도 그 어떠한 조치를 하지 않는데 근본적인 원인이 있다고 하겠다. 실천은 엄두도 내지 못하면서 조금만 여유로워

지면 열 일 제치고 가장 먼저 꼭 해보고 싶은 절체절명의 숙명과도 같은 내 젊은 날의 꿈이었노라 은연히 회의적인 분위기로 이끌어 객기만 토해 내지나 않는지 반성도 해 본다.

어쨌든 실행으로 옮겨야 한다는 데에는 변명 따위로 무마시킬 수 없음 이다. 그래서 하긴 해야겠는데 그다음이 관건이다. 사정이야 어떻든지 간에 다 떨쳐버리고 오로지 일념으로 갈 길을 향해 모두를 집중하여 몰두 해야 함은 분명하다. 그러면서도 돌출적인 아니 일상으로 마주하는 자질 구레한 사안들에 얽매여 거기에 가중치를 두고 몰입하는 즐거움을 누리 고는 시간이 어떻고 하며 정작 하고 싶어 하는 일을 멀리한다. 그래놓고는 처지를 탓함으로써 속이 뻔히 보이는 핑계를 생색으로 댄다. 그야 세상살 이가 마음먹은 대로 호락호락하지만은 않음도 사실이다. 현실을 살아가 는 세인으로서 더구나 교직에 종사하는 선생이기에 가르침의 길을 대충 으로 소홀히 할 수 없음도 명백하다. 직분에 충실해야 함은 두말할 필요 가 없다. 그러다 보니 아무래도 신경을 덜 쓰게 되고, 그만큼 멀리 두기 일 쑤인데 문제는 불현듯 생각을 자극한다는 것이다. 매몰차게 떼어 내기엔 아린 존재와도 같다고나 할까. 마치 분신인 듯이 내재하고 있다가 불쑥 뛰쳐나와 읊조리라고 충동질을 해댄다. 정말 문득 그런다. 교직하는 내내 잊지 말라는 경고로 시상을 시나브로 건네 온다. 아예 신들린 듯이 미쳐 버릴 것 같이 다가오면 얼마나 좋을까마는 잊지나 말라는 투로 감질나게 살짝 곁에 머무니 이도 저도 확신을 갖지 못하고 어정쩡하게 머뭇거림으 로 주저하게 된다. 가려운 데를 시원스레 긁어도 어딘지 모르게 개운하지 않은 여운이 지속으로 이어져 결말이 없어 보인다. 그나마 다행스러움은 시도해 온 일이 있다는 것이다. 아이들에게 시를 짓게 하고 이를 첨삭으 로 교정 지도해 준 다음 시화 작품을 마련하여 전시가 이루어지도록 이끌

어 왔다는 그 흔적이 변명이자 위안이다. 이마저도 없이 편함을 좇아 손
쉬운 삶을 추구했더라면 아마도 영영 내 젊은 날에 미안했을지도 모르겠
다. 만족의 정도는 너무나 미약할지라도 마음 둘 데가 있어 언젠가는 돌
아갈 수 있다함은 행복이요 즐거움이다. 설령 반겨 맞이해 주지 않는다
해도 멀리 돌긴 했지만 이렇게나마 명맥을 이어 갈 수 있다는 자체로 족
하다. 봄볕을 훨훨 나는 나비도 탈바꿈의 과정 속에 인내하는 누에고치
시절이 있어 가능하였듯이 나의 시사랑 길도 그러하지 않을까? 세상사
마음먹기에 달린 것이요. 실행에 옮기고 안 하고도 순간의 결심에 달린
것이라. 예전엔 가고 싶었어도 갈 수 없었고 가지 못한 길이었지만 지금은
아직 가지 않은 길이기에 가야 할 길이거늘 머뭇거리는 이유는 뭘까. 아직
도 이런저런 미련이 남아 주저함인지 내가 나를 모르겠다. 그래서 더 두
렵다. 위안과 명분으로 지탱한 우리누리 시화가 그 회수를 연장해 갈수록
진실로 가고 싶어 한 길을 마음으로만 소망할까 봐 답답하다. 가야 할 길
을 알면서도 못 가는 것은 분명 어리석음이요 바보나 하는 행위이다. 그런
데 왜 머뭇거릴까. 박차고 일념으로 달려가면 될 텐데 말이다.

정말 문득 뜬금없다. 지금, 이 순간에도 내 안에선 형상이 나타났다가
사라지길 반복한다. 선명한 듯 희미하게 때로는 잔상 잔영으로 오고 가
며 입술을 빌려 중얼거림을 시도 때도 가리지 않고 파문일 듯이 오감으로
퍼부어댄다. 순간 포착으로 한 자락을 잡아보려 하면 이성에 놀랐는지 깡
그리 다 흔적을 남기지 않는다. 그래서 슬퍼지지만 그래도 마냥 자족이다.
설령 허상일지라도 가까이서 놀아주니 어찌 아니 고마운가. 좀 더 심취해
지는 그 어느 날이 오면 그땐 상(像) 하나 정도는 거뜬히 거머쥐지 않을까
하니 기대 그대로 그냥 좋다. 그래, 누가 뭐래도 나는 시인(詩人)인 것을….

# 71236, 청렴(淸廉)을 말하다

## 2014

청렴이란 맑을 청(淸)에 곧을 렴(廉)이 결합한 형태로 성품과 행실이 높고 맑으며 탐욕이 없는 청백(淸白)을 의미하지요. 청백은 청렴결백의 줄임으로 마음이 맑고 깨끗하며 재물(財物) 욕심(慾心)이 없음을 뜻합니다. 그래서 재물에 대한 욕심이 없고 깨끗한 관리를 청백리(淸白吏)라 하였지요. 그래서일까요. 우리 속담에 청백리 똥구멍은 송곳 부리 같다는 말이 있어요. 아마도 청백하다 보니 재물을 모으지 못하여 지극히 가난함을 비유적으로 이르는 말이겠지요. 이처럼 세 마리 말을 타고 올 정도로 재물(財物)에 욕심이 없는 깨끗한 관리(官吏)를 일컬어 삼마태수(三馬太守)라고 하였답니다. 청백리 하니까 문득 떠오르는 역사적 인물이 있네요. 검소한데다 옳은 말 잘하고 귀천과 관계없이 모든 이를 똑같이 친절히 대했다는 황희 정승을 모르는 사람은 없겠지요. 고려 때의 이규보 아시죠. 모르면 어쩔 수 없고요. 어쨌든 그가 쓴 '외부(畏賦)'를 보면 이런 문구가 있어요. 마음에 새겨둠도 괜찮겠다 싶어 소개합니다. "하늘의 노여움도 두렵지 않고 천자의 불호령도 두렵지 않으며, 폭한의 쇠주먹도 두렵지 않고 맹호의 으르렁거림도 두렵지 않지만, 오로지 일거수일투족 꼼짝 못 하게 하는 것은 나의 그림자이다." 어때요. 가슴에 와닿는 청렴 문구 아닙니까? 그래요. 결국 나 자신이지요.

중국에서는 백이지렴(伯夷之廉)이라 하여 백이의 청렴함을 칭송했대요. 백이는 은나라 때 사람으로 주나라 무왕이 은나라의 주왕을 치려고 했을 때, 아우인 숙제(叔齊)와 함께 간하였으나 받아들여지지 않자, 주나라의 곡식 먹는 것을 부끄럽게 생각하여 동생과 함께 수양산에 들어가 평생을 숨어 살다가 굶어 죽었다고 전해지는 인물이에요. 이들은 산속에 들어 안빈낙도(安貧樂道)했을까요. 구차(苟且)하고 궁색(窮塞)하면서도 그것에 구속(拘束)되지 않고 평안(平安)하게 즐기는 마음으로 살아가는 것이라네요. 이같이 가난에 구애받지 않고 도(道)를 즐길 수 있다면 얼마나 좋을까요. 어째, 조끔은 부럽지 않나요. 유사한 말로 청렴결백하고 가난하게 사는 것을 옳게 여기는 청빈낙도(淸貧樂道)도 있어요. 중국 진나라 때에 죽림칠현이 있다는데 이를 비견하여 고려 때에 명리를 떠나 사귀던 일곱 선비를 일컬어 강좌칠현(江左七賢)이라 했다고 하네요. 그리고 허유라는 사람은 나뭇가지에 표주박을 걸어놨다가 시끄러워서 떼어버렸다는데 이를 두고 허유괘표(許由掛瓢)라 하여 속세를 떠나 청렴하게 살아감을 뜻하는 말로 쓰인다고 합니다.

청렴과 관련된 사자성어를 찾아보면 맑은 거울과 고요한 물이라는 뜻으로 명경지수(明鏡止水)가 있어요, 사념(邪念)이 전혀 없는 깨끗한 마음을 비유(比喩)해 이르는 말이래요. '청렴결백(淸廉潔白)한 절조(節操)나 덕행(德行)'을 나타내는 말로 얼음같이 맑고 옥같이 깨끗하다는 뜻의 빙청옥결(氷淸玉潔)도 있답니다. 또한 구름 같은 마음과 달 같은 성품(性品)이라는 뜻으로 운심월성(雲心月性)이 있는데요, 맑고 깨끗하여 욕심(慾心)이 없음을 이르는 말이지요. 이처럼 깨끗하여 욕심이 없는 마음을 평이담백(平易淡白)이라 하고요. 갓끈과 발을 물에 담가 씻는다는 뜻으로, 탁영탁족(濯纓濯足)도 있어요. 이는 세속(世俗)에 얽매이지 않고 초탈(超脫)하게 살아가는 것을 비유하는 말이랍니다.

그런데 한 가지 의문이 꺄우뚱 생기네요. 맑고 깨끗하게 검소해야 함은 알겠는데 속세를 떠나거나 세속에 얽매이지 않고 초탈하게 살아가고, 욕심이 없어야 한다고 함은 어느 경지에 이르러야 가능한지. 그래서 도를 닦아야 하나 봐요. 도의 경지에 이른다는 것이 너무 어렵지 않나요. 그만큼 청렴은 쉽게 실천하여 얻어질 대상이 아닌가 봐요. 특히 우리 속인들에겐 더욱 그렇고요. 현실에 부대끼며 살아가는 세인의 한 사람으로서 이해가 안 가고, 더구나 오늘의 현실에 비추어 볼 때, 구차하고 궁색한데 이를 평안하게 즐길 사람이 몇이나 되고 가능한 일인지. 주창하는 이들에게 따져 묻고 싶은 마음입니다. 게다가 가난하게 사는 것을 옳은 것으로 여기다니 그것이 작금에 합당한 명분이 될 수는 없다고 봅니다. 구차하고 궁색하고 가난하지 않으면서도 청렴하면 오히려 금상첨화이지 않나요. 청렴에 힘을 주는 이들에게 되묻고 싶네요. 임께서는 얼마나 청렴하신가요. 그래서 저보다 보수를 더 많이 받으시나요. 우리말에 윗물이 맑아야 아랫물도 맑다는 뜻이 있어요. '법지불행자상정지(法之不行自上征之)라.' 법(法)이 행(行)하여지지 않는 이유(理由)는 위에서 그것을 지키지 않기 때문이라는 뜻인데요. 뭔 말인지 아시겠지요. 높은 자리에 계신 분들께서 먼저 솔선수범으로 보수 다 반납하시고요. 궁색하게 가난에 구차히 사시지요. 그것이 본이 되어 우리 모두 동참하여 따르지 않을까요. 그럼 저절로 도의 국가가 되겠고 국민이 모두 청렴하니 행복이 늘 머물러 즐거운 세상 되겠지요. 이를 두고 태평성대라 하지요. 그러려면 중국의 요순시대로 거슬러 가봐야 하는데 시간상 너무 멀어서 현실에 머물며 오늘에 충실 하고파요.

결론을 말해볼까요. 명언에 사자성어 다 좋아요. 그런데 이것이 보여주기용, 실적 내기용, 명분 내세우는 구호여서는 안 된다는 것이지요.

공허한 메아리일까 봐서요. 겉으로는 그럴싸하게 장막을 치고 속사정이 어떤지는 모르잖아요. 그 당사자 말고는요. 그러니 청렴은 구차할 필요도 없고요, 궁색함을 드러내는 간난에 있지도 않아요. 오히려 가난함을 탈피하려다 보니 욕심부리기도 하잖아요. 그래서 옛 어른들이 현명하게 하신 말씀이 있어요. 오해 말고 새겨보세요. 중용(中庸)과 관련이 있는 말인데요. '적당히'라는 말 아시지요. 지나치게 넘치지도 그렇다고 모자라지도 않은 상태를 이르는 말이지요. 다시 말해 어떠한 유혹에도 흔들림이 없는 풍족하지도 부족하지도 않은 상태라 해도 좋아요. 여기에 사념이 전혀 없는 맑고 깨끗한 마음이면 이것이 우리 교육하는 이들이 줄기차게 토해내는 '청렴' 아닐는지요.

어차피 꺼낸 말이니 사족을 좀 더 붙일까요. 한마디로 "너나 잘하세요"라 하고 싶네요. 일반적으로 도덕적인 사람은 양심이 어쩌고 가타부타 이야기하지 않아요. 이를 실천으로 옮기지 못하는 이들이 내뱉는 가식일 따름이지요. 뭔가 구림이 있으니까 요걸 어떻게 반대급부로 무마시켜 보려다 보니 지나칠 정도로 호들갑을 떠는 게지요. 본받을 만하다면 구태여 당사자가 이래라저래라 말하기 전에 주위에서 먼저 알고 느끼잖아요. 그럼 의당 따르고 싶은 마음이 생겨 절로 행하게 되는 거 맞고요. 그래요. 그러니 해라 마라 잣대질하기보다는 자신을 먼저 되돌아보고 부끄럼이 없다 싶도록 실천하면 됩니다. 주어진 본분을 다하면 문제가 없다고 보아요. 각자에게 맡은 소임을 충실히 하면 그만이지요. 오지랖 넓게 곁눈질로 참견을 하고 사심을 두어 일 처리를 하려니까 자꾸 정도에서 벗어나 이 사단을 벌이는 거잖아요. 백이면 백의 모든 사람이 겉으론 다 깨끗한 척합니다. 오로지 나만이 모범적으로 바르게 살고 떳떳한 듯이 하지요. 그런데 정말 그렇다고 양심적으로 끝까지 우길 자신

있나요. 아마 아무도 없으리란 것쯤은 다들 공감하시죠. 이무기가 용이 못 되는 이유가 뭔가요. 국무총리나 각료로 입각 물망에 올랐다가 중도에 그만두는 사유가 다 이 때문 아닌가요. 자! 그럼, 이제부터라도 우리 모두 청렴의 길로 가보면 어떨까요. 넘치거나 모자람이 없이 도덕적으로 양심에 가책을 느끼지 않게만 살아도 되잖아요. 그렇지요. 맞지요.

끝자락으로 조선 후기의 실학 사상가인 정약용 선생이 쓴 목민심서에 나오는 '청렴' 관련해서 한 대목을 소개할게요. "청렴은 목민관의 본무(本務)요, 모든 선의 근원이요. 덕의 바탕이니 청렴하지 않고서는 능히 목민관이 될 수 없다."

# 혁신 교육은 예전부터 있어 왔다

2014

  교육에 혁신의 바람이 분 지도 벌써 여러 해가 지났다. 의욕을 갖고 추진한 만큼 어떤 형태로든 새롭게 변혁이 있어야 진정한 혁신이 아닐까 한다. 그런데 정말 혁신이 이루어지기나 했을까? 혹자는 혁신 교육의 일반화 단계를 운운하며 나름으로 성과가 있음을 자평하는 듯도 하다. 그러나 분명히 간과해서는 안 될 것이 있다. 혁신의 주체이자 대상이 누구냐이다. 그리고 그 대상이 완전히 바뀌어서 새로워졌을 때야 혁신이 되었다 할 수 있지 않을까 한다. 무엇보다 혁신의 방향이 어디에 초점이 맞추어져 있느냐는 특히 중요하다. 그간에는 수업, 교실, 학교, 행정, 제도 등이 혁신의 대상이 되어 왔고 지금도 학교 현장에서 중심축으로 자리 잡고 있음도 사실이다.

  오늘의 우리 사회는 급속한 변화를 요구하는 흐름 속에 놓여 있다. 그러다 보니 현재의 지식이나 정보는 필요에 따라 그 개념과 원리가 실시간으로 바뀌어 소멸과 생성을 거듭한다. 어제의 지식이 오늘은 버려야 할 오물 정도로 취급받는 세상이 되었다. 잠깐만 주춤거려도 정보 부재로 소통에 어려움이 따른다. 다행히 알게 되면 문제가 없겠지만 그렇지 못하면 뒤처질 수밖에 없고 급기야는 도태의 절차를 밟을지도 모른다. 한마디로 무한 경생에 놓여 있음이다. 그래서 배우고 익혀 적응력을 키워야 한다. 게다가 인터넷 통신매체의 발달은 세계화 개방화를 부추긴다. 겉으로는 협력적 관계가 있어야 한다지만 조금만 방심하면 어깨를 견줄 수 없게 된다. 그러니 같이 협동하기를 요구하는 시대에 맞게 자질과 소양을 길러야 함은 물론 자기 주도적 학습 능력을 기본적으로 신장해야만 살아갈 수 있게 되었다. 여기에 발맞춰 기존의 수직적이고 관료적인 모습에서 탈피하여 수평적이고 민주적인 방향으로 구조를 바꾸는 등 더불어 배우고 함께 성장하는 참여와 협력의 문화로 학교혁신을 꾀하고 있다. 바로 보편적인 교육 복지의 실현을 지향하는 것이다. 이에 따라 교육 현장도 교사 중심의 획일화된 가르침에서 벗어나 학생 중심의 배움 교육으로 전환을 여러모로 모색하는 중이다. 이를 통해 개인의 성취를 극대화하고 집단 지성에 의한 협력이 조화를 이루는 새로운 인식체계로의 혁신이 필요해졌다. 그래서 자아 가치와 학교 책임교육 실현, 보편적 교육복지구현을 목표로 방향을 설정하였다.

그 첫 번째가 창의 지성 역량함양을 위해 수업의 내용과 방법을 개선하여 진정한 배움이 일어나는 수업 혁신, 두 번째는 학생과 교사가 존중되고 행복한 배움의 상호작용이 일어나는 새로운 교실 문화 운동의 교실 혁신, 세 번째가 더불어 성장하는 배움과 돌봄의 공동체 구현을 위해 학교 문화를 새롭게 하는 학교혁신, 네 번째는 교육활동 중심의 지원 행정으로 학교 교육 능력 향상에 도움을 주는 행정혁신, 다섯 번째는 공교육 내실화를 위한 교육혁신 기반 구축 및 시스템을 개선하는 제도혁신 등의 추진이 그것이다.

이를 토대로 교육과정을 재구성하고 창의 지성 교육과정을 편성 운영하였다. 배움 중심 수업으로 독서토론과 전문적 학습공동체를 내실화하는 등 소통과 협력의 수업 만들기에 주력하였다. 또한 성취평가제에 따른 기준을 설정하고 논술과 수행, 정의적 능력 평가 등을 실시하였으며, 새로운 교원연수 프로그램에도 참여함으로써 역량을 강화하였다. 학습부진아에 대한 기초학력 책임지도도 하였고, 맞춤형 진로, 인권, 문화 예술, 평화 등의 교육을 통해 존중과 배려, 협력하는 교실, 소통과 공감의 학교 문화를 조성하였다. 또한 교육과정 중심 학교 경영과 자율성, 책무성을 확보하고 학교 정책의 민주적 결정과 권한을 위임하는 등 자율 책임 경영제를 운영함으로써 학교혁신의 내실화를 도모하였다. 그리고 혁신학교 클러스터 참여, 학생자치 활동과 학교 운영위원회 운영을 활성화해 나갔다. 더 나아가 교사의 행정업무 경감은 물론 합리적인 교원 능력 평가, 학교 자체평가를 내실화하는 등 일련의 사항을 추진해 나감으로써 공교육 정상화와 행복한 학교 문화 실현이라는 효과를 기대하였다.

그렇다면 이러한 노력이 어느 정도 교육 현장에 침투되어 말 그대로 혁신이 이루어졌을까? 그리하여 기대하는 성과를 거두었는지 묻고 싶다. 혹여 떠들썩한 구호에 비해 그 결과는 너무 미미하지는 않을까? 오히려 헛된 삽질에 애꿎은 땅만 패여 웅덩이에 고인 물이 썩듯이 더 큰 문제를 초래하거나 들춰낸 꼴은 아닌지 제대로 짚어보아야 할 시점이 지금이 아닌가 싶다. 이 노파심이 혹시나 발생할지도 모를 사안에 대한 점검과 예방이 되었으면 하는 바람이다.

혁신이라는 말이 교육계의 전면에 나서기 전에도 혁신이라는 말은 있었다. 현재의 상태가 불만족스럽다거나 문제가 많다 싶을 때 그 경중에 따라 변화와 변혁 나아가 혁신을 부르짖곤 해 왔다. 이마저 꿈쩍하지 않게 되면 이전의 관습이나 제도 따위를 단번에 깨뜨리고 질적으로 새로운 것을 급격하게 세우는 사태가 발생하게 되는데 이처럼 근본적으로 고치는 일을 두고 혁명이라 했다. 이 정도 단계의 수위는 아니더라도 혁신을 말한다는 것은 그만큼 우리 교육이 고치고 개선해야 할 부분이 많음을 뜻한다. 의당 짜내야 할 고름과 도려내야 할 환부가 있다면 과감히 수술해서라도 병을 고쳐야 할 것이다. 그러나 교육이란 하룻밤 사이에 좋아지거나 나빠지는 그런 대상이 아니다. 근시안적으로 교육을 개인의 명예와 치부로 이용한다거나 어느 집단의 이익 수단으로 좌지우지하지 않는 한 변화와 변혁의 흐름에 맞춰 조율되는 것이 교육이랄 수 있다. 잘못된 부분은 신속하게 고쳐 바로잡아야 한다. 다만 우려하는 바는 교육이 정파의 득실 논리에 휘둘려서는 안 된다는 것이다. 교육은 백년지대계라 한다. 그저 눈앞의 일만 보지 말고 좀 더 먼 미래를 내다보고 차근차근 실현해 나갈 수 있도록 물꼬를 터 나가면 되는 것이다. 그런데 그동안 '참'이라든가 '열린'이라는 이름으로 교육의 변화를 시도했으나 틀이 너무도 단단하여 요지부동이었고, 그래서 답답함에 변화 모색의 하나로 좀 더 강력한 혁신을 내세운 것이라 이해하고 싶다. 오죽했으면 단순한 변화로는 바뀌지 않기에 새로운 교육으로의 혁신을 주도했을까 싶다.

그렇다 하더라도 이건 명확히 알아야 한다. 무엇이 진정한 교육이요 학생을 위하는 일인지 말이다. 체벌에 대한 문제점을 들춰내며 학생 인권을 선언하고 옹호한 결과는 교실 붕괴로 나타났음을 알아야 한다. 교육을 체벌로 해서는 당연히 안 된다. 그러나 매를 대야 할 때와 대서는 안 될 때가 있다. 더구나 꾸짖지도 나무라지도 말라며 좋게 타이르면 잘 알아들을 거라면서 인격적으로 대하라고 한다. 그렇다. 다 이치에 맞고 지극히 당연한 말이다. 그런데 아무리 알아듣게 말하고 타이르고 정중히 부탁해도 저 잘났다고 천방지축 날뛰며 들어먹지 않는 녀석들은 어떻게 해야 할까. 그대로 지켜봐 주기만 하면 스스로 깨닫고 반성하여 바르게 될 거란다. 그러니 그때까지 기다려줄 필요가 있다고 한다. 교권마저 침해하는 녀석을 그냥 놓아두면 저절로 해결이 이루어질까. 이러한 사이에 피해를 보는 대상은 결국 배움을 갖고자 하는 학생들이다. 혹여 어찌할 수 없어 내버려 둔 자체도 문제 삼아 교육적으로 방치했다고 탓하지는 않을까 우려스럽다. 이러할 때 정신 차리도록 따끔하게 한다면 더는 나쁜 태도를 보이지 않을 듯도 싶은데 말이다. 학생 처지에서야 혜택이 주어지면 다 좋지만 이를 빌미로 교육을 제대로 받지 않는다면 이것이 혁신이 추구하는 교육은 분명 아닐 것이다.

무상급식 또한 지나침은 없는지 되짚어 보아야 한다. 맞벌이 부모의 사정만을 고려하고 어머니의 정성이 담긴 도시락 사랑은 생각을 못 하는 것인지 아니면 표심에 외면하는 건지 모호하다. 이로 인해 아이들에게 공짜 근성을 심어주지는 않는지. 이것이 버릇되어 사회생활 전반을 돌봐주어야 할 공적 거지로 만들고 있나 않은지. 교육 차원에서 보편적 복지를 재검토해야 할 필요성이 높아 보인다. 급식에 임하는 학생들의 자세도 문제이다. 음식 귀한 줄 모르고 입맛에 맞으면 그래도 괜찮은데 조금이나마 제 식성에 맞지 않으면 대충 먹는 등 하다가 쓰레기통으로 직행이다. 아예 먹어보지도 않고 버려지는 음식물이 상당하다. 수익자 부담 원칙에 따라 급식비를 내야 하는데 그러하지 않아도 되니 소중한 줄 모르고 낭비를 거리낌 없이 하는 것이다. 이러한 의식과 태도를 가진 아이들에게서 감사하는 마음이 있기나 한지 궁금하다.

변화와 혁신을 논하지 않더라도 우리 교육이 나아가야 할 방향은 분명히 있다. 사람다운 사람을 육성한다는 교육의 본질은 어느 시대 누가 쫘라뼈라하든지 간에 변할 수 없는 진리이다. 이것을 의지(意志)로써 가르쳐야 할 주체가 바로 선생이고 가르침을 받아야 할 대상은 학생이다.

이를 활성화하고 내실화할 수 있도록 도움을 주고 격려로 보듬는 울타리 역할을 학교와 부모가 해주어야 한다. 또한 한 사람을 인격체로 육성하는데 가정은 물론 지역사회와 국가의 책무도 크다고 하겠다. 아무리 학교가 혁신적인 교육을 펼쳐내고 부모가 뒷받침을 잘해 주고 학생이 주도적으로 학습에 임한다 해도 이들을 감싸고 있는 사회나 국가가 밝은 희망을 주지 못한다면 어찌 될까 우려스럽다. 말로는 공교육의 정상화를 거론하며 사교육비 절감을 말하면서도 정작 교육을 파행으로 치닫게 하는 온상 격인 학원과 같은 사교육기관을 없애겠다는 소식은 아마도 끝끝내 듣지 못하게 될 것 같다. 그러니 학교는 교육이라는 본연의 역할은 뒤로하고 잠자거나 놀러 오는 곳이라는 정도로 인식되고, 오히려 학업은 학원에서 제대로 이루어진다는 생각이 들게 하는 것도 이와 무관하지 않다. 명분은 민주주의를 표방하지만, 자본주의답게 금권을 앞세운 논리에 따라 공교육은 봉이나 진배없다. 어떠한 명분을 내세워 조금의 틈새만 보여도 돈줄을 대고 지하수 빼내듯 하니 갑자기 땅이 꺼지는 현상인 '싱크 홀'이 교육에도 여실히 일어나고 있다.

경제가 어려울 때마다 검소한 절약을 강조한다. 가난한 사람이 살아보겠다고 나름으로 긴축을 한다면 어떻게 될까. 얼마나 줄일 수 있을까. 쪼개어 쓴들 얼마나 절약이 이루어질까? 그 반대도 생각해 볼 가치가 있다. 그야 당연히 나부터 솔선해야 함은 두말할 필요가 없다. 그렇다면 그다음은 어떻게 해야 할까. 너도 해야 하고 우리가 모두 해야 한다. 편중은 해결의 실마리가 되지 못한다. 오히려 불신을 조장할 뿐이다. 사교육은 자본의 중심에 있으니까 그대로 두고 공교육은 혁신해야 한다는 논리는 보편적 교육복지구현에서 자유스러울 수 있을까? 학원이 없으면 학교가 정상화됨은 확실하다. 현실적으로 학원을 없앨 수 없다면 최소한 본연의 자세로는 돌아가야 한다. 주객이 전도된 현 상태에서는 어떠한 처방도 백해무익이다. 학교는 공교육의 역할에 충실하고 학원은 사교육으로써 보습 기능을 다 할 때 그로부터 혁신은 이루어지고 정상화도 가능해지는 것이다. 어느 한 축의 일방적인 희생을 요구하거나 강요함도 아니다. 양 축이 함께 혁신을 향한 노력이 있어야만 가능한 일이다. 더 나아가 지역사회와 국가의 혁신이 더불어 실현되어야 만이 진정한 혁신의 완성이라 할 것이다.

나름으로 올곧게 해온 일이 있다. 내 교직 이력의 거의 다가 여기에 뿌리를 두고 있음이다. '우리누리' 동아리 활동이 그것이다. 그간의 실천 과정에서 몇 차례의 고비도 없진 않았지만 지금도 그 명맥이 이어짐은 나의 철학이자 교육관이랄까. 어쨌든 선생 노릇을 하는 내내 뇌리에서 떠나보낸 적이 없는 글자임에는 분명하다. 처음 교직에 입문한 직후부터 단순히 지식을 전달하는 역할에 머물고 싶지 않은 욕구는 시대마다 불었던 '참'이나 '열린' 교육에 눈길이 가기도 했다. 그러나 그 모두가 잠시 불어대는 자잘한 바람이었다는 것이다. 줏대 없이 남의 의견에 솔깃하여 움직이다 어느 벼랑에 혼자 선 기분은 외롭고 쓸쓸함이라기보다는 허탈감이었다. 오늘 우리에게 불고 있는 혁신이라는 태풍도 잦아들면 무엇이 남을까. 또 기운 빠지고 멍해질까 봐 조금은 두렵고 염려스럽다.

그간의 행적을 떠올려 본다. 논술 지도의 필요성에 따라 자기 생각 펼치기로 글 쓰라 했을 때의 아이들 모습에 고개가 절로 설레설레 내저어졌다. 고작 두어줄 써 놓고 생각을 이어가지 못하는 우리 교육의 현주소에 대한 실망이 더 컸다. 그래서 시도 때도 가리지 않고 계기만 되면 밖으로 나가 직접 체험을 시키고 글로 표현하라고 했다. 어찌할 줄 몰라라 하면 일단 실천 과정을 적어 보라 했고, 일일이 읽어 가며 상황에 따른 느낌을 풀어내라고도 했다. 생각의 꼬리를 물어 이야기를 엮어나가라는 주문도 수없이 했다. 그러다 보니 어느 순간부터는 지킴이가 되더니 봉사단이 조직되었고 사회활동에 참여하는 단체로까지 성장을 거듭하였다. 글감을 찾아 학교 주변 정화로 시작한 체험 활동이 점점 영역을 넓혀 1산 1하천 1마을길 지킴이에 이어 향토문화유적답사 순례 정화, 질서 지키기와 환경 보전 캠페인, 야생화관찰 생태환경탐사, 발원지 찾기 등을 정기적으로 추진하였고 이를 토대로 다양한 형태의 글을 짓게 하고, 시를 창작하게 한 다음 개별 교정 지도로 고쳐 쓰게 하였다. 또한 시화 작품을 만들어 지역사회 문화 행사나 동아리 활동 발표 때에 참여하여 전시하였고, 시집과 문집을 발간하여 오늘에 이르렀다. 지난해에는 지도교사의 자리 옮김으로 다소 어려움이 따르긴 했으나 동아리 모두의 협력 속에 추억이 될만한 알토란같은 활동이 이루어졌다.

먼저, 교과 교육과정 재구성을 통한 연계로 주중과 주말의 방과 후 시간을 활용해 오감 체험 활동을 전개하였다. 환경봉사단을 조직하여 교내 봉사로 폐기물 창고관리와 분리수거를 전담하였고, 교외 봉사로는 조원동 주민자치센터와 협력 체제를 구축하고 지역사회 삶터 가꾸기로 오물을 수거하는 환경정화 활동을 펼쳤다. 토요일을 활용해서는 사제동행 어울림 상담으로 향토문화유적답사 순례 정화, 전통 재래시장 문화체험, 박물관과 전시장 탐방, 스포츠 동아리 구기 활동, 산행, 물줄기 탐사, 화성 순례 성터 밟기, 공연 전시 관람, 사제동행 1박 2일 야영과 독서캠프, 놀이 체험, 단합 활동 등을 실시함으로써 사제 동아리 간의 화합과 공동체 의식을 형성함은 물론 학생들이 자기 주도적인 계획과 실천력을 기르도록 하였으며, 체험 현장을 찾아 직접 보고 듣고 느끼고 생각하고 표현하는 오감을 통해 집단 지성이 이루어져 배움과 인성교육이 실현되도록 이끌었다. 오감 체험을 통한 배움 중심 창의 지성 기르기 교육을 추진한 결실로 동아리 활동 문집 발간이 현재 19집에 이르렀다. 오감 체험 활동한 내용을 글로 쓰고, 교우 간에 돌려 읽고 고치도록 한 후 지도교사의 개별적인 첨삭지도로 수정·보완이 이루어지는 과정에서 표현력이 증진됨은 물론 창의 지성이 길러졌으며, 글쓰기가 신장함에 따라 체계적이고 논리적인 논술 능력까지도 향상되는 성과와 함께 사제 동아리 간에 더불어 어울리다 보니 인성적인 면도 순화되는 성과를 거두어 공교육 정상화 기반이 조성되었다고 자부한다. 또한 교육 현장 안팎에서 배움으로 얻은 인지적 지식은 물론 오감 체험을 통해 보고 듣고 느끼고 생각한 바를 시로 창작하도록 한 후 교우 간에 돌려 읽고 감상하고 느낌을 공유하여 조언을 주고받고 수정 보완이 이루어지는 과정에서 시를 생활 속에 가까이할 수 있는 동기를 부여하였으며, 시집을 발간하고 시화 전시한 결과 현재 26회에 이른다.

이것이 바로 창의 지성 교육으로 공교육의 정상화이자 더불어 배우고 함께 성장하는 혁신 교육으로 행복한 학교 문화 실현이기에 조심스럽게 긍지를 가져봄도 괜찮지 않을까 한다. 이러한 점에서 혁신 교육은 예전부터 있었고 이를 구태여 혁신이라는 용어를 붙이지 않았을 뿐이다. 어떠한 형태이었든 간에 시간이 좀 흐른 뒤에 보면 다 교육의 테두리 안에 있음이다.

# 우리누리, 20년을 돌아보다

2015

올해로 우리누리 활동이 20년째다. 벌써 그렇게 되었다. 아니 어쩌면 짧은 시간을 오히려 길게 늘여 알차게 써온 성상들이었다. 매 순간이러저러한 활동을 하고 글로 표현해내며 사제 간에 정을 가꾸고 간직해 왔다. 그래서일까? 1기인 현용이가 학선이가 용주가 또렷한 형상으로 다가와 눈인사를 청한다. 오랜 기간 인연을 맺어오다 처음으로 주례를 섰던 2기 진호가 어엿한 가장이 되어 열심히 살아가는 모습이 대견하고, 군인의 길로 간 인배가 지금도 올곧게 나라 지킴이로서 역할을 다하는 의젓함이 든든하다. 4기인 준혁이가 항공사 비행기를 움직인다는 소식을 간간이 들을 수 있음도 우리누리라는 울타리가 있어 가능할 거다. 컴퓨터를 능숙히 다루는 5기인 병하가 웃음 지음으로 아는 체하던 때가 자꾸 생각남도 이 매개가 있기 때문이리라. 내 기억에 가장 덩치가 컸던 6기인 성욱이는 지금 어디서 무엇을 하고 있을까. 서울대학으로 간 원중이는 지금쯤 기대 이상의 훌륭한 인물이 되어가고 있겠지. 치악산으로 제주도로 동행한 아이들은 이제 대학에 진학하기 위해 나름 준비는 하는지. 더불어 어울림으로 함께 한 헤아릴 수 없는 아이들의 얼굴, 모습들. 그리움이 자꾸만 새록새록 돌아나 한참 동안 시간을 거슬러 반가운 여행을 상념으로 다녀온다.

동아리를 결성하고 활동을 시작한 지가 20년 전의 일이다. 용인의 태성고등학교에서 8년째 되던 해인 1996년, 새내기로 맞이한 1학년 2반의 담임이 되어 활동을 제안하였고 의기투합으로 아이들과 '우리누리'라는 명칭도 정하고 규칙도 만들었다. 의욕만으로 덤벼든 어설픈 계획에 시행착오도 수없이 겪어내야만 했다. 이어서 태성중학교로 자리를 옮기고 16년 내내 이어진 활동은 조금씩 뼈대가 세워지고 살을 붙여 나가다 보니 자리매김이 되어 명실공히 우뚝 선 전통이 되었다. 지역사회와 함께하는 환경운동으로 봉사단도 조직해 경안천 지킴이가 되었고, 삶터 가꾸기로 1산1하천1마을길 정화도 펼쳤다. 문화유적을 탐방하며 파수꾼 역할도 했고, 활동 문집도 내고 시화전에 시집도 발간하였다. 그렇게 태성 24년 중에서 17년을 우리누리 동아리와 함께했다.

그러다 공립학교인 수원의 조원중학교로 옮겨온 지 3년째, 우리누리도 계속 이어져 왔다. 텃세를 부려 홍역을 앓기도 했지만 그래도 내 품의 자식들답게 한마음으로 어울림을 이끌어준 이호와 권동금, 그리고 2학년 2반 선남선녀들 모두가 고맙고, 지난해 마음을 같이 나누며 뜻을 함께한 정수연, 최수정, 윤나영, 홍성현, 임태철을 비롯해 아이들 모두, 이어서 올해 맞이한 1학년 5, 6, 7반 새내기들, 마냥 예쁘고 멋있고 사랑스럽기만 하다. 이끌어주는 대로 따르려는 열의에 찬 그 모습이 혹시라도 나타날 법한 나의 나타(懶惰)를 아예 엄두조차 내지 못하도록 하려는 듯 눈망울이 마냥 맑게 시선을 모두기에 더 힘이 솟는다. 뭐든 해주고픈 마음이 들어 선뜻 활동 거리를 설파하고, 다양한 체험 거리를 구안해 실행에 옮기고, 이를 토대로 글 쓰라고 종용도 하였다. 욕심을 내어 주문하여도 묵묵히 따라주는 우리누리 20기 대표인 박지은, 5반 반장인 이은지, 그리고 배예령, 신아영, 김지수, 이은서 등등 모두가 고맙기만 하다. 너희들이 있었기에 우리누리가 20년의 명맥을 이어올 수 있었단다.

10년을 작정하고 실행에 옮긴 일이었는데 아이들의 열망으로 그 배에 해당하는 숫자가 되었다. 오로지 한 시선으로 일관되게 추진해온 지난날들이 아련하다. 만족스럽고 뿌듯해 행복감도 보람도 느꼈고, 때로는 좌절도 겪으며 힘겨워도 했다. 아쉬움도 안쓰러움도 가진 적이 있고, 소리 없는 눈물을 닦아내던 때도 있었다. 그렇게 희로애락 애환을 겪을 만큼 다 치르고 모진 풍파도 감내해야만 했던 순간이 주마등처럼 스친다. 암초와도 같은 고난을 극복하고 뜻한 바대로 이루어냈을 때의 희열도 충분히 만끽했다. 현재로 교직 생활의 거의 다를 우리누리와 동고동락하였으니 그 감회야 이루다 표현하지 못하겠다. 이 우리누리에 나의 교직관이, 철학이, 인생이 모두 스며들어 있음이다. 내 품에 머물다 더 넓은 세상으로 나간 아이들은 어떤 모습으로 색깔을 드리우며 살아갈까? 이들의 삶에 얼마만큼 영향을 주었을까? 말만 앞세우는 이론보다 묵묵히 실천하길 강조하였었는데 결실은 얼마나 거두어졌을까? 궁금하다. 얼굴 대하면 반겨 맞아주는 품새로 보아 부끄럽지 않은 선생 노릇했음은 분명하다. 그런데도 가끔은 되돌아보아진다. 정말 제대로 된 교육을 펼쳤을까. 추구하는 행보가 정도인지에 대한 의구심은 예나 지금이나 매한가지다. 그래서 오늘도 참된 교육의 길로 나아가고 있는지를 눈여겨본다. 아니 감시한다. 부끄럽지 않은 선생의 길을 가기 위해 몸부림쳐도 본다. 먼 훗날, 이름도 얼굴도 기억 없는 제자로부터 당신이 내 삶의 지팡이였다는 말을 듣고 싶다. 그날이 올 때까지 선생으로서 사람다운 사람 만드는 일을 게을리하지 않으리라.

담임이 아닌 교과로 만났음에도 믿음으로 따라준 내 아들과 딸들이 마냥 좋기만 하다. 애들아! 함께 해주어 고맙고, 사랑한다.

# 너와 나의 관계에 대해

## 2015

오늘, 일가친척을 비롯한 지인 여러분을 모시고 하나가 되기 위해 이 자리에 선 신랑 신부를 대하니 매우 사랑스럽습니다. 이들의 외양은 보이는 바와 같이 참으로 아름답고 멋있어 흐뭇합니다. 그런데, 속마음은 어떨까요. 그야 당연히 같아야지요. 좋아야겠지요. 오늘의 이 모습이 영원히 지속되리라 확신하며 이 두 사람에게 너와 나의 관계에 대해 말하려 합니다.

신랑인 동섭 군과 저와는 인연을 맺은 지 어언 19년이 됩니다. 제가 동섭 군이 속한 반의 담임이 되면서부터이니까요. 사회를 보는 진호 군도 이때 만났지요. 이들과의 만남이 오늘에 이어지고 있음만 보아도 매우 특별한 관계라 하겠습니다. 사제 간으로 서로를 대함에 넘치거나 부족함이 없는 관계가 이 자리를 있게 했다고 봅니다. 진학하여서도 틈만 나면 만나서 마음을 건네곤 하였지요. 제가 추진하는 동아리 활동이 잘 진행될 수 있도록 후배들을 이끌어준 고마움은 지금도 제 가슴에 남아 있습니다. 특히 동섭 군의 진솔한 실천력은 마음에서 우러나는 신뢰를 바탕으로 하였기에 그런 그를 좋아함은 당연하였지요. 그 이후로도 종종 서로에게 관심을 두고 현재에 이르렀습니다. 저는 동섭 군과의 이러한 관계가 사제의 정만이 아닌 인생 동반으로 이어지고 있음을 말하려 합니다. 서로에게 이로움을 주는 상생이었기에 가능하였다고 봅니다.

이는 앞에 선 신랑 신부에게도 해당하리라 생각합니다. 너와 나의 만남은 크나큰 인연이 있어 가능한 것이지요. 그런데 이들은 성장 환경부터가 다릅니다. 그래서 각각 나름의 개성이 있는 것이고요. 이는 의당 존중되어야 하겠지요. 그러나 서로가 자신의 개성을 이해하고 배려해 달라고 주장만 한다면 어떻게 될까요. 관심의 초점이 오로지 나에게만 있다면 이들의 관계가 오래 지속될 수 있을까요. 불만과 미움은 고스란히 상대에게 전해져 좋지 않은 기운에 휩싸이게 되고, 급기야 메울 수 없는 금이 생기고 말 것입니다. 이는 서로를 불행의 길로 인도하는 재앙일 뿐입니다. 나에게 있어 너는 "그것"이 아닙니다. 함부로 대해도 되는 하찮은 존재가 아니라 존중의 대상인 것입니다. 내가 존중받으려거든 상대를 먼저 배려하는 마음을 가져야 합니다. 나를 업신여기니까 좋게 대할 수 없다거나 네가 먼저 베풀라는 사고는 그 자체가 잘못입니다. 조건을 붙여서는 절대 아니 됩니다. 대가를 바라는 계산적인 생각, 그 자체를 버리십시오. 오히려 한 가지라도 더 해주고 싶은 그런 마음을 가지십시오. 말 한마디라도 따뜻하게 건네는 배려심이 얼음장 같은 마음을 녹인다고 합니다. 나와 너의 이분법은 계산적이고 이기적일 뿐 아니라 삭막함마저 느껴집니다.

오늘 두 사람이 왜 이 자리에 섰습니까. 하나가 되기 위해서입니다. 같이 함께 더불어 아름다이 살고자 해서입니다. 그러니 이제부터는 둘이지만 하나가 되십시오. 너와 나가 아닌 우리라는 따뜻한 울타리를 만들어 나가십시오. 그리하여 언제나 함께하고 싶은 알토란같은 가정을 이루시기 바랍니다. 그러한 점에서 신부는 보람이라는 이름이 말해주듯이 배려로써 봉사할 줄 아는 아름다운 심성을 이미 갖추었다고 봅니다. 이해로써 존중하는 마음이 보람으로 이어짐을 몇 번의 인사를 통해 느낄 수 있었고, 또한 온화한 가정을 일구어 나가리란 믿음이 들었습니다.

덧붙여 강조하고자 합니다. 상대를 배려하고 생각하는 마음이 지나 치면 관심이 아니라 간섭이 됩니다. 설령 간섭이라 할지라도 관심이라 생각하고 받아들이십시오. 간섭도 관심이 있기에 하는 행위입니다. 간 섭하지 않는다고 함은 무관심하다는 뜻이기도 하지요. 관심과 간섭의 관계를 잘 헤쳐 나갈 줄 아는 현명한 지혜로 아름다운 살림살이가 되기 를 축원하며 두 부부 이야기로 주례에 가름할까 합니다.

이들은 비슷한 시기에 인연을 맺고 가정을 이루었습니다. 한 부부는 가정생활에 필요한 비용을 똑같이 반분하여 부담하였습니다. 그 외는 수입을 각자가 관리하였지요. 철저하게 개성도 존중하였습니다. 또 다 른 부부는 수입 전부를 가정생활에 보태었습니다. 이들도 개성은 존중 하였지만 때로는 배려로써 양보도 해야 했습니다. 그렇게 세월이 흘렀 고 IMF라는 경제 위기를 만났습니다. 회사가 문을 닫고 인원 감축이 일 어나 가장은 명퇴해야만 했습니다. 그러다 보니 수입이 줄었고 빠듯한 살림이 더욱 어려워졌습니다. 그러함에도 한동안은 배려와 존중하는 마음에 참고 견디었습니다. 그러나 가장의 실업 상태가 지속되자 이들 부부에게 변화가 일어났습니다. 어떻게든 재기해야 할 상황에서 수입을 각자가 관리했던 부부는 힘겨움을 견디다 못해 헤어짐의 길을 가기로 하였습니다. 그러나 수입 모두를 내놓았던 부부는 그간 절약한 금전을 기반으로 어려움을 극복해 내었고 언제 그랬느냐는 듯이 이제는 건강 하게 살아가고 있습니다.

이들 두 부부가 우리에게 주는 교훈은 무엇일까요. 여기 오신 나이 시긋하신 어르신들은 알고 계시리라고 봅니다. 똑같이 개성을 존중하 고 배려도 하였는데 왜 상반된 결과를 보였을까요. 저는 존중과 배려하는 방법의 차이라고 봅니다. 존중과 배려는 일방적이거나 어느 한 측으로 기울어선 안 된다고 봅니다.

헤어짐을 겪어야만 한 부부는 어려움에 부닥치었을 때 존중과 배려보다는 개인의 이익만을 생각하였지요. 힘겨움을 극복해 나가는 과정을 손해 보는 희생 정도로 여긴 끝이지요. 수입을 각자가 관리하기로 한 그 자체가 존중과 배려로 볼 수도 있겠으나 그 이면에는 개성 강한 이기심이 작동하지 않았을까요. 그것이 살아오면서 금전이 쌓이는 무게만큼 커져 급기야 손해 보고 싶지 않다는 결과의 산물이 헤어짐이었다고 봅니다.

그 반면에 수입 전부를 내놓고 함께 했던 부부는 그 안에서 지지고 볶고 하다 보니 더욱 돈독해진 하나가 되었고, 역경을 이겨낼 수 있었다고 봅니다. 또한 살아오면서 절약하여 모은 금전을 재기의 발판이 되도록 내놓을 수 있었던 것은 진정한 배려와 존중이 있었기에 가능하였다고 봅니다. 모두를 함께 공유하는 과정에서 배려와 존중만이 아니라 공감하고 소통하는 마음도 생겨났을 것입니다.

지금, 이 순간, 신랑 신부는 어떤 배려와 존중의 마음가짐인가요. 혹시 조금이나마 양보해 주길 바라지는 않나요. 이래라저래라 부담을 주는 요구가 있기 전에 스스로 우러남으로 배려하고 존중하다 보면 공감도 소통도 다 이루어져 가정에 복된 사랑이 가득하리라고 봅니다.

동섭아! 보람아! 행복해라. 사랑한다.

# 길에서 길을 찾다

2017

　오늘도 서둘러 버스를 타고 출근을 한다. 현관문을 나서며 핸드폰 앱으로 타고자 하는 번호의 노선을 살펴 어디쯤 오고 있는지를 보고 서두르거나 느긋하게 대처한다. 기다리는 시간을 최소화해 정류소에 도착하자마자 탑승할 수 있으니 이 얼마나 편리한 세상인가. 그러니 길에다 허비하는 시간을 가능한 줄일 수 있음이다. 예전 같았으면 언제 올지도 모르는 차를 하염없이 기다려야 했다. 그런데 정류소마다 시스템이 갖추어져 실시간으로 차량의 이동 상황을 알려 주니 이보다 더 좋을 수는 없다 싶다. 때에 따라서는 몇 번을 타야 더 빠르게 갈 수 있는지를 판단하게도 해준다. 더구나 사통팔달로 못 가는데 없이 어디든 갈 수 있도록 연결도 해주니 한마디로 시원스럽다. 만약 이러한 정보를 미리 얻지 못한다면 어떠할까? 가장 빠르다 싶은 노선의 차만을 염두에 두고 빨리 오기만을 마냥 바라지 않을까. 그것도 모르니까 선험적으로 아는 선에서 버릇처럼 의당 그러려니 받아들여 처분에 따르듯 할 게다. 마치 이것이 최선이고 다른 선택의 여지는 아예 생각조차 못 하고 오로지 번호 하나에 매달려 그나마 이거라도 타고 갈 수 있음에 다행으로 여기고 감사할는지도 모른다.

　문득 통학하던 때가 주마등처럼 떠오른다. 버스가 별로 없던 시절이었다. 배차 간격이 한두 시간은 보통이고 그날의 여건에 따라 2~30분

늦고 빠르고 들쭉날쭉 종잡을 수 없음도 의례 그러려니 하였다. 이에 대한 대비란 넉넉히 여유를 가지고 미리 나와 대기하고 있음이 고작이었다. 얼추 예정된 시간에 도착해 주면 고맙고, 늦게 와도 그나마 타고 갈 수 있음을 감사해 할 따름이었다. 가끔은 고장이나 펑크가 나서 운행을 거르는 경우가 생겨도 이러한 속사정을 모르니까 목이 빠지라고 신작로의 끝자락만 바라볼 뿐, 그러다 대략 올 때가 족히 되었음에도 아무런 한 조짐이 없다 싶으면 그 또한 그대로 받아들여 다음 차가 조금은 빨리 와 주길 바라며 마냥 기다렸다. 그러니 10여 리는 의당 걸어 다니는 것이 더 빠를 수도 있었고 그렇게들 하였다. 시군(市郡)의 경계를 넘어가는 장거리의 경우는 시외버스가 올 때까지 한없이 기다려야 한다는 사실을 자연스레 받아들였고 조급해함은 속내만 드러내는 사치라 여겼다. 뭔가 새로운 시도로 다른 교통수단을 이용한다 해도 어쩌다 몇 번은 가능할지 모르나 지속해서 그리할 수는 없었다. 어찌 되었든 그때는 그냥 그렇게 어쩌지 못할 상황으로 받아들였고 진득하게 기다림이 최선이었다. 나름 방책을 마련하여 실행에 옮긴다 해도 그 수고로움에 비해 얻어지는 성과가 미미하니 결국엔 원점에서 다시 주어진 현실을 받아들였다. 그것이 순리요 이치라 여기고 수용하였다.

그로부터 지금, 수십여 년의 세월이 흘러간 만큼 교통수단에 시나브로 엄청난 변화가 일어났다. 일단 노선이 그물망으로 촘촘해졌다. 시외를 오가는 버스는 그만두고라도 시내버스가 운행할 수 없는 데는 마을버스가 대신 그 역할을 맡고 있다. 도로가 난 곳이라면 어디든 구석구석 다닐 수 있을 뿐 아니라 배차 간격도 한자리 분 단위로 좁혀졌다. 그만큼 버스를 타기 위해 기다리거나 이동에 걸리는 시간의 낭비가 최소로 줄어들었다. 더구나 요즘은 집마다 거의 자가용이 있어 필요에 따라 빠르게 이동할 수도 있다. 분명함은 앞으로 더 빠른 속도로 개선돼 이동 시간이 더욱 단축될 것이다. 어쩌면 더는 줄일 수 없는 시간만으로 이동하는지도 모른다. 그러니 이보다 더한 교통 복지를 누릴 수는 없음이다. 여기에 버스 앱 시스템을 조금만 관심 기울여 활용할 줄 안다면 더 효율적으로 환승이 이루어져 시간 단축을 가져올 수 있을 것이다. 그러나 문제는 앱이 무엇인지조차 모르는 층이다. 모르니까 알고 있는 선에서 불편을 감수하고 주어진 정보에 의존할 뿐이다. 그야 조금의 빠르고 느림에 연연하지 않아도 되는 상황이라면 문제가 되지 않을 수도 있다. 하지만 시간 다투는 일을 앞에 두고 있다면 의당 1초가 아쉬울 것이다. 따라서 앱을 활용한 정보로 유효 적절히 대처한다면 그 수고로움을 투자한 만큼의 황금 같은 시간을 절약할 수 있지 않겠는가. 그러니 아는 만큼 볼 수 있고, 보고 이해한 만큼 응용하여 이용할 수도 있는 것이다. 이러려고 배움을 갖는 것이 아니겠는가. 배움이 부족하면 앎에 결함이 생겨 그만큼 매사에 불편함을 초래할지도 모른다. 이는 단순히 버스를 타고 목적하는 곳까지 가는 것에 국한된 일만은 아니다.

요 며칠 사이 가을답게 조석으로 날씨가 쌀쌀해졌다. 그래서인지 아침에 일어나는 시간이 조금씩 늦추어지는 감이 있다. 그러니 출근하는 시간도 늦어져 급기야 같은 시간대의 버스를 가까스로 타거나 때로는 보고도 놓치고 마는 경우가 생기곤 한다. 더구나 일정한 배차 간격이 있다고 해도 운전하는 기사의 성향에 따라 빠르고 느림이 생겨나 버스 지나가는 순간을 놓쳐 다음 차를 타야 하는 때도 있다. 그냥 기다렸다 타면 최소 배차 간격 시간만큼 목적하는 곳에 가기까지 소요 시간이 더 걸릴 수밖에 없다. 여기에 환승을 하게 된다면 그래서 차가 바로 와 주지 않게 된다면 거기서 또 기다리는 시간만큼 더 걸리게 된다. 역시 바로 연결하여 탑승이 이루어지면 별문제가 없겠지만 바로 앞에서 갈아 타야 할 버스를 놓치기라도 하면 최소 배차 간격만큼의 시간이 더 들게 되어 최종으로는 상당 시간을 차를 타기 위해 기다리거나 이동하는 길 에 허비하게 된다. 때로는 1분 1초 늦음이 도착지에 이르러서는 10분, 20분은 보통이고 더 나아가 30분을 넘어 40분 이상이 더 소요되기도 한다. 어느 정도의 거리이고 몇 차례 환승을 했느냐에 따라 1시간 이상 이 추가로 더 소요될 수도 있지 않을까 싶다. 그래서 나름 상황 판단을 하게 되는 것이다. 일단 타고자 하는 버스를 놓쳤을 때 그냥 기다림이 나을지, 아니면 다른 버스를 타고 가다 연결되는 정류소에서 내려 환승 이 나을지를 순간 포착으로 판단해서 신속하게 실행으로 옮겨야 하는 것이다. 때로는 한 정류소 정도는 걸음을 재촉해 옮겨가야 할 경우도 생 길 것이다. 이를 귀찮게 여기고 일반적인 순서에 따라 다음 차를 기다려 타게 된다면 그래서 환승도 기다리다 오는 대로 타면 누구나 다 그렇게 소요되는 가장 보편적인 이동 시간이 될 것이다. 언제까지 도착해야 한 다는 시간이 딱히 정해져 있지 않다면 느긋하게 여유를 부릴 만도 하겠 지만 현대인들은 너무 바빠 여유 부릴 새가 없다. 더구나 시간이 정해져 있는 직장인이나 학생들에겐 1초가 엄청 귀하게 느껴질 때가 많다. 물 론 금전으로 바꿀 수도 없다. 그래서 시간을 황금에 빗대어 소중하다고 표현하는 것이다.

정상적이라면 시간에 맞춰 정류소에 도착해 얼마 지나지 않아 버스 를 타고 가다 내려 역시 몇 분 상간에 환승으로써 출근이 이루어지는 데, 그제는 제시간에 버스를 타지 못해 한 정거장 서둘러 달려가 다른 버스를 타고 가서 예정된 차에 갈아탈 수 있었다. 어제는 조금 일찍 정 류소로 갔음에도 중도에 버스가 와 간발의 차로 놓쳐 앱을 활용해 노선이 다른 버스를 타고 가다 갈아탔는데 오히려 더 일찍 출근하게 되었다. 그리고 오늘은 정류소에 도착하자마자 버스를 탔고 역시 내리자마자 환승이 이루어져 평소보다 상당 시간을 단축할 수 있었다. 이처럼 처한 상황에 어떻게 대처하느냐에 따라 소요 시간이 줄어들기도 더 걸리기도 한다. 예전엔 차를 놓치면 다음 버스가 올 때까지의 시간과 운전기사의 성향에 따라 걸리는 시간이 정해졌다면 오늘날에는 운전자에 따른 빠르고 느림은 어쩔 수 없다고 해도 교통정보 시스템을 어떻게 잘 활용하느냐에 따라 분명 시간을 단축할 수 있다는 것이다. 여기에 교통정보 앱 시스템이 한몫을 톡톡히 함도 간과해서는 안 된다. 이를 활용하느냐 못하느냐의 차이가 시간을 길에다 얼마만큼 허비하느냐를 결정지어 준다 해도 과언이 아닐 게다. 나아가 교통과 관련한 삶의 질이 달라짐도 무시할 수 없는 것이다. 그러니 혹시라도 버스 교통망 앱을 모르고 있다면 더는 미루지 말고 알려는 노력을 기울여야 한다, 또한 이를 활용할 줄도 알아야 한다. 안다는 것이 귀한 시간의 낭비를 줄여주고 편리를 가져다줌도 누구나 다 공감하고 인식하는 바다. 그런데도 알려 하지 않으려는가?

조금만 시선을 바꾸어 보자. 우리는 매일 길을 간다. 그 길을 어떻게 갈 것인가. 주어진 길에 안주하여 되는 대로 살아가려는가? 아니면 나름으로 제때 제시간에 맞춰 버스를 타고 환승으로 최소한의 시간만을 들여 목적하는 곳에 도착하도록 할 것인가? 이에 대한 해답은 당사자인 바로 버스를 타는 이의 몫이다. 또한, 인생길을 가는 이의 몫인 것이다. 버스를 이용하다 보면 자가용으로 출근하는 이들이 부럽다. 그래서 조금의 여유만 있으면 자가용을 사는 걸 거다. 과시용이 아니라 진짜 실생활에 필요하니까 무리해서라도 사서 타고 다니는 것이다. 길에다 시간을 버리지 않고 최소의 시간만으로 출근할 수 있다면 그로 만족이지 않겠는가. 더는 바랄 바가 없음이다. 그러나 이처럼 해서 누리는 혜택이 주어진 만큼 지출은 감수해야 한다. 감당이 어려우면 또 다른 차선책을 생각해야 할 것이다. 무난히 이겨낼 방안으로 말이다. 혹여 편함만을 쫓아 능력 밖의 무리수를 둔다면 이는 고스란히 부담으로 작용하고 이에 따라 당사자만이 아니라 가족에게 더 나아가 주변에 악영향을 미칠 것이다. 이는 정상적이지 않으니 해서는 안 될 일이다. 최상의 삶이란 우선 당사자에게 이로워야 하고 나아가 가족과 이웃에게도 좋은 영향을 주어야 한다.

그런데 편함만을 염두에 두고 이기적인 행동을 벌이는 이들을 우리 주변에서 어렵지 않게 볼 수 있다. 자유민주주의라는 울타리에서 인권 보호를 핑계로 비정상의 행각이 서슴없이 저질러지고 있지 않은가. 이 세상은 혼자 살아갈 수 없기에 최소한의 지켜야 할 규범이 있음에도 이를 자신에게 유리한 쪽으로 해석하여 나만 옳다는 식으로 처신하는 이들이 많아질수록 명백함은 살아가기가 점차 힘들어진다는 것이다. 그 원인에는 교육의 부재도 한 몫을 차지하고 있다. 인권을 비롯해 권리와 혜택은 다 누리면서도 이행해야 할 의무는 다하지 않는 게 문제다. 천방지축으로 질서를 무너뜨리는 행위가 지금 우리 교실에서 서슴없이 자행되고 있다. 이론적으로는 좋게 타일러 설득하고 알아듣게 이해시키면 된다지만 그 근본적인 의식에 공부하겠다는 의지가 없으니 틈만 보이면 어떻게든 벗어난 행동을 해댄다. 주저리 잡담으로 소란을 피우고, 제멋대로 일어나 돌아다니고, 고성을 지르는가 하면 학습과 무관한 태도로 제 세계에 빠져 있는 모습의 빈도가 날이 갈수록 확산하고 있다. 진정으로 배움을 갖고자 임하는 학생들이 이제는 몇몇으로 손꼽아질 정도이니 가르치는 일을 하는 사람으로서 가까운 미래부터가 걱정스럽고 안타깝다. 조만간에 선량하게 질서를 지키며 살아가는 이들이 바보 취급당하는 세상이 올지도 모른다. 아니 벌써 우리 주변에 만연된 듯해 참으로 끔찍하다. 교육이 제 기능을 못 함에서 오는 혼돈이다. 백년지 대계인 교육이 정치꾼들의 인기 놀이에 이리저리 치이고 흠집이 난 결과이자 서로가 외면으로 방치한 결실이니 그 구정물을 이제 우리 사회가 감당해 내야 하는데 그런데도 이대로 언제까지 수수방관만 하고 있을지 답답하다. 일정 부분 책임을 통감하기에 더욱 눈살이 찌푸려진다. 최소한 월급쟁이 선생은 되지 말아야지 다짐하며 잔소리로 야단도 치고 알아듣게 이해도 시켜보지만, 그 순간에도 딴짓이다. 즉흥적으로 제 기분에 따라 떠들어 대며 산만함의 극치를 보인다. 교실은 현재 붕괴하여 가는 중이다. 무척 안타까운 일이 아닐 수 없다.

설령 집중하여 수업에 임하지 않았다고 해도 나름의 방식으로 배움을 가졌다면 그도 괜찮다. 살아가는데 불편하지 않고 지장만 없다면 다행으로 되었다 싶다. 그러나 배움이 부족하여 살아가는데 장애가 발생하여 어려움이 따른다면 이보다 더한 서러움은 없으리라. 이러한 처지에 봉착하지 않게 하려면 배움을 가져야 함을 아이들이 깨닫기를 바라지만 이는 묘연한 바람일 뿐인 듯싶다. 그러니 배움 갖기를 틈만 나면 잔소리로 줄기차게 해댄다. 이를 통해 배움의 자세만이라도 가져주었으면 해서다. 그리하여 세상 살아가는데 필요한 최소한의 앎만이라도 갖춘다면 더 이상 바랄 바가 없음이다.

교통정보망 시스템인 앱을 활용하여 승차 시간에 맞춰 기다림 없이 타고 환승 또한 시간의 허비 없이 이루어질 수 있다면 그래서 무난한 삶을 살아갈 수 있게만 된다면 그것이 교육의 본질이 아니겠는가. 세상은 아는 만큼 보고 이를 통해 살아간다. 때로는 몰라도 살아갈 수는 있다. 부족해도 그런 줄 모르고 살아간다면 그도 행복일 것이다. 그러나 우리는 살아가면서 상대적인 빈곤을 느끼곤 한다. 비교하려 해서가 아니라 어쩔 수 없이 갖게 되는 만족의 정도는 때에 따라서는 자괴감을 불러일으킨다. 그런 일을 겪기 전에 오늘의 자신을 돌아보라. 혹시라도 해야 할 본분을 다하지 못하고 있다면 더 지체되어 그만큼 벗어나기 전에 마음가짐을 바로 잡고 뜻한 바를 향해 실천하여 이루고자 하는 꿈을 현실에 나타내어 보이길 바란다. 거기서 성취감을 오롯이 느껴보았으면 좋겠다. 버스를 타고 내림으로 목적지에 도착하는 과정을 단순히 보지 말길 바란다. 여기에 우리가 살아갈 삶의 이치가 있고 인생길이 있음을 인지하고 길에서 길을 찾는 지혜를 가지길 바란다.

# 코로나가 우리 곁에 온 까닭

2020

일상에 엄청난 변화가 일어났다. 코로나바이러스의 영향이다. 어느 한 지역이나 나라만이 국지적으로 해결해야 할 현안이 아니라 인류에게 사회 문화 전반에 걸쳐 획기적인 변혁을 강력히 요구하고 있다. 단순히 질병에 걸려 치료로 끝나지 않을 기저 질환에 따라선 죽음에까지 이를 정도로 막대한 위협이 가해지고 있다. 자타가 공인하는 초유의 사태인지라 정신 바짝 차리고 슬기롭게 차분히 대응하지 않으면 역병의 창궐은 시간의 문제다. 실제로 일부 국가에서는 확진의 수치만 하더라도 엄청난 증가 추세를 보여 언제쯤 진정될지 그 기미조차 가름할 수 없는 지경이라 마치 안개 속에서 방향을 잡지 못하는 속수무책과도 같다. 조금만 느슨해도 뭔가 터질 듯이 확산세를 보여 긴장감을 늦출 수도 없다. 나름으로 방역을 강화하고 위생을 철저히 한다 해도 한계가 있어 언제든 폭발할 시한폭탄을 곁에 둔듯하다. 우리 국민 대다수가 나름 협조적으로 수칙을 지켜나감은 그래도 다행이다. 다만 일부 의견이 뚜렷한 이들의 그럴듯한 논리에 따라 펼치는 행위가 보편적이기보다는 돌출적이라 어쨌든 아쉬움을 갖게 한다. 빤히 예측되는 위험을 담보로 행동한다면 타당성 면에서 생각해 볼 여지가 있다고 본다. 의당 존중되고 보장받아야 할 권리이지만 민주 시민으로서 기본적인 의무를 이행해야 함도 잊지 않았으면 한다. 거리두기를 해야 할 시점에 집단으로 모임을 하고 더구나 마스크마저 쓰지 않는다면 코로나가 얼씨구 좋다며 기승부릴 빌미를 제공할 소지가 있음이다. 그러니 자제하는 배려심이 그 어느 때보다도 절실히 요구된다고 하겠다. 어쨌든 '몸은 멀어도 마음은 가까이'라는 구호가 시사하듯이 일단은 거리두기가 선행되어야 하지 않을까.

어쩌면 코로나는 독감의 한 종류로 아주 하찮은 감기에 불과할는지도 모른다. 다만 치료할 약이 당장 없다 보니 호들갑을 떨 뿐이다. 그래서 백신이 나오기 전까지는 예방이 중요하니까 수칙을 지키라는 것이고 어쨌든 조심하자는데 이의를 제기할 여지가 있을까? 특정 개인이나 조직의 입장에서는 꼭 필요하고 중대한 일일지라도 모두의 전반적인 측면에서 보면 긴요하지 않은 그저 그런 사안일 수 있다. 사회 구성원 대다수가 이해할만한 누구에게나 공감이 가는 보편타당한 일이 아니라면 방역 수칙을 따름이 당연하다. 혹여라도 무리하게 모임을 통한 접촉을 강행하여 바이러스가 전파력을 가질 수 있는 빌미를 제공하고 촉진하는 매개체의 역할을 하였다면 의당 그 책임도 뒤따라야 한다. 의심 증상이 확진이라는 상황으로 치달아 그 여파가 종국에는 전 국민을 위험한 지경으로 내몰지는 않을까 그것이 우려스럽다. 마치 살얼음판을 걷는 듯이 언제 어디서 터질지 모르기에 불안 불안하다.

코로나가 확산하는 추세를 보면 여러모로 선진을 자처하는 나라가 더 기승을 부리지 않나 싶다. 특히 자본을 내세우고 자유분방한 권리 보장을 요구하는 목소리가 강할수록 코로나가 더 가까이 있어 보인다. 권리에 못지않게 의무도 중요한데 그간에는 너무 자본의 논리에 따른 이익에만 방점을 두다 보니 나타난 현상은 아닐까. 그러한 점에서 코로나가 시사하는 바가 크다고 하겠다. 말로만 배려를 운운하고 봉사가 어떠네 하며 구호만을 내세우기보다는 공동체의 일원으로서 귀감이 되는 실천이 무엇보다 앞서 실행되어야 할 것이다. 그렇다고 전체주의나 집단주의가 되어야 한다는 말은 더더욱 아니다. 민주 시민으로서의 기본적인 의무를 충실히 수행하자는 것이다. 무엇이 옳은지 그른지를 초심을 갖고 냉정히 판단해 보자 함이다. 개인이나 조직 집단의 이해타산에 바탕을 둔 이기적인 산술을 배제하고 오롯이 국민의 한 사람으로서 소임을 생각해 보자. 함께 더불어 살아가자는 것이고 삶의 궁극적인 목표랄 수 있는 행복의 추구권을 보장받자는 것이다. 누군가의 희생을 강요한다거나 불편을 감수하라는 부담을 주고자 함도 아니다. 같이 어울림으로 보듬어 헤쳐 나가자는 절박함이자 절실함이기도 하다. 코로나가 세상을 지배하는 공포에서 벗어나길 바라는 염원의 실낱같은 자구책이 바로 거리두기요 마스크 쓰기이며 방역 수칙이다. 그러니 이유 불문하고 일단 따르면서 부수적인 조치를 마련해야 하지 않을까. 어서 빨리 치료제가 나와 코로나가 판치는 세상으로부터 맑은 햇살을 맞이했으면 좋겠다.

근자에 다시 확진의 추세가 가파르게 상승해 단계의 수위를 높이는 조정이 필요한 상황이란다. 이는 방역 당국이 어떻게 하고 안 하고의 방침에 앞서 자발적인 참여로 솔선해야만 그나마 답을 찾을 수 있을 것이다. 나 하나쯤이야 예외를 두다 보면 그 누구도 스스로 실천하지 않을 것은 뻔하다. 나만이 특별하다는 특권의식을 내려놓고 동참의 미덕을 발휘하여야 한다. 어쩌면 코로나와 같은 질병은 개인의 체력이 감당해 내야 할 문제일 수도 있다. 자진하여 스스로 감염되고 싶은 사람은 없을 것이다. 부득이하게 어쩔 수 없이 걸릴 뿐이다. 어떤 경로로 감염된 지도 모른 채 보균 상태에서 접촉이 이루어지고 결국 전파를 확산시키는 매개체 역할을 자의적이지 않더라도 확진을 받기 전까지는 어쨌든 나도 모르게 숙주가 되는 셈이다. 그러니 모임을 자제하자는 것이다.

코로나가 어쩌면 바삐 살아가는 현대인들에게 너무 사회생활에만 얽매이지 말고 가족과 함께 지내라는 언질은 아닐까. 밖으로 나돌 수밖에 없는 사회 구조에 대한 경고의 사절이 코로나가 아닌지 되새겨 봄직도 하다. 대도시 집단 밀집 지역을 중심으로 확산함도 무시할 수만은 없어 보인다. 혹여 감당 불가한 인구 증가를 조절하려는 의도가 아닌지도 미루어 짐작해 본다. 가까운 이들의 죽음이 안타깝기는 하지만 말이다. 인간의 이기심에 의학의 발달이 가져온 생명의 연장에 대한 반사작용으로 자연사로는 조절이 어려우니까 미처 예측하지 못한 질병을 통해 생사를 가름 지으려 함이 어쩌면 아닐까. 인간이 백신을 개발할 시점까지 고려하여 어느 정도 조율함일는지도 모르겠다. 더구나 근래에 속출한 자연재해와 무관하지 않은 듯도 싶다. 온난화로 인해 만년설이 녹아 아예 사라지고 있다고 한다. 그만큼 해수면이 높아짐은 당연하고 물의 염도도 낮아질 수밖에 없으니 자정 기능의 약화로 발생할 수 있는 병원균의 수가 증가했을 가능성도 있다. 엘니뇨 현상과 같은 기상이변으로 한철 잠깐 있을 장마가 시도 때도 없이 태풍을 동반하여 장기적으로 지속하는 일과도 관련이 있는 듯하다. 때로는 심한 폭설이 내리기도 하니 한마디로 예측 불가의 이상 기후가 생기는 것이다. 이 모두 인간의 욕구를 충족시키려다 보니 어쩔 수 없이 파생되는 죄업이라는 생각이 든다. 그러니 어떤 방식으로든 감당해 내야만 하지 않겠는가. 때에 따라서는 생살을 도려내는 아픔도 감수해야 할 것이다.

지금, 이 시점에서는 그간 함부로 한 일을 수습하여 바로 잡는 절차가 더 필요한 듯하다. 그러기 위해 순리에 따른 대응이 선행되어야 하겠다. 자연의 섭리를 받아들일 줄 아는 지혜로움이 필요하다. 주기적으로 순환하는 자연의 이치를 거스르지 않는 법도 겸허히 받아들이고 익혀야 한다. 그뿐이 아니다. 환경을 오염시키거나 교란하는 행태를 멈춰야한다. 자원을 마구 파헤치고 함부로 남용하는 태도를 비롯해 잠시 빌려서 활용한다는 자세로 임해야 할 것이다. 방관하고 방치로 일관하는 만큼 자연은 어떤 방식으로든 고스란히 되돌림을 해 올 것이다. 저질러 놓고 어떻게 되겠지 하는 안이한 처사는 인제 그만두어야 할 때다. 옛날에는 자연의 산물을 이용하였기에 순환이 저절로 가능하였지만, 오늘날에는 인위적인 가공으로 생산이 이루어져 자연으로 되돌리기까지는 엄청난 노력과 비용이 들 뿐만 아니라 기간도 상당히 걸린다고 한다. 따라서 재사용 재활용도 고려하여 낭비하지 않는 생활 태도를 길러야 하겠다. 또한, 공해를 일으키는 요인도 줄여나가야 할 것이고, 미세먼지 발생 빈도를 낮추는 일에도 관심을 기울여야 하겠다.

그런데 우리 인간은 아직도 자연의 배려를 알아채지 못하고 자본의 논리를 앞세워 경제 살리기를 운운하며 생산성에 관심을 기울이고 있다. 그야 먹고사는 문제가 가장 우선이 되다 보니 수긍이 가기도 한다. 그러나 과잉의 부분까지 이해하고 받아들일 수는 없음이다. 코로나로 외출 자제를 한다는 명분에 배달 음식을 시키고 그래서 일회용품이 판을 치는 상황을 두고 어쩔 수 없지 않으냐 함은 그럴듯한 변명에 지나지 않는다. 이로 인해 생긴 플라스틱 용기는 처리 비용의 문제를 떠나 자원 낭비의 심각성을 여실히 보여 주는 예라 하겠다. 더구나 재가공 과정에서 생기는 오염 물질 수치도 크리라고 본다. 그러니 그냥 보아 넘길 수만은 없는 일이다.

코로나로 인한 일상의 변화는 인간의 생활양식을 바꾸도록 요구하고 있다. 도구이든 음식이든 넘쳐나서 낭비하던 시절은 이제 아예 그리워도 말아야 할 시점이다. 필요 이상의 낭비적인 요소가 있다면 과감히 도려내고 떨쳐야 한다. 아쉬움에 추억하는 그 자체도 깡그리 지워내 버려야 한다. 그간 너무 풍족하게 지내왔다. 조금만 마음에 안 들어도 멀쩡한 물건을 버리고 오로지 새것만을 맹종하듯이 추구해 왔음은 사실이다. 그러니 자원의 고갈이 목전에 왔음을 알리려는 자연의 사절이 코로나가 아닐까? 그런데도 미적거림으로 정신을 못 차린다면 답은 뻔하지 않은가. 모두가 제 할 탓이다. 주사위는 이제 우리 인간에게 쥐어졌음을 도외시하지 말자. 분명 조만간에 더 큰 시련이 코로나 시즌 2로 나타나지 않으리라는 보장은 없다. 이제 인간이 답을 할 때가 된 듯하다. 머지않아 코로나 백신은 어떻게든 개발이 되겠지만 그때 예전처럼 일상으로 돌아갈 수는 있을까. 분명함은 어떤 방식으로든 달라짐이 있어야 한다는 것이다. 구속이나 불편이 아닌 자유로움 속에 권리를 찾고 책임 속에 의무를 다하는 그런 자정이 분명 우리 삶과 함께하리라는 기대를 해본다. 이것이 코로나가 우리 곁에 온 까닭은 아닐까.

# 나는 늘 시다움을 생각한다*

    어느 초여름 토요일, 반공휴일이라 오전 수업을 마치고 귀가한 시각이 하오 서너 시는 족히 되었다. 책가방과 교복 윗옷을 마루에 내던지다시피 놓고 부엌으로 갔다. 찬거리를 대충 챙기고 바가지에 담아둔 찬밥을 물에 말아 먹고는 들로 발길을 서두른다.

    부모님은 늘 한 곳에서 변함이 없이 일하셨다. 아마도 아버지는 논두렁을 깎고 계실 것이고 시간으로 보아 어머니는 조금 전에 새참을 가지고 가셨음이 분명하다. 간 김에 밭에 들러 풀을 뽑다가 해거름 즈음에 아버지와 함께 돌아올 요량임은 분명하다. 가을걷이가 끝나기까지는 매일같이 반복되는 농사일이니 짐작은 그리 어렵지 않다. 한참을 걷다 뛰다 하다가 먼발치로 지평을 바라보니 농수로의 다리에 두 사람이 있다. 평소에도 여기서 휴식을 취하곤 했으니 그냥 그대로 어림잡아 미루어 보아도 아버지와 어머니임이 틀림이 없다.

    점점 가까워질수록 동작과 표정마저도 확연하게 눈에 들어온다. 무슨 이야기가 오갔는지는 직접 듣지 않으니 모르겠으나 밝은 눈빛에 웃음 띤 미소로 보아 좋은 담소였으리라. 어쩌면 내가 종종걸음으로 다가오는 모습이 어떻다고 이런저런 평을 하고 있음은 아닐까. 학교에 잘 다녀왔다며 인사로 아버지, 어머니를 부르니 손을 흔들면서 일어나 한참을 바라보신다. 지척에 이르자 아버지는 주변을 둘러보아 적당하다

---

* 「나의 시 쓰기」, 『시문학』 2021년 5월호 통권598호, 시문학사 편집부.

싶은 흙뭉치를 주워들더니 대강 쪼개어 하나를 어머니에게 건넨다. 그리고는 수로의 넘실거리는 물을 향해 옆 살로 던지니 통통통 3번 튀겨진다. 어머니는 두 번 퐁퐁 물둘레가 쳐졌다. 나도 거들어 힘껏 물둘레를 거푸 쳤던 기억이 가물가물 되살아난다. 아마도 이 시 「물둘레」를 쓰지 않았다면 아예 잊혀질 뻔한 가족사의 일면이다.

저 멀리
농수로 다리 위에
둘이 앉아 있네

하나는
두렁 깎는 농부고요
하나는
새참 내온 아낙이어요

서로는
눈빛으로 속삭이며
웃음 짓는다

그리고
둘이는
흙뭉치 주워들고
물둘레 친다

- 시 「물둘레」 전문

이 시는 어느 해 언제 썼는지 정확한 기억이 없다. 대략 고1 때쯤이지 않을까 얼추 짐작만 할 따름이다. 시를 온전히 알지 못하던 시기에 어디선가 읽었음 직한 내용을 모방하여 표현한 듯해 어설픈 감이 있다. 그래서 자부하며 내세우기엔 왠지 조금은 쑥스러운 면이 앞서긴 하지만 그렇다고 과감히 구겨서 휴지통에 버리지 못하는 까닭은 이보다 더 앞선 나의 시가 존재하지 않음이다. 더구나 부모님과의 추억을 떠올리기에 충분하리만치 소중한 장면이라서 더욱 그러하다.

중학 시절의 어느 때부터 간간이 시를 썼음은 분명하다. 그렇게 습작으로 두어 자 끄적이다가 마음에 들지 않는다 싶으면 두 줄 죽 긋거나 지우고 그 위에 다시 쓰곤 했었다. 대부분 미완으로 끝났고 완결짓는 경우는 드물었다. 가뭄에 콩 나듯이 어쩌다 괜찮다 싶은 시편이 나와도 여러 날 두고 보다 버려지곤 했으니 이 시도 아마 그중의 하나였을 거라는 생각이 든다. 이보다 더 잘 써진 시가 있었음은 확실하다. 요일을 소재로 일상생활과 연관 지어 쓴 시가 흡족해서 읊어가며 여러 번 수정하다가 고딕 정자로 또박또박 옮겨 적던 열의가 아직도 생생하다.

좀 더 잘 되었다 싶으면 공책에 나름 정서하여 시집처럼 만들었던 기억을 빌리자면 이 시 「물둘레」는 어떤 결격으로 마음에 들지 않아 폐기할 요량으로 놔두었는데 누군가의 손길, 아마도 어머니에 의해 챙겨졌고 책장의 어느 한 편에 끼워져 있다가 세월이 훨씬 지난 뒤에 우연히 발견되었을 것이다. 그 후로도 관심 밖으로 밀려나 그냥저냥 다른 시와 함께 간직되다가 최근에야 시집을 낸다고 들추어보는 과정에서 새삼 다시 접하게 되었으니 어쨌든 각별한 인연이 아닐까 싶다. 분명 처녀작은 아니다. 그러나 현재에 이르러서는 그 존재 자체로 나름의 가치가 있음이다. 나의 초기 시 중에서도 원조 격에 해당한다고 하겠다.

본격적인 시 쓰기는 고2 때부터다. 시가 무엇인지 어렴풋이나마 알게 됨에 따라 나름으로 형식을 갖추어 시 쓰기에 맛을 들인 적이 이 무렵이었다. 담임선생님의 권유로 일기를 쓰던 때였는데 시형을 빌려 쓰곤 했었다. 잘 쓰든 못 쓰든 즐겨 썼으니까 아마도 상당수는 되리라고 본다. 그중에 몇 편 정도는 보아줄 만하였고, 이외에도 일기장 사이에 끼워둔 시도 조금은 더 있었다. 그때는 잘 챙겨둔다고 책꽂이에 꽂아놓았는데 이후로는 볼 수 없게 되어 안타깝다. 더구나 나를 시인으로 키운 근원이자 밑거름이 되었을 법한 시기의 시가 송두리째 공백이니 생각할수록 멍해진다. 그 이농(離農)만 안 했어도, 아니 챙기기만 했더라면 이리 후회스럽진 않을 텐데, 오랜 세월을 두고 미련이 남는다. 과거로의 시간 여행을 하게 된다면 그때 두었던 데로 가서 가져오고 싶다. 이듬해 4월에 쓴 시를 통해 이 무렵의 나의 시 쓰기를 엿볼 수 있다.

수려한 내 강산이 진줏빛보다 곱고
에메랄드 빛깔보다 아름다워라
하늘 끝 닿은 능선이
아가씨 가녀린 허리 같아서
가슴 결에 유연히 솟아난 봉우리
삼천리 아리랑이어라

골짜기 넘어 흐르는 숨결일랑
폭포 되어 떨어지고
누천년 이어온 고목(古木) 사이로
꾀꼬리 종달새 한껏 노니는데

物心一如는 누가 취하며
悠然自適은 뉘 즐기랴?
지나는 나그네야 감탄이나 하려는가

영생의 불로초 자생하는 곳
뚜렷한 사계로 넘나들며
분홍진달래에 청초한 난초
무지개 단풍과 새하얀 설화로
드러내기 부끄러워 안으로 멋들었나!
색색이 물든 옷 단장 치 단장이
어찌 아니 좋다 하오리까

- 시 「내가 사는 땅」 전문

「내가 사는 땅」은 곱고 아름다운 삼천리 금수강산을 예찬한 시이다.
TV에서 정규방송이 끝나면 의례적으로 애국가가 나왔다. 노래와 함께
우리나라를 대표할만한 명승고적을 영상으로 보여 주었는데 장엄하게
떨어지는 폭포의 씩씩한 기상과 오랜 세월 온갖 시련을 꿋꿋하게 이겨
낸 고목의 절개가 시상(詩想)으로 떠올랐다. 태고로부터 '누천년'에 걸
쳐 '이어온' 유구한 역사와 문화를 지닌 우리 민족을 대변하는 듯해 은
근히 자랑스럽게 여겨졌다.
　이러한 자연 산천의 혜택을 여타의 생명은 마음껏 자유분방하게 누
리는데 하물며 이 땅의 일원인 우리는 수수방관만 하고 있지나 않은지

의문이 들었다. 주인의식이라든가 소속감이 없이 '지나는 나그네'처럼 그저 구경꾼의 위치에 머물고 있어 보였다. 더불어 하나가 되면 얼마나 좋을까 하는 마음에 '물심일여' '유연자적'을 취하고 즐겼으면 하는 바람이 강렬히 들었다. 그런데 우리 모습은 어떠한가. 한평생 의식주(衣食住)에 얽매여 사느라 고달프고 덧없다. 게다가 경쟁의 사회라서 그런지 어떻게든 이용하려 하고, 당하지 않으려다 보니 서로를 믿지 못하고 불신만이 난무하는 세상이 된 듯하다. 자본이 우선이라 오로지 돈만을 쫓는 경향도 엿보인다. 이웃 간의 인심도 예전만 못하다. 콩 한 쪼가리도 나눠 먹던 시절은 옛말이 되었다. 금전이 있어야만 뭐든 할 수 있다는 인상이 강하게 든다. 그러니 어제보다 오늘 조금 더 삭막해져 감을 느낀다. 내일은 어떠할까. 먼 훗날인 미래엔 어떻게 살아가고 있을까.

우리의 터전은 '영생의 불로초가 자생'할 정도로 비옥한데다 4계절이 뚜렷하여 절기마다 수려함이 볼만하다. 겉만이 아니라 속까지 멋이 들어 좋기만 한데 사람들은 오직 돈벌이에 급급해하는 듯해 안타깝다. 조금은 여유를 갖고서 상생의 방향에서 아끼고 사랑하며 어울림을 가졌으면 하는 생각이 들어 썼다. 이 시기의 시를 통해 대상을 바라보는 나의 시 쓰기가 어떠했는지 엿볼 수 있을 것이다.

시 쓰기에 임하는 나의 의식엔 아버지의 영향이 컸다. 분위기에 휩쓸려 말이 많아지는 경우가 있다. 사실에다 군더더기로 살을 붙여 주절거리기도 한다. 그러다 보면 앞뒤가 맞지 않게도 된다. 이를 듣고 계시다가 쓸데없이 헛소리 내뱉는다며 타이르셨다. 한마디를 하더라도 핵심을 짚어 간명하게 하라셨다. 시답지 않은 말은 아예 떠올리지도 말라셨다. 꼭 해야 할 말이 아니면 말문을 굳게 닫고 신중히 들으면서 판단하라셨다. 우리말에 만족스럽거나 중요하게 여길만하다는 뜻으로 '시답다'

가 있다. '시답지 않다'와 연관 지어 보니 시다움과 시답지 않음 사이에서 아버지의 가르침이 무의식으로 몸에 밴듯하다. 습관처럼 말이다. 그래서 나는 늘 생각한다. 생각은 생각 속에 생각을 생각할수록 생각 속의 생각을 생각나게 하는 생각 속의 생각이라고 되뇌곤 한다. 그러니 일상에서 순간 포착하듯 직관으로 마주하는 대상이라 할지라도 그냥 보아넘기지 않는 버릇이 은근히 있다. 이것이 때로는 이리저리 재거나 따지는 모습으로 보이고, 미적거림에 주저하는 고약한 습성으로 나타나기도 한다. 그렇더라도 분명함은 시 쓰기에 있어 시적인 언어로 인지하여 바라보고 깊이 있게 사유하는 의식이 길러졌음이다. 이는 시답지 않음을 삼가고 시다움을 갖추려 추구한 데서 오는 산물이랄까. 그러한 점에서 나는 삶의 일상을 오감으로 보고 듣고 느끼면서 생각하는 즐거움을 누리고자 시다움을 생각하며 시를 쓰는지도 모르겠다. 이치를 따지기보다는 가슴으로 느낄 수 있는, 읽어나가기만 해도 뭉클해지는, 무슨 뜻인지 쉽게 알 수 있는 그런 명료한 시를 빚어내고자 하는 몸부림이 나의 시 쓰기이지 않을까.

나에겐 또 하나의 나가 있다. 주어진 직분을 충실히 다하느라 시를 쓸 겨를이 없는 나이다. 교직에 있다 보니 오로지 가르치는 일에 몰두하느라 그렇게 30여 년이 훌쩍 지나갔다. 한참 열정적일 때에는 주말에도 학생들과 함께 지낼 정도였다. 무엇을 하느라 교실에 머물렀을까. 생각할수록 감사하게 여김은 내가 국어 선생이라는 점이다. 나에게 있어 그 이상 없는 축복이자 행운이다. 더군다나 문학을 가까이 할 수 있음은 더할 나위 없는 기쁨이다. 그러니까 휴일에까지 아이들과 있는 까닭은 글을 짓게 하고 고치기로 해서 지도하느라 그러한 것이다. 특히 시를 시답게 다듬어 교정하여 주는 과정에서 단순히 아이들 지도에 머물지 않고 나에게도 유익하게 습작이 이루어졌음이다. 이러한 수습(修習)은 나의 시적 역량을 알게 모르게 기르고 넓히는 또 하나의 바탕이 되었다. 시화전에 시집을 낸 횟수가 어언간 서른두 번에 이르니 이 모두가 지금의 나를 존재하게 하는 스승이자 산파(産婆) 역할을 했다고 여겨진다. 그러니 나에게 있어 교직은 천직이자 시 쓰기의 원천이라 하겠다.

　이처럼 교육 차원에서 시를 대하다 보니 늘 시간이 부족하다. 이제 나의 시를 써야지 하면서도 항상 마음만 가지고 있을 뿐이다. 오롯이 나만의 시를 쓰기 위해 진득하니 보낸 시간은 그리 많지 않다. 항상 뒷순위로 밀려나 있었다. 그래서 나의 시 쓰기는 무엇을 쓸까로 고심한 적이 별로 없다. 대부분 일상으로 살아가는 생활 속에서 시적이라고 포착된 순간의 상을 인지하고 이를 사유(思惟)함으로써 시다움으로 풀어내려 했을 뿐이다. 그 하나의 시가 「연이어라」이다.


　　가만히 눈감아 세상을 본다
　　인파 사이로 오토바이가 굉음을 내며
　　촌각을 다투어 질주한다
　　마치 곡예를 연출하듯이 갈지자로

　　화들짝 놀란 행인이 피하려다
　　옆 사람의 발등을 밟았는지
　　몹시도 아파라 하고 미안해한다
　　이를 힐끔거리는 무리로 인해
　　거리는 잠시 통행의 지체를 가져오고
　　그러다 언제 그랬느냐는 듯이

제각기 가던 길로 간다
분주하게 어디론가 사라지고
잔영(殘影)마저 꼬리를 남기지 않는다

모두 가야 할 제자리 찾아서
그렇게 종종걸음으로 흩어져 가고
마침내 가만가만 숨을 고른다
아무 일도 없었던 상시처럼

- 시 「연이어라」 전문


　평소의 생활에서 흔히 일어날 법한 상황이다. 신호등도 무시하고 내
닫는 오토바이를 종종 보게 된다. 이로 인해 사고도 빈번히 발생한다.
그뿐인가. 때로는 직접 겪거나 목격하기도 한다. 피하려다 주위에 영향
을 주고받는 과정에서 생기는 여파로 혼란을 초래하는데 당하거나 다치
는 사람만 억울할 뿐이다. 원인을 유발한 당사자는 이미 떠나갔고 해당
없는 인파만이 그저 구경꾼으로 눈총을 건넨다. 누구는 이런저런 연유
로 피해자가 되지만 가해자는 그 어디에도 없다. 밟고 밟힌 이들만이 서
로 위로하듯 미안해하고 괜찮다 한다. 목격하였어도 나의 일이 아니니
모르는 척으로 외면한다. 알아도 입을 다물고 눈을 감는 세태가 우리가
살아가는 사회의 일면이다. 정작 내 편은 그 어디에도 없다. 한마디로
피해를 본 사람만이 억울하고 외롭다. 기가 막히지만 하소연할 데도 없
다. 오히려 왜 거기 있었냐며 없었으면 생기지 않았을 일이라고 되레 큰

소리로 질책하며 책임을 전가도 한다. 황당함만이 상처로 남을 뿐이다. 더구나 요란스러웠던 현장도 그 순간만 지나면 '아무 일도 없었던 상시처럼' 흔적조차 치워져 언제 그러했느냐 한다. 이러한 일만이 아니라 사람들이 모여 사는 사회라면 언제나 얽히고설킨 일이 비일비재하게 일어난다. 이 중에 무엇을 어떻게 시적인 언어로 포착해 내느냐이다. 또한 이를 어떤 이미지와 결부시켜 인지하고 사유를 통해 의미를 부여할 것인가 의식하는 행위가 나의 시 쓰기의 시작이기도 하다. 그냥 읽어만 보아도 무슨 뜻인지 느낌으로 알아챌 수 있다면 나의 시 쓰기는 그로 족하다 싶다. 그래서 나는 늘 시다움을 추구한다.